Un

Thomas Mann nacque a Lubecca nel 1875; esordì con un volume di racconti nel 1898. A *I Buddenbrook* (1901) seguì una feconda messe di opere: *Tristano*, 1903, *Tonio Kröger*, 1903, *La morte a Venezia*, 1913, *La montagna incantata*, 1927, *Carlotta a Weimar*, 1939, *Doctor Faustus*, 1949, *Felix Krull*, 1954, per non citarne che alcune. Nel 1929 gli fu assegnato il Premio Nobel; morì a Kilchberg (Zurigo) il 12 agosto 1955.

THOMAS MANN
LA MORTE A VENEZIA

TONIO KRÖGER - TRISTANO

Traduzione di Enrico Filippini
Postfazione di Furio Jesi

Feltrinelli

Titoli delle opere originali
DER TOD IN VENEDIG - TONIO KRÖGER - TRISTAN

Traduzione dal tedesco di
ENRICO FILIPPINI

© Giangiacomo Feltrinelli Editore Milano
Prima edizione nell'"Universale Economica" febbraio 1965
Prima edizione nell'"Universale Economica" - I CLASSICI
aprile 1991
Sesta edizione aprile 1997

Per la postfazione di Furio Jesi
© La Nuova Italia "Il Castoro" 1975
Per gentile concessione

ISBN 88-07-82014-5

La morte a Venezia

Gustav Aschenbach, o von Aschenbach come, dal giorno del suo cinquantesimo compleanno, suonava ufficialmente il suo nome, un pomeriggio di primavera dell'anno 19..., di un anno che per tanti mesi aveva mostrato al nostro continente una fisionomia cosí minacciosa, aveva lasciato la sua abitazione nella Prinzregentenstrasse, a Monaco, per fare una lunga passeggiata da solo. Snervato dal lavoro difficile e periglioso, che proprio ora richiedeva un'estrema sapienza, prudenza, penetrazione e precisione della volontà, compiuto nelle ore della mattinata, lo scrittore non era riuscito ad arrestare il persistere vibrante, nel suo intimo, dell'impulso creativo, di quel *motus animi continuus* che secondo Cicerone costituisce l'essenza dell'oratoria, e non era riuscito a trovare il sonno ristoratore che ormai, col progressivo logoramento delle sue forze, gli era necessario nel corso della giornata. Cosí, subito dopo il tè, era uscito all'aperto, nella speranza che l'aria e il moto l'avrebbero ristabilito e lo avrebbero aiutato a preparare una serata feconda.

Era l'inizio di maggio e, dopo settimane fredde e umide, era intervenuta una falsa piena estate. L'Englische Garten, benché appena ornato di fronde tenere, era afoso come in agosto e, dalla parte della città, era pieno di carrozze e di gente a passeggio. Presso l'Aumeister, verso cui l'avevano portato stradine sempre piú silenziose, Aschenbach aveva indugiato un momento a osservare il giardino dell'osteria popolarescamente animata, intorno al quale sostavano carrozze private e vetture di piazza; da lí, col sole che stava calando, aveva imboccato, per ritornare, una via che passava fuori del perimetro della città, ma poi, siccome si sentiva stanco e sopra il Föhring si addensava un temporale, aspettò presso il cimitero nord il tram che l'avrebbe portato direttamente in città.

Per caso trovò la fermata e le sue adiacenze vuote di gente. Né sull'acciottolata Ungererstrasse, le cui rotaie si allungavano vuote e luccicanti verso Schwabing, né sulla

Föhringer Chaussee c'era una vettura; dietro le siepi dei marmisti, dove le croci, le lastre in memoria, i monumenti esposti per la vendita formavano un secondo inabitato cimitero, nulla si muoveva, e la costruzione bizantina dell'obitorio, che gli stava di fronte, era silenziosa nel riverbero del giorno che moriva. La sua facciata, ornata di croci greche e di ieratiche raffigurazioni dai colori tenui, presentava inoltre iscrizioni disposte simmetricamente e fatte di lettere d'oro, motti concernenti la vita eterna, come: "Essi vanno ad abitare nella casa del Signore" oppure: "La luce eterna risplenda per loro"; e mentre aspettava, aveva trovato un pensoso diversivo nella lettura di quei detti, lasciando che il suo occhio spirituale si perdesse nella loro trasparente mistica, quando, riprendendosi dalla sua fantasticheria, vide sotto il portico che sovrastava i due animali dell'apocalisse a guardia della scalea, un uomo, il cui aspetto, non del tutto consueto, avviò i suoi pensieri in una direzione completamente diversa.

Se fosse uscito dall'interno dell'edificio attraverso il portone di bronzo o venuto di fuori e salito fin là, restava incerto. Aschenbach, senza approfondire troppo il problema propendeva per la prima ipotesi. Di statura media, magro, sbarbato e col naso notevolmente camuso, l'uomo apparteneva al tipo di pelo rosso e ne aveva la pelle lattiginosa e piena di lentiggini. Evidentemente non era di razza bavara; almeno il largo cappello di paglia dalla tesa diritta che portava in capo gli dava l'aria di un forestiero, di uno venuto da lontano. È vero però che aveva sulle spalle il tradizionale sacco da montagna, un loden gialliccio con la martingala, sul braccio sinistro puntato sull'anca un impermeabile grigio e nella mano destra un bastone dalla punta di ferro che aveva conficcato di sbieco nel terreno e al manico del quale appoggiava il fianco, coi piedi incrociati. Con la testa eretta, in modo che sul collo scarno, fuori della camicia floscia sportiva, spiccava nudo e prominente il pomo d'Adamo, fissava attentamente lo spazio con gli occhi incolori orlati di rosso, fra i quali, in singolare armonia col breve piccolo naso, erano scavate due rughe perpendicolari ed energiche. Così — e forse a questa impressione contribuiva la sua ubicazione elevata ed elevante — l'atteggiamento dell'uomo pareva quello di chi domina e sovrasta, ardito o addirittura feroce; perché sia che lui, abbacinato, contraesse la faccia volta verso il sole calante, sia che si trattasse di una deformità permanente: le sue labbra apparivano troppo corte, erano risucchiate dai denti, di modo che questi, scoperti fino alle gengive, sporgevano in avanti lunghi e bianchi.

Possibile che Aschenbach nel suo esame metà distratto e metà analitico dello sconosciuto avesse mancato di cautela, perché d'un tratto si accorse che lui ricambiava il suo sguardo, e anzi in modo cosí bellicoso, cosí fisso, cosí esplicitamente risoluto ad arrivare in fondo e a costringere l'avversario alla ritirata, che Aschenbach, spiacevolmente colpito, si voltò e cominciò a passeggiare lungo gli steccati, provvisoriamente deciso a non badare piú a quell'individuo. Dopo un minuto l'aveva già dimenticato. Ma, fosse perché l'aria vagabonda dello sconosciuto avesse agito sulla sua fantasia, o che si trattasse di un altro influsso fisico o morale, si rese conto con stupore di uno strano ampliamento del proprio animo, una specie di vagante inquietudine, un desiderio assetato e giovanile di lontananze, un sentimento cosí vivace, nuovo, o almeno cosí inconsueto e dimenticato che, con le mani dietro la schiena e gli occhi fissi a terra, si fermò assorto per studiare la natura e il senso di quella sensazione.

Era voglia di viaggiare, nient'altro; ma nata come un attacco di malattia, ed esaltata fino alla passione, anzi fino all'illusione sensoriale. Il suo desiderio si fece veggente, la sua fantasia, non ancora acquietata dopo le ore di lavoro, elaborò un esempio di tutte le meraviglie e degli orrori della terra, che lui si sforzava di immaginare in un colpo: vide, vide un paesaggio, una palude tropicale sotto un cielo greve di vapori, umida, ridondante e mostruosa, una specie di giungla nel mondo primitivo, fatta di isole, lagune e acquitrini melmosi — vide tra esuberanti viluppi di felci, tra un intricato groviglio di piante gonfie, grasse e fantasticamente brulicanti, svettare vicini e lontani pelosi tronchi di palmizi, vide alberi stranamente deformi affondare, attraverso l'aria, le radici nel suolo o nei verdi specchi d'ombra di acque stagnanti, dove tra i fiori acquatici, bianchi e larghi come zuppiere, uccelli esotici con la testa insaccata fra le spalle, dal becco mostruoso, stavano appollaiati su una lingua di terra e guardavano immobili da un lato, vide fra i tronchi nodosi dei bambú scintillare le pupille di una tigre accovacciata — e sentí il cuore battere di spavento, di un'ansia misteriosa. Poi la visione scomparve; e scrollando la testa Aschenbach riprese la sua passeggiata lungo i recinti dei marmisti.

Considerava il viaggiare, almeno da quando disponeva dei mezzi per godere a piacimento dei vantaggi delle comu-

7

nicazioni internazionali, nient'altro che una misura igienica, che aveva dovuto prendere, in realtà contro ogni buon senso e contro natura, ogni tanto; ma, troppo occupato dai problemi posti dal proprio io e dall'anima europea, troppo oppresso dal dovere di produrre, troppo alieno dalle distrazioni per essere amante del vario mondo esterno, si era sempre accontentato dell'idea che ognuno può farsi della superficie terrestre senza allontanarsi troppo dal proprio ambiente e non aveva mai avuto la minima aspirazione a lasciare l'Europa. Specialmente da quando la sua vita, ormai, declinava, da quando la sua paura di non compire la sua opera d'artista — il timore che l'orologio si scarichi prima di aver terminato il suo compito e dato tutto di se stesso — da quando questa paura non poteva piú essere scacciata come uno spauracchio, la sua vita esteriore si era svolta quasi esclusivamente tra la bella città che era ormai per lui una seconda patria e la casa rustica che si era costruito in montagna e dove trascorreva le estati piovose.

Cosí ciò che l'aveva preso, tardi e repentinamente, venne presto moderato e corretto dalla ragione e dalla disciplina a cui aveva sempre assoggettato se stesso fin dalla giovinezza. Prima di trasferirsi in campagna intendeva portare avanti fino a un certo punto l'opera per la quale viveva, e il pensiero di un vagabondaggio attraverso il mondo, che l'avrebbe tenuto lontano per mesi e mesi dal lavoro, gli appariva troppo vago e contrario ai suoi progetti, non poteva considerarlo seriamente. Eppure sapeva fin troppo bene quale fosse la causa di quell'inattesa tentazione. Impulso alla fuga era, e se lo confessò, un desiderio di cose nuove e lontane, desiderio smanioso di liberazione, di alleggerimento e di oblío — fuga dall'opera, dal luogo giornaliero di quel servizio rigido, freddo e appassionato. Lo amava, è vero, e quasi amava già anche la snervante lotta, quotidianamente rinnovata, fra la sua volontà fiera e tenace, tante volte provocata, e la crescente stanchezza che bisognava dissimulare, che l'opera non doveva tradire nemmeno col minimo segno di cedimento e di rinuncia. Ma forse era anche ragionevole non tendere troppo l'arco e non soffocare testardamente un bisogno che prorompeva cosí violento. Pensò al suo lavoro, pensò alla pagina che oggi come già ieri aveva dovuto lasciare in sospeso poiché non pareva volersi piegare né a cura paziente né a un improvviso colpo di mano. La esaminò nuovamente, cercò di spezzare o di sciogliere l'ostacolo e abbandonò l'impresa con un brivido di ripugnanza. Il passo non presentava particolari difficoltà, ma lui era paralizzato dagli scrupoli di una riluttanza che diventava un'incontentabilità assoluta. Certo l'incontentabilità era stata per lui, fin da ragazzo, l'essenza e l'intima natura del talento letterario; per amor suo aveva domato e raffreddato il sentimento, poiché sapeva che esso tende ad accontentarsi di un'allegra approssimazione e di una mezza perfezione. E ora il sentimento represso si vendicava, forse, abbandonandolo, rifiutando di continuare a sostenere la sua arte e a darle ali, e si portava via il piacere, la felicità della forma e della espressione? Non che quanto produceva fosse mediocre; questo almeno era il vantaggio della sua età: che si sentiva ormai serenamente sicuro del proprio magistero. Ma lui, mentre tutto il paese lo celebrava, non ne godeva, e gli pareva che alla sua opera mancassero quei segni di estro ardente e giocoso che, generati dalla gioia, piú che qualsiasi contenuto interiore, che qualsiasi qualità rispettabile, davano gioia al mondo dei lettori. Temeva l'estate in campagna, solo nella piccola casa con la fantesca che gli preparava il pranzo e col domestico che glielo serviva; gli faceva paura il volto familiare delle cime e delle pareti montane che avrebbero di nuovo circondato la sua insoddisfatta lentezza. Era necessaria un'interruzione, un periodo di vita nomade, giorni d'ozio, l'aria di paesi lontani e la acquisizione di nuovo sangue, perché l'estate diventasse sopportabile e proficua. Viaggiare dunque; d'accordo. Non troppo lontano, non proprio fra le tigri. Una notte in vagone letto e una sosta di tre, quattro settimane in uno di quei luoghi di vacanza dove vanno tutti, nell'amabile sud...

Cosí pensava mentre il rumore del tram si avvicinava per la Ungererstrasse, e, salendo, decise di dedicare la serata allo studio delle carte geografiche e degli orari. Sulla piattaforma gli venne in mente di cercare con lo sguardo l'uomo dal cappello di paglia, il compagno di quella sosta cosí ricca di conseguenze. Ma non lo trovò, non si trovava piú né dov'era prima, né alla fermata del tram, e nemmeno nell'interno della carrozza.

L'autore della limpida e forte epopea in prosa sulla vita di Federico di Prussia; il paziente artista che con lunga premura aveva tessuto il romanzo *I Maja*, un arazzo ricco di personaggi che raccoglieva all'ombra di un'idea tanto destino umano; il creatore della possente novella intitolata *Un miserabile*, che additava a tutta una gioventú riconoscente la via della risolutezza morale al di là dell'estrema conoscenza; lo scrittore infine (e basti questo breve cenno all'opera della sua maturità) dell'appassionato saggio *Spirito e arte*, che per la potenza chiarificatrice e l'eloquenza dialettica era stato affiancato da molti autorevoli giudici al saggio di Schiller sulla poesia ingenua e sentimentale, Gustav Aschenbach, dunque, era nato figlio d'un alto funzionario della magistratura, a L., capoluogo di distretto della provincia di Slesia. I suoi antenati erano stati ufficiali, giudici, funzionari dell'amministrazione, uomini che avevano condotto una vita austera, dignitosa e modesta al servizio del re e dello stato. Una spiritualità piú profonda si era incarnata, nella famiglia, nella persona di un predicatore; un sangue piú vivace e piú caldo vi era entrato nella generazione precedente grazie alla madre del poeta, figlia di un orchestrale boemo. Da lei erano stati trasmessi al figlio i segni caratteristici di una razza straniera. L'accoppiamento della rigida coscienziosità burocratica e di impulsi piú oscuri e focosi aveva prodotto un artista, quell'artista singolare.

Poiché tutto il suo essere tendeva alla fama, egli si mostrò, se non proprio precoce, tuttavia, grazie alla decisione e alla personale pregnanza del suo eloquio, molto presto maturo e capace d'affrontare la vita pubblica. Quasi ancora liceale aveva già un nome e dieci anni dopo, alla sua scrivania, sapeva già rappresentare un personaggio, amministrare la sua gloria, mostrarsi benevolo e autorevole in una lettera che doveva esser corta (perché molte esigenze vengono imposte all'uomo di successo e degno di confidenza). A quarant'anni, affaticato dagli sforzi e dalle vicende mutevoli del lavoro vero e proprio, doveva quotidianamente far fronte a una corrispondenza che portava francobolli di tutti i paesi del mondo.

Lontano dalla banalità quanto dall'eccentricità, il suo talento era fatto per conquistare al tempo stesso la fede del largo pubblico e l'ammirata ed esigente partecipazione dei raffinati. Cosí, ancora giovane, costretto da tutte le parti alla produzione — e a una produzione straordinaria — non aveva mai conosciuto la spensierata indolenza della gioventú. Quando, sui trentacinque anni, si era ammalato, durante una permanenza a Vienna, un osservatore acuto disse di lui in un salotto: "Vede, Aschenbach è sempre vissuto cosí," e serrò forte, a pugno, le dita della mano sinistra: "Mai cosí," e lasciò che la mano aperta penzolasse a suo agio dalla spalliera della sedia. Niente di piú esatto; e il coraggio e la moralità di tutto questo stava nel fatto che, di costituzione tutt'altro che robusta, egli non era nato ma soltanto chiamato a compiere quello sforzo permanente.

Le prescrizioni dei medici avevano vietato al ragazzo la scuola pubblica e gli avevano imposto di studiare in casa. Era cresciuto solo, senza compagni, e tuttavia aveva dovuto accorgersi ben presto di appartenere a una razza in cui raro non era il talento bensí la base fisica di cui il talento aveva bisogno per svilupparsi in pieno; una razza che dà presto i suoi frutti migliori e in cui le facoltà perdurano raramente. Ma il suo motto preferito era: "Persistere!"; nel suo romanzo su Federico di Prussia vedeva soprattutto l'apoteosi di quel precetto, che gli sembrava il compendio di ogni virtú paziente e operosa. Del resto desiderava ardentemente di invecchiare; perché aveva sempre pensato che fosse veramente grande, compiuto e degno di rispetto, solo quel magistero artistico che era caratteristicamente fecondo in tutte le età della vita umana.

Poiché quindi doveva portare su spalle fragili i compiti di cui il suo talento lo gravava, e voleva andare lontano, gli occorreva una severa disciplina — e la disciplina era per fortuna la naturale eredità paterna. A quaranta, a cinquant'anni, come già nell'età in cui gli altri sprecano, fantasticano, rimandano tranquillamente l'esecuzione di grandi progetti, cominciava la sua giornata di buon'ora, dopo docce fredde sul dorso e sul petto, e poi, accese le alte candele di cera nei doppieri d'argento ai due lati del manoscritto, sacrificava all'arte in due o tre ore di mattutino lavoro, fervido e coscienzioso, le forze ricuperate nel sonno. Era perdonabile, e anzi era una vittoria della sua moralità di scrittore, che gli inesperti prendessero per il prodotto di una forza irresistibile e di un grande respiro il mondo dei Maja o le masse epiche fra le quali si svolgeva la vita eroica di Federico, mentre invece esse si innalzavano verso la grandezza strato per strato, attraverso piccole operazioni quotidiane fatte di cento e cento singole ispirazioni, ed erano in ogni punto cosí profondamente e assolutamente perfetti perché il loro creatore, con una persistenza e una tenace volontà simili a quelle che aveva conquistato nella Slesia nativa, riusciva a resistere per anni alla tensione di un'unica opera e dedicava esclusivamente alla produzione le sue ore piú vigorose e feconde.

Perché un prodotto importante dello spirito possa esercitare immediatamente un influsso vasto e profondo, deve esserci un'affinità segreta, anzi una coincidenza fra il destino personale dell'autore e quello generale dei suoi contemporanei. Gli uomini non sanno perché largiscono la gloria a un'opera d'arte. Ben lontani dall'essere conoscitori, credono di scoprirvi mille qualità per giustificare tanta partecipazione; ma il vero motivo del consenso è qualcosa di imponderabile: è simpatia. Aschenbach aveva affermato una volta direttamente, benché in un passo di poco risalto, che quasi tutto ciò che esiste al mondo di grande è una sorta di nonostante: nasce cioè nonostante il dolore e la sofferenza, nonostante la povertà, l'abbandono, la debolezza fisica, il vizio, la passione e mille altri ostacoli. Ma piú che di una osservazione si trattava di un'esperienza, era addirittura la formula della sua vita e della sua gloria, la chiave della sua opera; quale stupore dunque se ciò era anche il carattere etico, l'aspetto esteriore dei suoi personaggi piú caratteristici?

Del nuovo tipo d'eroe che questo scrittore prediligeva, un tipo che si ripeteva nelle piú varie forme individuali, un esegeta intelligente aveva scritto parecchio tempo prima che era la concezione "di una virilità intellettuale e giovanile che con fiero pudore stringe i denti e rimane salda e tranquilla, mentre spade e lance la trafiggono nel corpo." Era bene espresso, con spirito ed esattezza, benché insistesse troppo sulla passività. Giacché fermezza di fronte al destino, grazia nel dolore non significano semplicemente subire; si tratta di un'azione positiva, un trionfo attivo, e la figura di San Sebastiano è il simbolo migliore se non dell'arte in generale, certamente dell'arte di cui qui si parla. A guardare il mondo di quella narrazione, si discerneva un elegante autodominio, che dissimula fino all'ultimo istante agli occhi del mondo il logoramento interno, il declino biologico; la gialla bruttezza, sensualmente svantaggiata, che è capace di far divampare in purissima fiamma la brace del suo ardore, e anzi di conquistare il dominio sul regno della bellezza; la pallida impotenza, che cerca nelle profondità dello spirito la forza di gettare un intero popolo ai piedi della croce, ai *propri* piedi; un atteggiamento amabile messo al vuoto e rigido servizio della forma; la vita falsa, pericolosa, lo snervante desiderio e l'arte dell'imbroglione-nato: a considerare quel destino, e molte altre cose simili, ci si poteva chiedere se esiste eroismo all'infuori della debolezza. E comunque, quale eroismo sarebbe stato piú conforme ai tempi? Gustav Aschenbach era il poeta di tutti coloro che lavorano sull'orlo dell'esaurimento, di coloro che sono oppressi da un peso eccessivo, già estenuati eppure ancora in piedi, di quei moralisti della produzione che, di corporatura gracile e di mezzi scarsi, mediante il rapimento della volontà e una saggia amministrazione, ottengono, almeno per un certo periodo di tempo, gli effetti della grandezza. Sono in molti, sono loro gli eroi dell'epoca. E si riconoscevano nella sua opera, in essa si vedevano confermati, esaltati, celebrati; e gli erano grati e annunziavano il suo nome.

Egli era stato giovane e grezzo con il suo secolo e, mal consigliato da esso, aveva sbandato pubblicamente, aveva commesso errori, si era compromesso, aveva violato con le parole e con le opere le regole del tatto e della prudenza. Ma aveva conquistato la dignità, verso la quale, secondo lui, ogni grande talento è naturalmente spinto e stimolato, e anzi si può dire che tutto il suo sviluppo era stato una ascesa verso la dignità, un'ascesa consapevole e ostinata, che si lasciava alle spalle tutte le inibizioni del dubbio e dell'ironia.

La viva plasticità della raffigurazione, non spiritualmente impegnativa, è l'idolo delle masse borghesi, ma la gioventú appassionata e assoluta è attratta esclusivamente dai problemi; e Aschenbach era stato problematico, era stato assoluto piú di qualunque altro giovane. Aveva osservato le regole dello spirito, aveva saccheggiato la scienza, aveva macinato le messi, profanato i misteri, reso sospetto il talento, tradito l'arte... sí, mentre le sue opere divertivano, elevavano, animavano, deliziavano i lettori che lo credevano, lui, il giovane artista, aveva mozzato il fiato ai ventenni con i suoi cinismi sull'equivoca natura dell'arte e del mestiere dell'artista.

Ma pare che contro nulla, uno spirito nobile ed efficiente si ottunda piú rapidamente e piú radicalmente che contro l'aspra e amara attrattiva della conoscenza; ed è certo che la coscienziosa e malinconica radicalità del giovane è una aridità in confronto con la profonda risoluzione, maturata nell'uomo diventato maestro, di negare la scienza, di ripudiarla, di passarle sopra a testa alta in quanto essa può, sia pure minimamente, paralizzare e scoraggiare e avvilire l'azione, il sentimento e perfino la passione. Come interpretare la famosa novella *Un miserabile*, se non come una esplosione di ripugnanza per l'indecoroso psicologismo dell'epoca, personificato nella figura di quel molle e miserabile furfantello che si crea con la truffa un destino gettando sua moglie, per impotenza, per depravazione, per velleitarismo morale nelle braccia di un imberbe e si crede in diritto di commettere azioni indegne richiamandosi a una presunta profondità? Il vigore del linguaggio, col quale nel libro era infamata l'infamia, annunziava il rifiuto di ogni dubbio morale, di ogni simpatia per l'abisso, la negazione del lassismo di quel detto di pietà secondo cui tutto comprendere significa tutto perdonare, e ciò che vi si prefigurava, anzi si compiva, era quel "miracolo della rinata schiettezza" di cui poco piú avanti l'autore trattava espressamente in un dialogo, con un'enigmatica accentuazione. Strane connessioni! Era una conseguenza spirituale di questa "rinascita," di questa nuova dignità e di questo rigore, il fatto che proprio a quell'epoca si manifestò un rafforzamento quasi eccessivo del suo senso della bellezza, quella nobile purezza, semplicità e quell'equilibrio della forma che a partire da quel momento conferirono alle sue opere un'impronta evidente, addirittura voluta, di sovranità e di classicità? Ma la risolutezza morale al di là del sapere, della conoscenza che scioglie e inibisce — non significa a sua volta una semplificazione, una visione etica ingenua del mondo e dell'anima, e quindi anche un rafforzamento della tensione verso il male, l'illecito, il moralmente vietato? E la forma non ha due diverse facce? Non è morale e insieme immorale — morale come risultato ed espressione della disciplina, immorale invece, e addirittura antimorale, in quanto contiene in sé e per natura una indifferenza morale, e anzi tende essenzialmente a sottomettere la moralità al suo potere superbo e illimitato?

Comunque! Uno sviluppo è un destino; e come uno sviluppo accompagnato dalla partecipazione, dal consenso fiducioso e totale di un largo pubblico, non dovrebbe svolgersi diversamente da quello che avviene senza il lustro e i vincoli derivanti dalla gloria? Solo l'eterna bohème giudica tedioso e risibile un grande talento che, liberatosi dallo stadio larvale libertino, si abitua a percepire espressivamente la dignità dello spirito, accetta le regole cortesi di una solitudine priva di consigli, piena di duri patimenti e di lotte, senza aiuto, e giunge al potere e alla gloria in mezzo agli uomini. Quanta parte hanno del resto la sfida, il giuoco, il godimento nell'autoplasmazione del talento! Col tempo, le opere di Gustav Aschenbach presero una tinta ufficiale-educativa, negli anni successivi evitarono le repentine audacie, le sfumature sottili e nuove, si volsero alla classica esemplarità e saldezza, alla levigatezza tradizionale, alla conservazione e alla forma e forse anche alla formula, e, come pretendono le storie di Luigi XIV, lo scrittore, invecchiando, bandí dal suo linguaggio le parole volgari. Fu allora che le autorità scolastiche accolsero nei libri di testo pagine scelte dalle sue opere. Gli si addiceva intimamente, ed egli infatti non rifiutò che un principe tedesco, appena salito al trono, conferisse al poeta di *Federico* un titolo di nobiltà per il suo cinquantesimo compleanno.

Dopo alcuni anni d'irrequietezza, e tentativi di stabilirsi qua o là, ben presto aveva scelto Monaco come residenza stabile e qui era vissuto in una rispettabile condizione borghese, come in certi casi particolari accade ai rappresentanti dello spirito. Il matrimonio, contratto ancora giovane, con una ragazza di famiglia colta, era stato sciolto dalla morte dopo un breve periodo di felicità. Gli era rimasta una figlia, già sposata. Non aveva mai avuto figli maschi.

Gustav von Aschenbach era di statura un po' inferiore alla media, bruno, glabro. La testa era un po' troppo grande in confronto col corpo quasi gracile. I capelli spazzolati all'indietro, radi sul colmo del capo, molto folti e brizzolati sulle tempie, incorniciavano una fronte alta, solcata da rughe che parevano quasi cicatrici. Il ponticello d'oro delle lenti non cerchiate tagliava la radice del naso massiccio, nobilmente arcuato. La bocca era grande, a volte cascante a volte improvvisamente sottile e tesa; le guance magre e solcate, il mento ben modellato, con una morbida rientranza a metà. Molti importanti destini sembravano essere passati sopra quella testa in genere dolorosamente china, eppure l'elaborazione della sua fisionomia era opera dell'arte e non, come solitamente accade, di una vita agitata e difficile. Dietro quella fronte erano nate le fulminanti battute del dialogo sulla guerra fra Voltaire e il re di Prussia; quegli occhi che guardavano stanchi e penetranti attraverso le lenti avevano visto l'inferno sanguinoso dei lazzaretti della Guerra dei Sette Anni. Anche dal punto di vista individuale l'arte è una vita intensificata. Essa dona una felicità piú profonda, e divora piú in fretta. Scava nel volto del suo servo i solchi di avventure spirituali e immaginarie, e anche nella pace claustrale della vita esteriore determina col tempo un'ipersensibilità, un raffinamento, una stanchezza e una curiosità dei nervi che nemmeno una vita già piena di sfrenati godimenti e passioni è in grado di suscitare.

Numerosi impegni di natura mondana e letteraria trattennero a Monaco ancora per una quindicina di giorni dopo quella passeggiata il desideroso di viaggiare. Finalmente ordinò di preparare la casa di campagna per il suo ritorno di lí a quattro settimane, e partí fra la metà e la fine di maggio col treno della sera per Trieste, dove si fermò solo ventiquattr'ore, e la mattina del giorno dopo s'imbarcò per Pola.

Ciò che cercava era qualcosa di estraneo, privo di riferimenti ma facilmente raggiungibile e perciò scelse un'isola dell'Adriatico da qualche anno famosa, non lontana dalla costa istriana, con una popolazione colorita e cenciosa dalla parlata incomprensibile, e con bellissime frastagliate scogliere sul mare aperto. Ma la pioggia e l'aria greve, la clientela austriaca, meschina e chiusa, dell'albergo e la mancanza di quel quieto e intimo contatto col mare che solo una spiaggia dolce e sabbiosa consente, lo tediarono, lo convinsero che non era quella la sua destinazione; un impulso interiore lo rendeva irrequieto e lo spingeva, non sapeva ancora bene dove; si rimise a studiare le linee di navigazione, si guardò intorno cercando, e d'improvviso, sorprendente e naturale insieme, la meta comparve davanti ai suoi occhi. Quando si desiderava trasportarsi dall'oggi al domani nell'aura incomparabile, nel meraviglioso, nel fiabesco, dove si andava? Ma era chiarissimo! Che cosa faceva lí? Si era sbagliato. Là voleva andare! Non tardò ad abbandonare quel luogo insensato. Dopo una settimana e mezzo dal suo arrivo nell'isola, un veloce motoscafo lo riportò col suo bagaglio nel porto di Pola, e qui sbarcò soltanto per raggiungere subito, attraverso una passerella, l'umida coperta di una nave già sotto vapore per Venezia.

Era un comodo vapore italiano vecchiotto, rugginoso e tetro. Nella cabina sotto coperta, simile a una caverna artificialmente illuminata, dove Aschenbach, appena salito a bordo, era stato introdotto con ghignante cortesia da un marinaio gobbo e sudicio, dietro un tavolo, il cappello di sbieco calato sulla fronte e un mozzicone di sigaretta nell'angolo della bocca, sedeva un uomo munito di una barbetta caprina, dall'aspetto di un antiquato direttore di circo, il quale, torcendo il volto con professionale disinvoltura, registrava le generalità dei viaggiatori e distribuiva i biglietti. "Per Venezia!" disse ripetendo la richiesta di Aschenbach, allungò il braccio e intinse la penna nella feccia spessa di un calamaio inclinato. "Venezia, prima classe! Il signore è servito." E dopo aver scarabocchiato alcuni grossi caratteri strambi versò dal polverino una sabbia azzurra sullo scritto, la fece scorrere in una scodella di coccio, piegò la carta con le dita gialle e ossute e si rimise a scrivere. "Bellissimo posto, scelto bene," commentava intanto. "Ah, Venezia! Magnifica città! Una città che affascina irresistibilmente le persone colte, tanto per la sua storia che per le sue attrattive attuali!" La semplice destrezza dei suoi gesti e le chiacchiere insulse con cui li accompagnava sembravano fatte per stordire e distrarre, come se temesse che il viaggiatore potesse ancora mutare la sua intenzione di partire per Venezia. Incassò in fretta il prezzo, e con la sveltezza di un croupier lasciò cadere il resto sul panno macchiato del tavolino. "Buon divertimento, signore!" disse con un inchino teatrale, "è stato un onore per me poterla servire... Signori!" riprese subito alzando il braccio, come se il suo lavoro procedesse a pieno ritmo, mentre invece non c'era più nessuno. Aschenbach tornò sopra coperta.

Con un braccio appoggiato al parapetto osservò la folla oziosa che bighellonava sul molo per assistere alla partenza del piroscafo, e i passeggeri a bordo. Quelli di seconda classe, uomini e donne, si erano ammassati a prua, seduti su valige e fagotti. Sul ponte c'era un gruppo di turisti di Pola, probabilmente giovani impiegati che avevano combinato, e con grande allegria, un viaggetto in Italia. Sfoggiavano molta contentezza di sé e della loro impresa, chiacchieravano, ridevano, godevano compiaciuti le proprie battute e i loro gesti, e sporgendosi dai parapetti gridavano correnti frasi di scherno ai colleghi che, con le borse sotto il braccio, andavano per i fatti loro nella zona portuale e minacciavano coi bastoni i gitanti. Uno, che portava un abito estivo giallo chiaro all'ultima moda, una cravatta rossa e un panama con la tesa audacemente rivoltata, risaltava tra gli altri per l'esuberanza e per la voce chioccia. Ma appena l'ebbe osservato un po' meglio, Aschenbach si accorse con una specie d'orrore che era un falso giovane. Era vecchio, non c'era dubbio. Aveva rughe profonde intorno agli occhi e alla bocca. Il cremisi opaco delle guance era dovuto al trucco, la chioma bruna sotto il cappello di paglia dal nastro colorato era una parrucca; il collo era floscio e grinzoso, i baffetti all'insù e la mosca sul mento erano tinti artificialmente, la dentatura gialla e completa che mostrava ridendo era una dentiera da quattro soldi, e le sue mani, con gli anelli muniti di stemmi ai due indici erano quelle di un vecchio. Preso da un senso di ribrezzo Aschenbach rimase a osservare stupito la sua familiarità con gli amici. Non sapevano, non vedevano, quei giovani, che lui era vecchio, che non aveva il diritto di portare quegli abiti vistosi da ganimede, di comportarsi come loro?

Sembravano considerare naturale e abituale la sua compagnia, lo trattavano come un loro pari, gli restituivano senza ripugnanza le manate cordiali nel costato. Come mai? Aschenbach si coprí la fronte con la mano e chiuse gli occhi che gli bruciavano perché aveva dormito troppo poco. Aveva l'impressione di qualcosa di totalmente inconsueto, che avesse inizio una trasognata estraniazione, una strana deformazione del mondo che forse avrebbe avuto termine se lui velava per un po' la sua vista e poi si guardava intorno di nuovo. Ma nello stesso momento lo colse la sensazione del galleggiamento e alzando gli occhi con un irragionevole spavento si accorse che il pesante oscuro corpo della nave si staccava lentamente dal molo. A poco a poco, sotto la spinta degli stantuffi delle macchine, la striscia d'acqua sudicia e iridescente tra la banchina e la fiancata della nave si allargò, e dopo lente manovre il vapore rivolse la prora verso il mare aperto. Aschenbach andò verso dritta, dove il gobbo gli aveva preparato una sedia a sdraio, e un cameriere con una marsina bisunta venne a prendere i suoi ordini.

Il cielo era grigio, il vento umido. Il porto e le isole erano rimasti indietro e presto la terra svaní nel nebbioso campo visivo. Fiocchi di polvere di carbone, gonfiati dall'umidità, cadevano sul ponte lavato che non voleva saperne di asciugare. Dopo un'ora appena fu teso un telone perché cominciava a piovere.

Imbacuccato nel soprabito, con un libro in grembo, il viaggiatore riposava, e le ore passavano inavvertite. La pioggia era cessata; il tetto di tela fu tolto. L'orizzonte era tutto spalancato. Sotto la cupola fosca del cielo tutt'intorno si stendeva la sterminata superficie del mare deserto. Ma nello spazio vuoto, disarticolato, manca ai nostri sensi anche la misura del tempo e noi indugiamo nello smisurato. Strane sagome spettrali, il vecchio ganimede, il biglietaio dalla barba caprina, passavano con gesti indeterminati, pronunciando parole vaghe, di sogno, attraverso la mente del passeggero che riposava, che si addormentò.

A mezzogiorno lo costrinsero a scendere per la colazione nella sala da pranzo, una specie di corridoio sul quale davano le porte delle cabine, e dove, all'estremità opposta della lunga tavola a cui si era seduto, i giovani impiegati, compreso il vecchio, tracannavano fin dalle dieci insieme col gioviale capitano. Il pranzo era misero, e lui finí in fretta. Era impaziente di tornare all'aperto, di guardare il cielo: caso mai si schiarisse verso Venezia.

Non aveva mai pensato alla possibilità opposta, perché la città l'aveva sempre accolto nel pieno del suo splendore. Ma cielo e mare rimasero cupi e plumbei, ogni tanto cadeva una pioggerella nebbiosa, ed egli si rassegnò a raggiungere, per via di mare, una Venezia diversa da quella che aveva sempre trovato raggiungendola dalla terraferma. Stava accanto all'albero di trinchetto e guardava lontano, in attesa della terra. Pensava al poeta malinconico estasiato che in un tempo ormai lontano aveva visto sorgere da quelle acque le cupole e i campanili del suo sogno, e si ripeteva mentalmente qualcosa di ciò che un tempo aveva trasformato felicità e mestizia e venerazione in un canto perfetto, e, commosso senza fatica da sensazioni già plasmate, interrogò il suo cuore grave e stanco, chiedendosi se mai un'avventura tardiva del sentimento potesse ancora essere riservata al viaggiatore ozioso.

Ed ecco, sulla destra emerse la costa piatta, barche di pescatori animavano il mare, apparve l'isola del Lido, il vapore se la lasciò a sinistra, scivolò ad andatura rallentata dentro il canale omonimo, e sulla laguna, di fronte a un gruppo di abitazioni miserande dai colori vivaci, si fermò ad aspettare la scialuppa del Servizio sanitario.

Passò un'ora prima che comparisse. Si era arrivati e non si era arrivati; non si aveva fretta eppure ci si sentiva rosi dall'impazienza. I giovani di Pola, patriotticamente attirati dai segnali militari di tromba che provenivano dai Giardini ed echeggiavano sulle acque, erano saliti sul ponte, e, esilarati dall'Asti, gridavano evviva ai bersaglieri che si esercitavano. Ma era ripugnante vedere in quale stato la falsa comunione con la gioventú aveva messo il vecchio ganimede. Il suo cervello non aveva resistito al vino come quello dei giovani vigorosi, era deplorevolmente ubriaco. Con lo sguardo rinscemito, con una sigaretta fra le dita tremanti, barcollava sulle gambe, mantenendo a stento l'equilibrio, sbattacchiato in tutte le direzioni dall'ubriachezza. Poiché se avesse fatto un passo sarebbe caduto, non si arrischiava a camminare, però ostentava una squallida allegria, si attaccava a tutti quelli che gli passavano a tiro, cinguettava, ammiccava, ridacchiava, alzava il dito rugoso e inanellato a motteggiare penosamente e si leccava con la punta della lingua gli angoli della bocca in un modo oscenamente equivoco. Aschenbach lo guardava con le sopracciglia corrugate, e di nuovo lo colse un senso di disagio, era come se il mondo dimostrasse una lieve ma invincibile tendenza a deformarsi in qualcosa di singolare e di sinistro: un'impressione a cui però le circostanze gli vietarono d'abbandonarsi, perché la pulsante attività delle macchine ricominciava, e il vapore riprese il viaggio interrotto, attraverso il bacino di San Marco, verso la meta.

Cosí la rivedeva, quella stupefacente banchina, quell'abbagliante composizione di fantastici edifici che la Serenissima Repubblica presentava agli sguardi riverenti dei navigatori che si avvicinavano: l'aerea magnificenza del Palazzo Ducale e il Ponte dei Sospiri, le colonne sulla riva col Leone e col Santo, il fastoso aggetto del tempio favoloso e il traforo della Porta dell'Orologio coi Mori, e contemplando si disse che arrivare a Venezia dalla terraferma era come entrare in un palazzo dalla porta di servizio, e che solo per nave, dall'alto mare, come aveva fatto lui questa volta, bisognava giungere nella città piú inverosimile del mondo.

La macchine si fermarono, molte gondole s'avvicinarono alla nave, lo scalandrone venne abbassato e i doganieri salirono a bordo per adempiere al loro ufficio; lo sbarco poteva incominciare. Aschenbach fece intendere che desiderava una gondola, per essere trasportato col suo bagaglio alla stazione dei vaporetti che fanno servizio tra la città e il Lido; voleva alloggiare in riva al mare. Si apprezza il suo proposito, si grida il suo desiderio giú verso lo specchio dell'acqua, dove i gondolieri litigano in dialetto. La discesa è ostacolata, il baule, spinto e trascinato a fatica giú per la scaletta, gli impedisce il passaggio. Cosí per qualche minuto non riesce a sfuggire all'insolenza dell'orribile vecchio, che l'ubriachezza spinge oscuramente a rivolgere al forestiero gli onori dell'addio. "Le auguriamo un soggiorno meraviglioso," bela a furia di inchini. "Ci raccomandiamo al suo benevolo ricordo. *Au revoir, excusez* e *bonjour*, Eccellenza!" Gli schiuma la bocca, chiude gli occhi, si lecca le labbra e la mosca tinta, sul suo mento di vecchio, s'arriccia. "E i nostri complimenti," farfuglia portandosi due dita alla bocca, "i nostri complimenti all'innamorata, alla stupenda, bellissima..." E improvvisamente la dentiera gli cade dalla mascella sul labbro inferiore. Aschenbach riesce a mettersi in salvo, "All'innamorata, alla bellissima..." sente gemere alle sue spalle, suoni cavernosi e stentati, mentre scende tenendosi alla ringhiera di corda.

Chi non deve reprimere un fuggevole brivido, una segreta timidezza e angoscia, quando sale per la prima volta o non piú abituato su una gondola veneziana? La singolare imbarcazione, tramandata tale e quale dai tempi delle epopee e cosí tipicamente nera, come, tra tutti gli oggetti di questo mondo, sono soltanto le bare, fa pensare a silenziose e delittuose avventure nello sciacquio notturno dei canali, e ancora di piú alla morte stessa, a feretri, a tenebrose esequie, all'ultimo muto viaggio. Ed è già stato osservato che il sedile di una simile imbarcazione, quel divano laccato di un nero funereo e rivestito di gramaglie, è il piú morbido, il piú voluttuoso, il piú sfibrante sedile del mondo? Aschenbach se ne rese conto quando si trovò seduto ai piedi del gondoliere, di fronte al suo bagaglio disposto in buon ordine a prua. I gondolieri litigavano ancora, rauchi, incomprensibili, con gesti minacciosi. Ma la quiete della città lagunare pareva assorbire dolcemente le loro voci, smaterializzarle, disperderle sulle acque. Nel porto faceva caldo. Avvolto dall'alito tiepido dello scirocco, abbandonato sui cuscini cedevoli, il viaggiatore chiuse gli occhi godendo quell'inerzia inconsueta quanto dolce. La traversata sarà breve, pensò; potesse durare per sempre! Nel lieve dondolio si sentiva scivolare via dal tumulto, dalla confusione delle voci.

Intorno a lui si faceva sempre piú silenzio. Non si udiva nulla, salvo lo sciacquio del remo, lo sciabordare delle piccole onde contro il tagliamare, diritto sull'acqua, nero e armato di un rostro a forma d'alabarda, e poi un terzo rumore, un parlare, un sussurrare... il borbottare del gondoliere che parlava da solo, a voce bassa, suoni sconnessi, repressi dal lavoro delle braccia. Aschenbach si guardò intorno e con lieve sorpresa s'avvide che la laguna stava allargandosi e che la gondola navigava verso il mare aperto. Dunque non era il caso di abbandonarsi troppo al riposo ed era opportuno sorvegliare l'esecuzione della propria volontà.

"Ho detto alla stazione dei vaporetti," disse voltandosi a metà verso poppa. Il borbottio cessò. Non ottenne risposta.

"Ho detto: alla stazione dei vaporetti," ripeté girandosi del tutto e fissando in faccia il gondoliere che, ritto sull'alto bordo, torreggiava nel cielo livido. Era un uomo di aspetto sgradevole, quasi brutale, vestito marinarescamente di blu scuro, con una sciarpa verde intorno ai fianchi e un informe cappello di paglia che cominciava a disfarsi piantato arditamente di sbieco sulla testa. La sua fisionomia, i suoi baffi biondi e ricci sotto il naso schiacciato rivelavano che non era di stirpe italiana. Benché la sua corporatura fosse piuttosto fragile, tanto che non appariva molto adatta al suo mestiere, manovrava il remo con molta energia, impiegando a ogni colpo tutta la forza del suo corpo. Ogni tanto, per lo sforzo, ritraeva le labbra e scopriva i denti bianchi. Aggrottò le sopracciglia rossicce, e guardando oltre, sopra il passeggero, rispose risoluto, quasi aspro:

"Lei va al Lido."

Aschenbach rispose:

"Certo. Ma ho preso la gondola solo per fare il traghetto fino a San Marco. Voglio servirmi del vaporetto."

"Non può prendere il vaporetto, signore."

"E perché?"

"Perché il vaporetto non trasporta bagagli."

Era vero; Aschenbach se ne ricordò. Tacque. Ma il tono ruvido, arrogante, cosí insolito, in quel paese, verso un forestiero, gli pareva insopportabile. Disse: "Questi sono affari miei. Metterò il bagaglio in deposito. Lei torni indietro."

Silenzio. Il remo tagliava l'acqua, l'onda colpiva la chiglia con un suono cupo. E ricominciò il borbottio, il sussurro: il gondoliere parlava da solo fra i denti.

Che fare? Solo in mezzo al mare con quell'individuo stranamente ribelle, spaventosamente deciso, il viaggiatore non vedeva il mezzo per imporre la propria volontà. E del resto che dolce abbandono era quello, se non s'irritava! Non s'era augurato che la traversata durasse a lungo, per sempre? La risoluzione piú saggia era lasciar andare lo cose per il loro verso, e soprattutto cia altamente piacevole. L'incantesimo della pigrizia sembrava emanare dal suo sedile, da quel divano basso, rivestito di nero, cosí dolcemente cullato dai colpi di remo del dispotico gondoliere alle sue spalle. L'idea di esser caduto nelle mani di un delinquente sfiorò la mente di Aschenbach senza riuscire a stimolare i suoi pensieri a un'attiva difesa. Piú irritante era la possibilità che lo scopo di tutto fosse di estorcergli denaro. Una specie di senso del dovere o di orgoglio, e insieme il ricordo che ad esso bisogna ubbidire, riuscí a impadronirsi ancora una volta di lui. Domandò:

"Quale cifra pretende per questo viaggio?"

E, guardando al di sopra della sua testa, il gondoliere rispose:

"Lei pagherà."

La replica era ovvia. Aschenbach disse meccanicamente:

"Non pagherò niente, assolutamente niente se non mi porta dove voglio io."

"Lei vuole andare al Lido."

"Ma non con lei."

"Io la porto benissimo."

Questo è vero, pensò Aschenbach, e si lasciò andare. È vero, mi porti benissimo. Anche se vuoi i miei quattrini e con un colpo di remo sulla testa mi spedisci alla Casa di Ade, mi avrai traghettato bene.

Ma non avvenne niente di simile. Anzi, trovarono compagnia, una barca di musicanti grassatori, uomini e donne, che cantavano accompagnati da chitarre e mandolini, si attaccarono alla gondola riempiendo il silenzio delle acque con la loro avida poesia per forestieri. Aschenbach gettò del denaro nel cappello che gli tendevano. Allora tacquero e si allontanarono, e si udí di nuovo il mormorio del gondoliere che parlava da solo a frasi smozzicate.

Cosí la gondola giunse a destinazione, dondolata dalle onde di un vapore che navigava verso la città. Due guardie municipali, con le mani dietro la schiena, con la faccia rivolta verso la laguna, andavano su e giú in riva al mare. Davanti al pontile, Aschenbach lasciò la gondola, aiutato da quel vecchio col suo gancio di accosto che si trova su tutte le banchine d'attracco di Venezia; e poiché non aveva spiccioli, entrò nell'albergo di faccia al ponte di sbarco, per cambiare, e dare al gondoliere ciò che secondo lui gli spettava. Nel vestibolo viene subito servito, torna indietro, trova i suoi bagagli in una carretta sul molo, gondola e gondoliere scomparsi.

"È scappato," dice il vecchio col gancio. "Un brutto tipo, signore, l'unico gondoliere che non ha la licenza. Gli altri hanno telefonato qui. Ha visto che lo aspettavano. E allora è filato."

Aschenbach scrollò le spalle.

"Il signore ha viaggiato gratis," disse il vecchio, e tese il cappello. Aschenbach vi gettò qualche moneta. Ordinò che gli portassero le valige all'Hôtel des Bains e seguí la carretta lungo il viale tutto fiorito di bianco, fiancheggiato da caffè, bazar e pensioni, che attraversa l'isola fino alla spiaggia.

Entrò nel vasto albergo attraverso l'ingresso posteriore, dalla terrazza a giardino, e attraversando il salone e la hall si avvicinò alla réception. Poiché aveva prenotato, fu accolto con servizievole premura. Il manager, un uomo piccolo, sommesso, ossequioso, con baffetti neri e una finanziera alla francese, lo accompagnò in ascensore fino al secondo piano e gli indicò la sua stanza, una camera piacevole, piena di fiori fortemente profumati, coi mobili di ciliegio e due alte finestre che davano sul mare aperto. Uscito il manager, Aschenbach si affacciò a una delle finestre, e mentre portavano dentro il bagaglio e lo mettevano a posto rimase a rimirare la spiaggia pomeridiana, quasi deserta e senza sole, e l'alta marea che mandava contro la riva onde basse, lunghe, con un ritmo tranquillo.

Le osservazioni e gli incontri di un solitario silenzioso sono insieme piú sfumati e piú netti di quelli dell'uomo socievole, i suoi pensieri sono piú gravi, piú singolari, e mai privi di un'ombra di tristezza. Impressioni e percezioni facilmente eliminabili con un'occhiata, un sorriso, uno scambio d'opinioni, lo preoccupano oltre misura, si approfondiscono nel silenzio, diventano importanti, si trasformano in evento, in avventura, in sentimento. La solitudine fa maturare l'originalità, un bello audace e inquietante, la poesia. Ma la solitudine fa maturare anche il contrario, lo sproporzionato, l'assurdo e l'illecito. Cosí, ancora adesso le visioni del viaggio, il vecchio ripugnante damerino e le sue chiacchiere a proposito dell'innamorata, il sospetto gondoliere privato del suo compenso turbavano l'animo del viaggiatore. Senza mettere in difficoltà la ragione e senza dare vera materia alla riflessione, erano tuttavia eventi di natura singolarissima, almeno cosí gli sembrava, e inquietanti appunto in virtú di questa contraddizione. Intanto salutava il mare con gli occhi e godeva di sapere Venezia cosí vicina e raggiungibile. Finalmente si staccò dalla finestra, si lavò la faccia, diede qualche ordine alla cameriera, a perfezionamento delle proprie comodità, e si fece portare al piano terreno dallo svizzero vestito di verde che manovrava l'ascensore.

Prese il tè sulla terrazza dalla parte del mare, poi uscí e percorse un bel pezzo della passeggiata lungo la spiaggia, verso l'Albergo Excelsior. Quando tornò, doveva esser già l'ora di cambiarsi per il pranzo. Lo fece con lentezza e precisione, com'era nelle sue abitudini, perché mentre si faceva la toilette era abituato a lavorare, e tuttavia scese un po' troppo presto nel salone, dove trovò radunata gran parte degli ospiti dell'albergo, sconosciuti gli uni agli altri e simulanti una reciproca indifferenza ma accomunati dall'attesa del pranzo. Prese un giornale da un tavolino, si sistemò in una poltrona di cuoio e osservò la compagnia, che gli parve piacevolmente diversa da quella del suo primo soggiorno.

Un altro orizzonte, piú tollerante e piú largo, si apriva.

I suoni delle lingue principali si mescolavano sommessi. L'internazionale abito da sera, l'uniforme della civiltà, raccoglieva esteriormente in una dignitosa unità i vari generi d'umanità. Si vedeva la faccia lunga e asciutta dell'americano, la numerosa famiglia russa, signore inglesi, bambini tedeschi con governanti francesi. La percentuale slava sembrava prevalere. Proprio vicino a lui si parlava polacco.

Era un gruppo di giovani e di adolescenti, radunati sotto la custodia di una istitutrice o dama di compagnia e intorno a un tavolino di vimini: tre ragazze occhio e croce fra i quindici e i diciassette anni, e un ragazzo dai lunghi capelli che poteva avere quattordici anni. Con meraviglia, Aschenbach vide che il ragazzo era perfettamente bello. Il suo viso, pallido e graziosamente inaccessibile, attorniato da ricci color del miele, col naso dalla linea diritta, la bocca amabile, un'espressione di nobile e divina serietà, ricordava le sculture greche delle epoche migliori, e accanto alla purissima perfezione della forma aveva un fascino cosí unico e personale, che colui che lo guardava pensò di non aver mai visto né in natura né nelle arti figurative nulla di cosí felicemente riuscito. Ciò che inoltre si notava era l'aperto e radicale contrasto fra i principî educativi secondo i quali i fratelli apparivano vestiti e in generale trattati. L'acconciatura delle tre ragazze, la maggiore delle quali poteva essere considerata una donna, era castigata e austera fino alla contraffazione. Abiti monacali uniformi color ardesia, di media lunghezza, di taglio semplice e volutamente sgraziato, con grandi colletti bianchi quale unico ornamento, reprimevano e nascondevano tutte le attrattive della loro persona. I capelli lisciati e appiccicati al capo conferivano alle facce un'aria vuota e insignificante. Certo una madre aveva cosí disposto, che però non pensava affatto di applicare anche al ragazzo la severità pedagogica che le sembrava d'obbligo per le ragazze. La dolcezza e la tenerezza governavano vistosamente la sua vita. Ci si era ben guardati dall'accostare le forbici alla sua bella capigliatura; come quella dello Spinario capitolino, essa gli si inanellava sulla fronte, sugli orecchi, e anche giú lungo la nuca. L'abito inglese alla marinara, con le maniche a sboffo che si stringevano verso il basso, intorno ai polsi delicati delle sue mani ancora infantili ma affusolate, coi suoi ricami, cordoni e fiocchi conferiva alla figurina esile un che di lussuoso e di viziato. Era voltato di tre quarti verso l'osservatore, i piedi, nelle scarpette di lacca nera, uno davanti all'altro, un gomito puntato sul

25

bracciolo della poltrona di vimini e la guancia schiacciata contro la mano chiusa, in un atteggiamento di grazia trasandata, senza la minima ombra della rigidità quasi sottomessa alla quale sembravano avvezze le sorelle. Che fosse malato? Perché la pelle del suo viso si staccava bianca come l'avorio dall'oro scuro dei riccioli che lo incorniciavano? Oppure era semplicemente un beniamino viziato, circondato da un amore capriccioso e parziale? Aschenbach propendeva a credere questo. Nella natura di quasi tutti gli artisti è innata la tendenza voluttuosa e ingannevole a riconoscere l'ingiustizia che genera bellezza e a offrire omaggio e simpatia a una predilezione aristocratica.

Un cameriere girò fra i tavoli e annunciò in inglese che il pranzo era pronto. A poco a poco tutti gli ospiti passarono, attraverso la porta a vetri, nella sala da pranzo. Dal vestibolo entrarono alcuni ritardatari, provenienti dagli ascensori. Dentro servivano già, ma i giovani polacchi erano ancora intorno al loro tavolo di vimini, e Aschenbach, comodamente affondato nella sua poltrona, e oltretutto con la bellezza davanti, aspettò con loro.

La governante, una mezza signora piccola e corpulenta con la faccia rossa, diede finalmente il segnale di alzarsi. Spinse indietro la sua sedia e s'inchinò inarcando le sopracciglia quando una signora alta, vestita di bianco e di grigio e abbondantemente adorna di perle entrò nel salone. Il contegno della signora era freddo e misurato, l'acconciatura dei capelli, leggermente incipriati, e la foggia del suo vestito avevano quella semplicità che determina sempre il gusto di coloro che considerano la religiosità una componente della distinzione. Avrebbe potuto essere la moglie di un alto funzionario tedesco. Un tocco fantasticamente lussuoso era dato alla sua figura soltanto dai gioielli veramente inestimabili: orecchini e una lunghissima collana a tre giri di perle grosse come ciliege, lievemente splendenti.

I ragazzi si erano alzati in fretta. Si chinarono per baciare la mano della madre che con un sorriso trattenuto nel volto ben curato, ma un po' stanco e dal naso aguzzo, guardava al di sopra delle loro teste rivolgendo qualche parola in francese all'istitutrice. Poi si mosse verso la porta a vetri. I figlioli la seguirono: prima le tre signorine, in ordine di età, poi la governante, per ultimo il ragazzo. Chissà per quale motivo, prima di oltrepassare la soglia si voltò, e poiché nel salone non era rimasto nessuno, i suoi strani occhi di un color grigio crepuscolo incontrarono quelli di Aschenbach, che, col giornale sulle ginocchia, assorto nella contemplazione, seguiva il gruppo con lo sguardo.

Quel che aveva visto non aveva nulla di straordinario nei particolari. I ragazzi non erano andati a tavola prima della madre, l'avevano aspettata, l'avevano salutata rispettosamente, e entrando nella sala da pranzo avevano osservato le forme consuete. Ma tutto questo si era svolto cosí espressivamente, con un accento di disciplina, di impegno e di decoro tale che Aschenbach si sentiva singolarmente colpito. Indugiò ancora qualche istante, poi entrò anche lui nella sala da pranzo e si fece indicare il suo tavolo che, come rilevò con un breve moto di rincrescimento, era molto lontano da quello della famiglia polacca.

Stanco e tuttavia spiritualmente vivo, durante il lungo pranzo si occupò di cose astratte e addirittura trascendenti, meditò sul misterioso legame che quanto è conforme alle leggi deve contrarre con l'individuale perché ne risulti la bellezza umana, di lí passò a problemi generali della forma e dell'arte e alla fine trovò che i suoi pensieri e le sue conclusioni somigliavano a certi suggerimenti del sogno, apparentemente felici, ma che poi, a mente desta, si rivelano del tutto insipide e inservibili. Dopo cena indugiò nel parco fragrante nella sera, fumando, sostando e passeggiando, andò presto a riposare e passò la notte in un sonno ininterrotto e profondo, ma variamente animato da immagini e visioni di sogno.

Il giorno seguente il tempo non era migliore. Il vento soffiava da terra. Sotto un cielo coperto e smorto il mare giaceva in una calma intorpidita ed era insieme arricciato, la linea dell'orizzonte banalmente vicina, e la marea era cosí bassa che in varie file emergevano lunghi banchi di sabbia. Quando Aschenbach aprí la finestra gli parve di fiutare l'odore putrido della laguna.

Il malumore lo assalí. Nello stesso istante pensò alla partenza. Una volta, anni prima, dopo giorni sereni di primavera, un tempo simile lo aveva tormentato e aveva danneggiato tanto la sua salute che aveva dovuto lasciare Venezia come un fuggiasco. E adesso non sembrava già la febbrile inerzia di allora, il cerchio alle tempie, le palpebre pesanti? Cambiare nuovamente luogo sarebbe stato fastidioso; ma se il vento non girava, era impossibile restare. Per sicurezza non disfece completamente le valige. Alle nove fece colazione nell'apposito salotto, tra il salone e la sala da pranzo.

27

Nella stanza regnava la quiete solenne che è uno dei vanti dei grandi alberghi. I camerieri servivano camminando silenziosi. Il tintinnio delle porcellane da tè, qualche parola mormorata a mezza voce, era tutto quello che si poteva sentire. In un angolo, di sbieco rispetto alla porta, due tavoli piú in là del suo, Aschenbach vide le giovani polacche con la loro istitutrice. Sedevano molto erette, i capelli di un biondo cenere appena pettinati e gli occhi arrossati, vestite di rigida tela azzurra con colletti e polsini bianchi, e si passavano dall'una all'altra un vaso di marmellata. Avevano quasi finito di far colazione. Il ragazzo non c'era.

Aschenbach sorrise. Eh, piccolo Feace! pensò. A quanto pare hai sulle tue sorelle la prerogativa di dormire quanto vuoi. E subitamente rasserenato recitò fra sé il verso:

Monili spesso cambiati e tiepidi bagni, e riposo...

Fece colazione senza fretta, ricevette dalle mani del portiere, che era entrato nel salone col berretto gallonato in mano, la corrispondenza rispedita da casa, e fumando una sigaretta aprí due o tre lettere. Cosí ebbe modo di assistere all'ingresso del dormiglione atteso all'altro tavolo.

Entrò dalla porta a vetri e, attraversando in diagonale la saletta silenziosa, si avvicinò al tavolo delle sorelle. Il suo modo di camminare, per il portamento del busto quanto per il movimento delle ginocchia e il passo dei piedi, calzati di bianco, era di una bellezza straordinaria, leggero, delicato e superbo insieme, e abbellito ancora da quella timidezza infantile con la quale, camminando, alzò e abbassò due volte gli occhi, volgendo il volto verso la sala. Sorridente, con una parola a mezza voce nella sua lingua fluida e dolce, sedette al suo posto; e soprattutto ora, vedendolo nettamente di profilo, Aschenbach fu colpito da meraviglia e quasi da sgomento per la bellezza veramente divina di quel giovane mortale. Il ragazzo indossava una blusa leggera di cotone a righe bianche e azzurre, con un fiocco rosso sul petto, chiusa al collo da un semplice solino bianco e diritto. Da quel solino, non molto adatto del resto al genere del vestito, sbocciava come un fiore la testa, con una grazia incomparabile: la testa di Eros, che aveva la lucentezza giallina del marmo pario, con sopracciglia sottili e gravi, tempie e orecchi morbidamente coperti dai riccioli scuri tagliati ad angolo retto.

Bene, bene! pensò Aschenbach, con la fredda approvazione tecnica con cui talora gli artisti travestono il loro rapimento, la loro esaltazione davanti a un capolavoro. E continuò pensando: davvero, se non mi attendessero il mare e la spiaggia, resterei qui finché resti tu! Invece, fra gli inchini dei camerieri, attraversò il salone, scese dalla terrazza, e per la passerella di legno raggiunse direttamente la spiaggia riservata dell'albergo. Dal vecchio bagnino scalzo in calzoni di tela, col camiciotto da marinaro e il cappello di paglia, si fece aprire la cabina che aveva affittato, e si fece sistemare sulla piattaforma di assi il tavolino e le sedie: si distese comodamente sulla poltrona a sdraio dopo averla tirata piú presso al mare, nella sabbia giallastra.

Lo spettacolo della spiaggia, della civiltà che gode sensuale e spensierata in riva all'elemento, lo divertiva e lo rallegrava come mai. Il piatto grigiore del mare era animato da bambini sguazzanti, da nuotatori, da figure colorite coricate sui banchi di sabbia, con le mani incrociate sotto la testa. Altri remavano su sandolini rossi e azzurri e si rovesciavano in acqua ridendo. Davanti alla lunga fila delle capanne, ognuna delle quali aveva una piattaforma simile a una piccola veranda, c'era una giocosa agitazione e una pigra calma rilassata, visite e conversazioni, la raffinata eleganza mattutina e l'ardita nudità che godevano avidamente la libertà della spiaggia. Piú avanti, sulla sabbia umida e compatta c'era gente che passeggiava in accappatoi bianchi o in camiciotti dai colori sgargianti. A destra, una complessa fortezza di sabbia fatta dai bambini era guarnita tutt'intorno di bandierine di tutti i paesi. Venditori di cozze, di dolci e di frutta esponevano, in ginocchio, la loro merce. A sinistra, davanti a una delle cabine messe perpendicolarmente rispetto alle altre e al mare, e che da quella parte chiudevano la spiaggia, era accampata una famiglia russa: uomini con lunghe barbe e con denti enormi, donne fragili e indolenti, una signorina delle province baltiche, che seduta davanti a un cavalletto dipingeva una marina fra sospiri di disperazione, due bambini brutti e simpatici, una vecchia domestica col fazzoletto in testa e modi umili e teneri da schiava. Vivevano lí in grata beatitudine, chiamando instancabilmente per nome i loro bambini innocentemente scatenati, scherzando, utilizzando poche parole italiane, col vecchietto faceto che vendeva dolciumi, si baciavano a vicenda sulle guance, non curandosi affatto di coloro che osservavano la loro comunità.

Rimango, pensò Aschenbach. Dove trovo meglio di qui? E con le mani intrecciate in grembo lasciò errare i suoi occhi sulle lontananze del mare, e il suo sguardo fuggire, dissolversi, spezzarsi nella caligine monotona dello spazio deserto. Amava il mare per ragioni profonde: l'esigenza di riposo dell'artista costretto a una dura fatica, che, davanti all'esigente multiformità dei fenomeni aspira alla semplicità, all'immensità; la tendenza vietata, contraddittoria rispetto alla sua missione e appunto per questo irresistibile, verso l'inarticolato, lo smisurato, l'eterno, il nulla. Avere pace nella perfezione è il sogno di chi si affatica per giungere all'eccellenza; e non è forse il nulla una forma di perfezione? Ma mentre lasciava che il suo sogno s'immergesse nel vuoto, la linea orizzontale della riva fu tagliata all'improvviso da una figura umana, e quando ritirò il suo sguardo dall'infinito, vide il bel ragazzo che gli passava davanti, sulla sabbia, proveniente da sinistra.

Era scalzo, pronto a gettarsi nell'acqua, le gambe snelle nude fin sopra il ginocchio: camminava lento ma con un passo leggero e superbo, come se fosse abituato ad andare in giro senza scarpe, e si voltò verso le cabine che delimitavano la spiaggia. Ma appena vide la famiglia russa che si divertiva in dolce armonia, un'ombra di adirato disprezzo gli oscurò il viso. La sua fronte si corrugò, il labbro superiore si storse, una smorfia amara corse dalla bocca a uno degli zigomi e gli deformò la guancia, e le sopracciglia erano cosí increspate che gli occhi parvero incavarsi sotto la pressione e si fecero scuri e cattivi e parlarono eloquentemente il linguaggio dell'odio. Poi chinò gli occhi, si voltò ancora una volta minaccioso, fece con la spalla un brusco movimento di disprezzo, e si lasciò alle spalle il nemico.

Un sentimento di tenerezza o di spavento, qualcosa di simile al rispetto e alla vergogna indussero Aschenbach a distogliere lo sguardo, come se non avesse visto nulla; giacché al serio e casuale testimonio della passione ripugna usare anche soltanto di fronte a se stesso ciò che ha percepito. Aschenbach era divertito e commosso insieme, vale a dire felice. Quel fanatismo infantile rivolto contro la vita innocua e bonaria di quella gente stabiliva una relazione umana con la divina inespressività, rivelava degno di un interesse piú profondo quel prezioso capolavoro della natura apparentemente destinato solo alla gioia degli occhi; e la figura dell'adolescente, già cosí notevole per la sua bellezza, assumeva un rilievo che consentiva di prenderlo sul serio più di quanto la sua età comportasse.

Ancora voltato, Aschenbach ascoltava la voce del' ragazzo, quella voce chiara, un po' sottile, con cui si annunciava da lontano ai compagni di gioco occupati intorno alla fortezza. Gli risposero molte voci, gridando il suo nome o un vezzeggiativo, e Aschenbach ascoltò con una certa curiosità, senza riuscire a cogliere nulla di più preciso che due sillabe melodiose come "Adgio" o più sovente "Adgiu" con una u prolungata alla fine. Il suono gli piacque, giudicò che l'eufonia corrispondeva all'oggetto, lo ripeté mentalmente e poi tornò a occuparsi soddisfatto delle sue carte e delle sue lettere.

Con la piccola macchina da scrivere portatile sulle ginocchia, prese la penna stilografica e incominciò a sbrigare un po' di corrispondenza. Ma dopo un quarto d'ora pensò che era un peccato abbandonare cosí, in spirito, e perdere per un'attività insignificante uno stato cosí degno di essere goduto. Mise da parte carta e penna e tornò al mare; ben presto, attirato dalle voci infantili dei costruttori del forte, voltò verso destra la testa comodamente appoggiata allo schienale della poltrona per assistere di nuovo alle gesta del delizioso "Adgio."

Lo trovò al primo colpo d'occhio; il fiocco rosso che aveva sul petto lo distingueva. Occupato insieme con gli altri a sistemare una vecchia tavola a fare da ponte sul fossato umido della fortezza, dirigeva il lavoro con parole e con cenni del capo. Erano con lui una diecina di compagni, maschi e femmine, della sua età e qualcuno più piccolo, che parlavano alla rinfusa in tutte le lingue, polacco, francese e anche idiomi balcanici. Ma il suo nome risuonava più sovente degli altri. Fra tutti era il più ricercato, ammirato, corteggiato. Specialmente uno, polacco come lui, che si chiamava "Yaschu" o qualcosa di simile, un ragazzo robusto dai capelli neri impomatati, vestito di una leggera blusa di tela, sembrava il suo più fedele vassallo e amico. Provvisoriamente finito il lavoro intorno alla fortezza, si allontanarono allacciati lungo la riva, e quello chiamato "Yaschu" baciò il bellissimo compagno.

Aschenbach fu tentato di minacciarlo col dito. "A te, Critobulo," pensò sorridendo, "consiglio: parti in viaggio per un anno! Perché tanto e non meno ti occorre per guarire!" Poi fece una colazione di grosse fragole ben mature, che comperò da un venditore ambulante. Adesso faceva molto caldo, benché il sole non fosse riuscito a bucare lo strato di vapori che copriva il cielo. La pigrizia incatenava lo spirito, mentre i sensi assaporavano il formidabile e stordente eloquio del silenzio del mare. Indovinare, indagare quale fosse il nome che suonava press'a poco "Adgio" pareva all'uomo serio e pensoso un compito degno di tutta la sua attenzione. E con l'aiuto di qualche reminiscenza polacca, concluse che doveva essere "Tadzio," abbreviazione di Tadeusz che nel vocativo si prolungava in "Tadziu."

Tadzio faceva il bagno. Aschenbach, che l'aveva perso di vista, scorse la sua testa, il braccio che alzava battendo l'acqua, laggiú, molto al largo; il mare doveva esser calmo fino a grande distanza. Ma già gli altri s'inquietavano per lui, voci di donne lo chiamavano dalle cabine e ripetevano quel nome, che dominava la spiaggia quasi come una parola d'ordine e che con le sue consonanti dolci, il suo u finale prolungato, aveva qualcosa di mite e insieme di selvaggio: "Tadziu!" Tadziu!" Lui tornò, con la testa rovesciata indietro attraversò di corsa l'acqua bassa suscitando spuma dall'onda che resisteva alle sue gambe; e vedere la forma viva, acerba e graziosa e non ancora virile, sorgere, con i ricci grondanti, bella come di un dio, dalle profondità del mare, uscire e fuggire dall'elemento, questo spettacolo suggeriva mitiche fantasie, qualcosa come una leggenda poetica di età primitive, delle origini della forma e della nascita degli dèi. Aschenbach ascoltava con gli occhi chiusi quel canto che gli vibrava nell'anima, e di nuovo pensò che lí stava bene e che lí sarebbe rimasto.

Piú tardi Tadzio si riposò del bagno, sdraiato sulla sabbia, avvolto in un accappatoio bianco che passava sotto la spalla destra e con la testa appoggiata sul braccio nudo; e Aschenbach, anche se non lo guardava e leggeva invece qualche pagina del suo libro, non riusciva a dimenticare che lui era lí, e che bastava voltare leggermente il capo verso destra per contemplare la mirabile visione. Quasi aveva l'impressione di essere lí per proteggere il suo riposo, occupato nelle proprie faccende e tuttavia in costante vigilanza su quella nobile immagine dell'uomo che giaceva a poca distanza da lui. E una tenerezza paterna, l'affetto commosso di colui che sacrificandosi nello spirito crea la bellezza, verso colui che la possiede, riempiva e agitava il suo cuore.

Dopo mezzogiorno lasciò la spiaggia, tornò all'albergo e salí in camera. Indugiò a lungo davanti allo specchio, osservando i suoi capelli grigi, il suo viso stanco e affilato. In quel momento pensò alla sua fama, pensò che molti per la strada lo riconoscevano e lo guardavano con reverenza, per la precisione infallibile e coronata di grazia della sua parola, evocò tutti i fortunati successi del suo talento, non omettendo perfino il titolo nobiliare che gli era stato conferito. Poi scese in sala da pranzo per il lunch, e mangiò al proprio tavolino. Quando, finito il pasto, entrò nell'ascensore, alcuni giovani che venivano anch'essi dalla sala da pranzo si infilarono nella gabbietta sospesa, e c'era anche Tadzio, e Aschenbach se lo trovò accanto, cosí vicino che non lo vedeva piú alla distanza specifica dell'immagine, bensí lo sentiva e lo riconosceva minutamente in tutti gli elementi della sua concreta umanità. Qualcuno rivolse la parola al ragazzo e questi, mentre rispondeva con un sorriso indescrivibilmente amabile, stava già uscendo a ritroso dall'ascensore, con gli occhi bassi, al primo piano. La bellezza rende pudichi, pensò Aschenbach e si chiese insistentemente perché. Aveva tuttavia notato che i denti di Tadzio non erano perfetti; un po' frastagliati e spenti, senza lo smalto delle dentature sane, con quella particolare fragilità e trasparenza che accompagna talvolta la clorosi. È molto delicato, è malaticcio, pensò Aschenbach. Probabilmente non avrà il tempo di invecchiare. E rinunziò a cercare la ragione del sentimento di soddisfazione o di sollievo che accompagnava questo pensiero.

Passò due ore nella sua stanza, e nel pomeriggio andò a Venezia col vaporetto che attraversava la laguna maleodorante. Scese a San Marco, prese il tè in piazza e poi, secondo l'ordine del giorno, fece un giro per le vie. Ma proprio questa passeggiata determinò un capovolgimento completo del suo umore e delle sue decisioni.

Sui vicoli stagnava una calura afosa e ripugnante; l'aria era cosí spessa che gli odori provenienti da abitazioni, botteghe, cucine, vapori d'olio, nuvole di profumo e molti altri, restavano sospesi senza dissolversi. Il fumo delle sigarette fluttuava immobile e si disperdeva solo con estrema lentezza. La folla che si accalcava nello spazio angusto infastidiva il viaggiatore invece di divertirlo. Piú camminava, e piú sentiva il tormento dell'orribile stato in cui l'aria di mare unita allo scirocco lo precipitavano, uno stato di prostrazione e insieme di eccitazione. Era inondato di un molesto sudore. Gli si annebbiava la vista, il petto era oppresso, un brivido di febbre lo scosse, il sangue gli pulsava nelle tempie. Fuggí dalle Mercerie affollate, superando ponti, verso i quartieri dei poveri. Ma qui lo importunavano i mendicanti, il fetore dei canali gli mozzava il respiro. In una piazza tranquilla, uno di quei luoghi, nel cuore di Venezia, che sembrano abbandonati in un incantato oblio, si riposò su una vera di pozzo, s'asciugò la fronte e si rese conto che doveva partire.

Per la seconda volta e ormai in modo definitivo era dimostrato che la città, con quella situazione atmosferica, era molto dannosa alla sua salute. Ostinarsi a restare era irragionevole, la probabilità di un cambiamento del vento era molto incerta. Bisognava prendere una immediata decisione. Ritornare a casa subito non era possibile. Né il quartiere d'inverno né quello estivo erano pronti ad accoglierlo. Ma un mare e una spiaggia non si trovavano soltanto a Venezia, e anzi altrove non avevano l'infetto complemento della laguna e dei suoi miasmi. Si ricordò di un piccolo villaggio balneare poco distante da Trieste, che qualcuno gli aveva segnalato. Perché non là? E subito, perché valeva ancora la pena di cambiare un'altra volta il luogo della villeggiatura. Si dichiarò deciso e si alzò. Al primo posteggio prese una gondola e attraverso il tetro labirinto dei canali, sotto balconi gentilizi fiancheggiati da leoni di marmo, svoltando intorno a speroni di muraglie vischiose, lungo squallide facciate di palazzi in rovina che specchiavano grandi insegne di fondachi nelle acque cosparse di detriti galleggianti, si fece portare a San Marco. Non senza fatica, perché il gondoliere, d'accordo con le fabbriche di merletti e le vetrerie, cercava continuamente di sbarcarlo per fargli visitare negozi e indurlo ad acquisti, e quando la bizzarra attraversata di Venezia incominciava a esercitare il suo fascino, la venalità rapace della decaduta regina dei mari interveniva spiacevolmente a placare i sensi.

Ritornato all'albergo, prima ancora di pranzare dichiarò alla réception che circostanze impreviste lo costringevano a partire il giorno dopo. Ci furono frasi di rincrescimento, gli venne rilasciata la ricevuta del suo conto. Pranzò, e trascorse la tiepida serata a leggere i giornali seduto in una poltrona a dondolo sulla terrazza che dava sul giardino. Prima di andare a letto preparò tutti i bagagli per la partenza.

Non dormí molto bene, perché lo agitava il nuovo distacco. Al mattino, quando aprí la finestra, il cielo era coperto come il giorno prima, ma l'aria pareva piú fresca, e subito cominciarono i rimpianti. Quella precipitosa disdetta non era un errore, la conseguenza di uno stato di malessere del tutto eccezionale? Se l'avesse differita di qualche giorno, se, prima di rinunziare a priori, avesse tentato di adattarsi al clima veneziano e di aspettare un miglioramento del tempo, adesso, invece di agitazione e trambusto, avrebbe avuto davanti una mattinata sulla spiaggia come il giorno prima. Troppo tardi. Ormai doveva continuare a volere ciò che aveva voluto ieri. Si vestí e alle otto scese al pianterreno per la colazione.

Nella saletta, quando entrò, non c'era ancora nessuno. Qualcuno sopraggiunse mentre lui stava aspettando la colazione che aveva ordinato. Stava già bevendo il tè quando arrivarono le giovani polacche con la loro accompagnatrice; austere e fresche, con gli occhi un po' arrossati, andarono a sedersi al loro tavolino presso la finestra. Subito dopo si avvicinò il portiere col berretto in mano e gli annunciò che era l'ora della partenza. Era pronta l'automobile che l'avrebbe portato, insieme con altri viaggiatori, all'Albergo Excelsior; di là il motoscafo avrebbe trasportato i signori alla stazione attraverso il canale privato della Società dei Grandi Alberghi. Il tempo stringeva. Aschenbach invece trovava che non stringeva affatto. Mancava piú di un'ora alla partenza del treno. Si irritò contro l'abitudine degli alberghi di spedir via in fretta i partenti, e significò al portiere che intendeva far colazione in pace. L'uomo si ritirò esitante per ricomparire dopo cinque minuti. Impossibile far aspettare piú a lungo la macchina. E allora che se ne andasse, purché avesse trasportato il suo baule, rispose Aschenbach irritato. Quanto a lui, aggiunse, avrebbe preso il vaporetto all'ora che gli faceva comodo, e pregava che gli permettessero di partire come voleva. L'impiegato s'inchinò. Aschenbach, contento di aver respinto quelle fastidiose insistenze terminò senza fretta la colazione e si fece persino portare un giornale. Quando finalmente si alzò aveva davvero i minuti contati. Il caso volle che in quel preciso istante Tadzio entrasse dalla porta a vetri.

Avvicinandosi al tavolo dei suoi, incrociò l'ospite, che partiva; davanti a quel signore dalla fronte alta e dai capelli grigi chinò modestamente gli occhi, per risollevarli subito, com'era suo amabile vezzo, larghi e dolci verso di lui, ed era già passato. Addio, Tadzio! pensò Aschenbach. Per breve tempo ti ho visto. E mentre, contro le sue abitudini, formulava il pensiero con le labbra e lo mormorava a voce bassa, soggiunse: "Che tu sia benedetto!" Poi si accinse alla partenza, distribuí mance, ricevette il saluto del piccolo discreto manager in finanziera alla francese, e uscí dall'albergo, a piedi com'era venuto, seguito dal domestico che gli portava il bagaglio a mano, per recarsi all'imbarcatoio, lungo il viale fiorito di bianco che attraversa l'isola. Vi giunge, prende posto, e quel che seguí fu un viaggio di passione, angoscioso, attraverso tutti gli abissi del pentimento.

Era la nota traversata della laguna, davanti a San Marco, e su per il Canal Grande. Aschenbach era seduto a prua sulla panca circolare col braccio sulla ringhiera e la mano alzata a proteggere gli occhi dal riverbero. I Giardini passarono, la Piazzetta s'aprí ancora una volta nella sua grazia regale e scomparve, poi la grande fuga di palazzi, e alla svolta del canale comparve lo splendido arco marmoreo del Ponte di Rialto. Il viaggiatore guardava, e si sentiva lacerato. L'atmosfera della città, il leggero odore di putrefazione dell'acqua stagnante che lui aveva avuto tanta fretta di fuggire, adesso lo respirava a lunghe, dolorose, tenere sorsate. Possibile che non avesse saputo, che non si fosse ricordato di quanto il suo cuore fosse attaccato a tutte quelle cose? Quello che al mattino era stato un vago rammarico, un leggero dubbio sull'opportunità della sua decisione, adesso diventava lutto, vero dolore, una tortura dell'anima, amara al punto che piú volte le lacrime gli empirono gli occhi, e di cui diceva a se stesso che non avrebbe potuto prevederla. Ciò che piú gli pareva penoso, anzi in certi momenti addirittura intollerabile, era il pensiero che non avrebbe mai piú rivisto Venezia, che quello era un addio per sempre. Poiché aveva constatato per la seconda volta che la città lo rendeva malato, poiché per la seconda volta era costretto a lasciarla in fretta e furia, doveva ormai considerarla un luogo di residenza impossibile e proibito, superiore alle sue forze, sarebbe stato assurdo ritentare. Sentiva anzi che se ora partiva, orgoglio e vergogna gli avrebbero vietato di vedere mai piú l'amata città di fronte alla quale per ben due volte aveva subíto uno scacco fisico; e quel conflitto fra inclinazione spirituale e capacità corporea parve improvvisamente cosí grave e significativo all'uomo già prossimo alla vecchiaia, e la disfatta fisica cosí vergognosa, da evitare a qualunque prezzo, che non capiva piú la facile rassegnazione con cui ancora ieri aveva deciso di subirla e di ammetterla senza una seria lotta.

Intanto il vaporetto si avvicina alla stazione, la sofferenza e le perplessità aumentano fino allo sconvolgimento.

In tanta angoscia partire sembra impossibile ma non meno impossibile tornare indietro. Cosí entra in stazione stravolto. È molto tardi, non ha un minuto da perdere se vuole prendere il treno. Vuole e non vuole. Ma il tempo stringe, lo incalza; si affretta a prendere il biglietto e nel trambusto della sala cerca l'impiegato della Società dei Grandi Alberghi. L'uomo compare e gli annuncia che il baule è stato spedito. Già spedito? Sí, tutto in ordine, per Como. Per Como? E da un rapido scambio di irritate domande e di costernate risposte risulta che il baule, confuso con altri bagagli, è partito dall'ufficio spedizioni dell'Albergo Excelsior per una destinazione completamente sbagliata.

Aschenbach stentò a conservare l'unica espressione adatta alla circostanza. Una gioia stravagante, un'incredibile allegria lo scuoteva dall'interno, quasi uno spasimo. L'impiegato si precipitò a fermare il baule, se era ancora possibile, ma com'era da prevedere ritornò a mani vuote. Allora Aschenbach dichiarò che non intendeva partire senza il suo baule, e perciò decideva di tornare all'Hôtel des Bains per aspettare il ritorno del collo. Domandò se il motoscafo della Società era ancora lí. L'uomo assicurò che era davanti all'uscita della stazione. Con italiana facondia persuase il bigliettaio a riprendersi il biglietto, giurò che si sarebbe telegrafato, che nulla sarebbe stato risparmiato e omesso per riavere il baule al piú presto. E cosí avvenne che, singolarmente, venti minuti dopo il suo ingresso in stazione, il viaggiatore si ritrovò sul Canal Grande, di ritorno verso il Lido.

Avventura bizzarra, incredibile, umiliante, tra la farsa e il sogno: rivedere, prima che un'ora sia passata, deviati e respinti indietro dal destino, i luoghi a cui si è appena detto addio con profondo dolore! Sollevando un'onda di spuma, bordeggiando svelta fra gondole e vaporetti, la piccola rapida imbarcazione vola verso la sua mèta, mentre l'unico passeggero nasconde sotto la maschera di una immusonita rassegnazione l'allegra eccitazione di un ragazzo scappato di casa. Ogni tanto gli viene da ridere al pensiero di quella fatalità che, si diceva, non avrebbe potuto trattare con maggior compiacenza un beniamino della fortuna. Si trattava di fornire spiegazioni, di affrontare sguardi stupiti, poi tutto, si disse, tornerà a posto: l'infelicità sarà stata evitata, un grave errore riparato, e tutto ciò che aveva creduto di poter abbandonare gli si sarebbe di nuovo dischiuso, sarebbe stato suo finché voleva... E lo illudeva la velocità del battello, o davvero, per soprappiú ora il vento soffiava dal mare?

Le onde battevano contro le pareti di cemento del canale stretto che taglia l'isola fino all'Excelsior. Un'automobile aspettava il reduce, e lo ricondusse lungo il mare increspato diritto all'Hôtel des Bains. Il piccolo manager baffuto in abito a falde, da passeggio, scese la scalinata per venirgli incontro.

Con qualche salamelecco deplorò l'incidente, lo definí assai penoso per lui e per l'albergo, ma approvò con convinzione la decisione di Aschenbach di aspettare lí il ritorno del baule. La sua camera era stata disgraziatamente occupata, ma gliene poteva offrire un'altra, non meno buona. *"Pas de chance, monsieur,"* disse sorridendo il liftboy svizzero, mentre lo accompagnava su. E cosí il fuggitivo fu risistemato in una stanza quasi identica alla prima per posizione e per arredamento.

Affaticato, rintronato dal turbinio di quella strana mattinata, Aschenbach, dopo aver messo a posto il contenuto della sua valigetta a mano, si sedette nella poltrona accanto alla finestra aperta. Il mare era adesso di una tinta verde chiara, l'aria sembrava piú rada e piú pura, la spiaggia, con le cabine e le barche, piú colorata, sebbene il cielo fosse ancora grigio. Aschenbach guardava fuori, con le mani congiunte in grembo, lieto di esser di nuovo lí, ma crollando il capo, scontento della sua volubilità, della sua poca conoscenza dei propri desideri. Cosí rimase per un'ora buona, senza pensare, riposando e assorbito da una vaga fantasticheria. Verso mezzogiorno vide Tadzio nell'abito di tela rigata col fiocco rosso, che ritornava dal mare lungo lo steccato della spiaggia e rientrava in albergo sopra la passerella. Aschenbach lo riconobbe subito, prima ancora di averlo visto bene, e stava per pensare qualcosa come: oh Tadzio, anche tu sei di nuovo qui! Ma nell'attimo stesso sentí che quel distratto saluto crollava e ammutoliva davanti alla verità del suo cuore; sentí il tumulto del suo sangue, la gioia, il dolore dell'anima e capí che proprio per via di Tadzio gli era stato penoso il commiato.

Rimase seduto in silenzio, lassú dove nessuno lo poteva vedere, intento a guardare dentro se stesso. Il suo viso si era animato, le sue sopracciglia si inarcarono, un attento sorriso di sottile curiosità gl'increspò la bocca. Poi alzò il capo e con le due braccia che pendevano inerti dai braccioli della poltrona descrisse un movimento ascendente e rotatorio, con le palme rivolte verso l'alto, come a indicare un aprirsi e un allargarsi delle braccia. Era un gesto di fervido benvenuto e di calda e abbandonata accoglienza.

Ormai, giorno per giorno, il dio dalle guance ardenti conduceva nudo la quadriga di fuoco attraverso gli spazi del cielo, e la sua chioma d'oro ondeggiava al vento del- l'est che presto si placava. Una serica bianchezza posava sulle distese del Ponto torpido e ondulato. La sabbia era rovente. Sotto l'etere azzurro dai riverberi d'argento, da- vanti alle cabine, erano tese tende di traliccio ruggine, e sulla netta macchia d'ombra che esse proiettavano passavano le ore del pomeriggio. Ma altrettanto deliziosa era la sera, quando gli alberi del parco emanavano profumi balsamici, le stelle eseguivano la loro danza, e il mormorio del mare notturno saliva dolcemente e parlava all'anima. Quelle sere portavano in seno facilmente la lieta promessa di una nuova giornata di sole, di ordinati piaceri, di infinite possi- bilità di casi gradevoli.

L'ospite, che una compiacente sfortuna aveva trattenuto, era ben lontano dal vedere nel ricupero dei suoi averi l'oc- casione di un'altra partenza. Per due giorni aveva dovuto sopportare qualche privazione e scendere a pranzo nella gran sala in abito da viaggio. Poi, quando finalmente gli fu riportato il baule smarrito, lo disfece fino in fondo e riempí armadi e cassetti con la sua roba, deciso a fermarsi per un periodo indeterminato, soddisfatto di passare le ore sulla spiaggia in leggeri vestiti di seta e di poter scen- dere a pranzo in rigoroso abito da sera.

Il ritmo regolare e benefico di quell'esistenza l'aveva già assorbito col suo incanto, la dolcezza morbida e splen- dida di quel vivere lo inebriava rapidamente. Quale sog- giorno, infatti, che unisce le attrattive di una villeggiatura comoda e su una spiaggia meridionale con la vicinanza familiare della città stupefacente e stupenda! Aschenbach non amava il piacere. Quando si trattava di far vacanza, di riposare, di darsi all'ozio provava ben presto — special- mente quando era piú giovane — un'inquietudine e un di- sgusto che lo riconducevano all'ardua fatica, alla sacra e tranquilla opera quotidiana. Solo questo luogo lo stregava, allentava la sua volontà, lo rendeva felice. Qualche volta al mattino, sotto il telone del suo capanno, mentre con- templava come sognando il mare azzurro, o nella notte tiepida, sdraiato sui cuscini della gondola che lo riportava a casa sotto il vasto cielo stellato dopo una lunga sosta in Piazza San Marco — e le luci varie, i suoni armoniosi delle serenate restavano indietro, — ripensava alla casa fra i monti, sede delle sue battaglie estive, dove le nuvole passavano basse sul giardino e spaventosi temporali notturni spegnevano le luci domestiche e i corvi che lui nutriva si dondolavano in cima agli abeti. Gli sembrava allora di essere trasportato nei campi elisi, ai confini della terra, dove gli uomini vivono una vita beata, dove non c'è neve né tempesta né piogge torrenziali, ma Oceano spira un'aura mitemente rinfrescante e i giorni trascorrono in ozi deliziosi, senza fatica, senza lotta, consacrati unicamente al sole e alle sue ricorrenze.

Spesso, quasi di continuo, Aschenbach vedeva il ragazzo Tadzio; lo spazio ristretto, l'orario uguale per tutti facevano sí che il bel ragazzo fosse quasi costantemente, tranne brevi interruzioni, nelle sue vicinanze. Lo vedeva e lo incontrava dappertutto; nelle sale a pianterreno dell'albergo, nei rinfrescanti viaggi in vaporetto tra il Lido e la città, sulla splendida Piazza e sovente, quando il caso era favorevole, anche nei vicoli e nei campielli. Ma soprattutto, e con felice regolarità, le mattinate sulla spiaggia gli offrivano abbondanti occasioni di contemplare con fervore e raccoglimento la splendida apparizione. Anzi, proprio questa fedeltà della fortuna, questo favore delle circostanze, che si rinnovava regolarmente e quotidianamente, lo riempiva di soddisfazione e della gioia di vivere e gli rendeva caro il soggiorno, e oltretutto, compiacente, allineava una giornata di sole alle altre uguali.

Si alzava presto, come nei giorni in cui l'assillo del lavoro lo angustiava, ed era sulla spiaggia prima di tutti gli altri, quando il sole era ancora mite e il mare bianco abbagliante era ancora immerso nei suoi sogni mattutini. Salutava affabilmente il guardiano del recinto, familiarmente il bagnino scalzo dalla barba bianca che gli aveva preparato il posto, tirato la tenda bruna, sistemato i mobili sulla piattaforma della cabina, e si sdraiava. Tre ore o quattro erano sue, ore in cui il sole, salendo nel cielo, acquistava una forza terribile, e l'azzurro del mare si faceva sempre piú intenso e lui poteva vedere Tadzio.

Lo vedeva venire da sinistra, lungo l'orlo del mare, oppure sbucare tra le capanne, o anche s'accorgeva improvvisamente, non senza un lieto sussulto, di aver mancato il suo arrivo e che il ragazzo era già lí col suo vestito bianco e turchino, l'unico indumento che portava sulla spiaggia, già intento alle sue consuete occupazioni, al sole e sulla sabbia — quella vita amabilmente vuota, oziosamente irrequieta, fatta di giuoco e di riposo, bighellonare, sguazzare nell'acqua, scavare nella sabbia, rincorrersi, sdraiarsi e nuotare, sotto la sorveglianza delle signore che con voci stridule lo chiamavano per nome: "Tadziu! Tadziu!" e lui accorreva al richiamo, con gesti vivaci, per raccontar loro le sue avventure e mostrare la preda: conchiglie, cavallucci marini, meduse e granchi che camminavano di sbieco. Aschenbach non capiva una parola di quel che diceva, forse erano cose banalissime, ma al suo orecchio suonavano come una confusa melodia. Cosí l'incomprensibilità trasformava in musica il linguaggio del ragazzo, un sole sfolgorante versava su di lui uno spreco di luce, e la vastità sublime del mare faceva da sfondo e dava risalto alla sua figura.

Ormai Aschenbach conosceva ogni linea e ogni atteggiamento di quel corpo cosí squisito e che si mostrava cosí liberamente; salutava con sempre nuova gioia le sue bellezze già note e non si saziava di ammirarlo con un sottile piacere dei sensi. Il ragazzo era chiamato a salutare un conoscente che faceva visita alle signore davanti alla loro cabina; arrivava di corsa, talvolta appena uscito, grondante, dal mare, buttava indietro i riccioli e tendendo la mano spostava il peso del corpo su una gamba, mentre l'altro piede sfiorava appena il terreno, con una incantevole torsione del busto, un gesto di grazia e di attesa, di amabile reticenza, di aristocratico senso del dovere, desideroso di colpire. Altre volte stava sdraiato per terra, l'accappatoio avvolto intorno al petto, il gracile braccio di statua puntato sulla sabbia, il mento nel cavo della mano; accoccolato accanto a lui, il ragazzo che chiamavano "Yaschu" gli faceva mille moine e nulla era piú affascinante del sorriso delle labbra e degli occhi con cui l'eletto gratificava il suo inferiore, il suo cortigiano. Oppure se ne stava in piedi in riva al mare, solo, lontano dai suoi e vicinissimo ad Aschenbach — con le mani intrecciate dietro la nuca, dondolandosi sulla punta dei piedi, e sognava nell'azzurro, mentre le piccole onde venivano a lambirgli gli alluci. I capelli color miele gli si arricciavano sulle tempie e sulla nuca, il sole gli faceva brillare la peluria fra le scapole, il rilievo delicato del costato, la simmetria del petto si profilavano sotto l'aderente rivestimento del busto, le ascelle erano ancora lisce come in una statua, il cavo delle ginocchia splendeva e la venatura azzurrina che traspariva faceva apparire il suo corpo ancora piú luminoso. Quale disciplina, quale precisione di pensiero si esprimeva in quel corpo agile e giovanilmente perfetto! Ma la volontà pura e severa che agendo oscuramente aveva potuto dare alla luce queil'opera d'arte divina — non gli era forse nota e familiare, a lui, all'artista? Non agiva anche in lui, quando, pieno di sobria passione liberava dal blocco marmoreo del linguaggio la forma snella che aveva visto con lo spirito e che presentava agli uomini come specchio e immagine della bellezza spirituale?

Specchio e immagine! I suoi occhi avvolsero la nobile figura che campeggiava nell'azzurro, e con estatica esaltazione egli credette di afferrare con quello sguardo l'essenza stessa della bellezza, la forma come pensiero divino, l'unica e pura perfezione che vive nello spirito e di cui lí veniva offerta all'adorazione un'immagine umana, una analogia chiara e stupenda. Quella era l'ebbrezza; e l'artista avviato alla vecchiaia l'accoglieva con avidità. Il suo spirito turbinava, la sua cultura era in ebollizione, il suo spirito ribolliva, la sua memoria riportava in luce pensieri vecchissimi che gli erano stati tramandati durante la gioventú e che lui non aveva mai ravvivato con la propria fiamma. Non stava scritto che il sole distrae la nostra attenzione dalle cose intellettuali e la rivolge verso le cose sensibili? Stordisce l'intelletto e la memoria, e li ammalia in modo che nel piacere l'anima dimentica il proprio stato e si attacca al piú bello tra gli oggetti che sono illuminati dal sole: soltanto con l'aiuto di un corpo, essa trova poi la forza di innalzarsi a una contemplazione piú alta. Amore faceva come i matematici che mostrano ai bambini poco dotati le immagini tangibili delle forme pure. Cosí anche il dio, per renderci visibile l'astratto, si serve della forma e del colore della giovinezza umana che egli, per farne uno strumento del ricordo, adorna di tutto lo splendore della bellezza, tanto che noi, a guardarla, bruciamo di dolore e di speranza.

Cosí pensava pieno d'entusiasmo; cosí gli era dato di sentire. E l'ebbrezza del mare e il fulgore del sole intessevano un'immagine fascinosa. Era il vecchio platano poco lontano dalle mura di Atene, — il sacro recesso ombroso profumato dagli ippocastani in fiore, adorno di tavolëtte votive e di pie offerte in onore delle ninfe e di Acheloo. Il ruscello limpidissimo scorreva, ai piedi dell'albero dai grandi rami, su un letto di ciottoli levigati; i grilli stridevano. Ma sul prato in dolce declivio, che permetteva di stare sdraiati con la testa sollevata, erano distesi due uomini che lí si riparavano dalla calura del giorno: uno quasi vecchio e l'altro giovane, uno brutto e l'altro bello, il saggio presso l'amabile. E fra gentilezze e spiritose arguzie Socrate istruiva il discepolo Fedro sul desiderio e sulla virtú. Gli parlava della fervida angoscia che coglie l'uomo sensibile quando i suoi occhi scorgono un'analogia dell'eterna bellezza; gli parlava delle voglie dell'empio e del malvagio, che non riesce a pensare alla bellezza quando ne vede il simulacro, e che non è capace di venerazione; gli parlava del sacro sgomento che coglie l'uomo di nobili sensi quando un volto divino, un corpo perfetto gli appare, e di come trema ed è fuori di sé, e osa appena guardare e venera colui che possiede la bellezza, e gli recherebbe sacrifici come alla statua di un dio, se non temesse di essere preso per un pazzo. Poiché la bellezza, mio Fedro, soltanto la bellezza è amabile e visibile insieme; essa è, nota, la sola forma dell'immateriale che noi siamo in grado di percepire coi sensi e che i nostri sensi possano sopportare. E infatti che sarebbe di noi se il divino, se la ragione, la virtú, la verità ci apparissero sensibilmente? Non saremmo forse bruciati e distrutti dall'amore, come Semele al cospetto di Giove? Cosí la bellezza è, per colui che sente, la via che conduce allo spirito — solo la via, solo il mezzo, mio piccolo Fedro... E poi disse la cosa piú sottile, l'astuto seduttore: disse questo, che l'amante è piú divino dell'amato perché dio è nel primo ma non nell'altro — forse il pensiero piú tenero e piú beffardo che sia mai stato pensato e dal quale sgorga la malizia e la piú segreta voluttà del desiderio.

Felicità per lo scrittore è il pensiero che può diventare interamente sentimento, il sentimento che può diventare interamente pensiero. Tali erano il pensiero palpitante e il sentimento rigoroso che appartenevano e obbedivano in quel momento al solitario: cioè, che la natura rabbrividisce di voluttà quando lo spirito s'inchina davanti alla bellezza. Improvvisamente provava il desiderio di scrivere. Si dice, è vero, che Eros ami l'ozio e solo per questo sia creato. Ma a questo punto della crisi l'orgasmo della vittima era volto verso la produzione. L'occasione gli era quasi indifferente. Un'interrogazione, un invito a pronunciarsi su un certo vasto e scottante problema della cultura e del gusto era stato rivolto al mondo intellettuale ed egli l'aveva ricevuto dopo la partenza. L'argomento gli era familiare, era per lui esperienza vissuta; la voglia di illuminarlo con la luce della propria parola si fece a un tratto irresistibile. E provava l'esigenza di lavorare in presenza di Tadzio, di prendere come modello la figura dell'adolescente, a plasmare il suo stile su quel corpo che gli sembrava divino e trasporre la sua bellezza nell'ordine dello spirito, come l'aquila un giorno sollevò nell'etere il pastore troiano. Mai aveva sentito piú soavemente la voluttà della parola, mai aveva cosí ben capito che Eros è nella parola, come sentiva e capiva adesso, durante le ore pericolose e preziose in cui, seduto al suo rozzo tavolino sotto la tenda, contemplando l'idolo e ascoltando la musica della sua voce, componeva a immagine della bellezza di Tadzio la sua breve dissertazione — quella pagina e mezzo di sceltissima prosa la cui purezza, nobiltà e vibrante energia avrebbe suscitato di lí a poco l'ammirazione universale. È certamente un bene che il mondo conosca soltanto l'opera bella e non le sue origini, le condizioni e le circostanze; giacché la conoscenza delle fonti da cui sgorga l'ispirazione dell'artista potrebbe turbare, spaventare, e cosí annientare gli effetti della perfezione. Ore singolari! Strana, snervante fatica! Strano e fecondo accoppiamento dello spirito con un corpo! Quando Aschenbach ripose il suo lavoro e lasciò la spiaggia si sentiva sfinito, anzi distrutto, era come se la coscienza lo rimproverasse dopo un'orgia.

Fu la mattina seguente che, mentre stava uscendo dall'albergo, vide dalla scalinata Tadzio, già incamminato verso il mare, avvicinarsi tutto solo allo steccato della spiaggia. Il desiderio, la semplice idea di approfittare dell'occasione e di stringere una facile, lieta conoscenza con quello che inconsapevolmente gli suscitava tanta esaltazione ed emozione, di parlargli, di godere della sua risposta e del suo sguardo, si presentò naturalmente, e s'impose. Il bellissimo camminava senza fretta, era facile raggiungerlo e Aschenbach affrettò il passo. Gli arriva accanto sulla passerella dietro le cabine, vuole posargli la mano sul capo, sulla spalla, e una parola, una frase amichevole in francese gli viene alle labbra: ma in quel preciso istante sente che il suo cuore, forse anche per l'andatura accelerata, batte come un martello, e che col fiato cosí corto egli potrà parlare solo ansimante e convulso: esita, cerca di dominarsi, all'improvviso teme di seguire già da troppo tempo il ragazzo, teme di destare la sua attenzione, il suo sguardo interrogativo, prende un ultimo avvio, fallisce, rinunzia e lo sorpassa a capo chino.

Troppo tardi! pensò nello stesso istante. Troppo tardi! Era davvero troppo tardi? Quel passo che non era riuscito a compiere avrebbe forse avuto conseguenze benefiche, lo avrebbe rasserenato, alleggerito, gli avrebbe salutarmente restituito la sua sobrietà. Ma questa era appunto la questione: inclinante verso la vecchiaia, Aschenbach non voleva la sobrietà, l'ebbrezza gli era troppo cara. Chi decifrerà mai l'esigenza della natura e del carattere dell'artista? Chi può capire il miscuglio istintivo di disciplina e di dissipazione su cui si basa? Poiché non poter volere la sobrietà è dissipazione. Aschenbach non era più disposto a una critica di se stesso; il gusto, la costituzione spirituale propria della sua età, la stima di sé, la maturità e la semplicità acquisite, non lo rendevano incline a vivisezionare i motivi e a discernere se per scrupolo, per dissolutezza o per viltà non aveva attuato il suo proposito. Era confuso, temeva che qualcuno, magari anche soltanto un guardiano della spiaggia, potesse aver osservato la sua inibizione e la sua sconfitta, aveva molta paura del ridicolo. Del resto rideva tra sé del suo tragicomico terrore. "Sbigottito," pensò, "sbigottito come un gallo che colto dallo spavento abbassa le ali nel bel mezzo della lotta. È davvero il dio stesso che spezza il nostro coraggio alla vista di ciò che è degno del nostro amore e così abbatte la nostra superbia..." Giocava coi suoi pensieri, fantasticava ed era troppo orgoglioso per temere un sentimento.

Già non controllava più il decorso del periodo di riposo che si era concesso; il pensiero del ritorno non lo sfiorava neppure. Era provvisto di molto denaro. Sua unica preoccupazione era la possibile partenza della famiglia polacca; ma informandosi come incidentalmente presso il parrucchiere dell'albergo, aveva saputo che i signori erano arrivati poco prima di lui. Il sole gli abbronzava il viso e le mani, l'alito salino e eccitante rinvigoriva i suoi sensi, e se un tempo spendeva nella redazione di un'opera tutte le forze che il sonno, il nutrimento o la natura gli davano, così, adesso, generosamente e poco economicamente, consumava in sensazioni e in ebbrezza il quotidiano rinnovamento di forze che gli perveniva dal sole, dall'ozio e dall'aria di mare.

Il suo sonno durava poco, notti brevi, piene di felice agitazione, interrompevano i giorni deliziosamente uniformi. Si ritirava prestissimo, perché alle nove, quando Tadzio era scomparso dalla scena, la giornata gli pareva finita. Ma ai primi bagliori dell'alba lo svegliava uno sgomento dolce e diffuso, il cuore si ricordava della sua avventura; non gli permetteva più di resistere tra le coltri, si alzava, e, leggermente coperto contro la frescura mattutina, andava a sedersi presso la finestra aperta e aspettava l'uscita del sole. L'evento meraviglioso colmava di devozione la sua anima consacrata dal sonno. Il cielo, la terra e il mare erano ancora immersi in uno spettrale vitreo biancore aurorale; una stella morente navigava nell'immateriale. Poi un soffio, un alato messaggio da sedi inaccessibili annunziava che Eos, l'Aurora, sorgeva dal letto nuziale; e appariva il primo tenero sole dalle zone piú remote del mare e del cielo, il segno che il creato si rende sensibile. La dea s'avvicinava, la rapitrice di adolescenti che involò Clito e Cefalo e che sfidando l'invidia di tutto l'Olimpo godette l'amore del bel cacciatore Orione. Ai confini del mondo cominciava la pioggia di rose, un riverbero e una fioritura di grazia ineffabile, nubi nascenti, immateriali, luminose si libravano come docili putti fra vapori rosei e cilestrini; un velo di porpora si stendeva sul mare che sembrava accostarlo ondeggiando verso la riva, frecce dorate guizzavano dal basso verso il colmo del cielo, lo splendore diventava un incendio, silenziosamente, con violenza divina, il fuoco, le fiamme, il rogo divampante e i sacri pensieri del dio fratello, con zoccoli travolgenti s'innalzavano sopra il perimetro della terra. Illuminato dal fulgore del dio il vegliante solitario chiudeva gli occhi e offriva le sue palpebre al bacio dell'astro glorioso. Sentimenti passati, antichi deliziosi tormenti defunti durante la sua vita di rigida disciplina tornavano, stranamente mutati — li riconosceva con un sorriso perplesso, stupito. Rifletteva, sognava, le sue labbra formavano lentamente un nome, sorridendo, sempre con la faccia rivolta verso il cielo, le mani giunte in grembo, tornava ad assopirsi nella poltrona.

Ma il giorno, incominciato con tanta solennità di fuoco era sublimato e miticamente trasformato. Da quali regioni veniva quell'alito che a un tratto, dolce e suadente, quasi un suggerimento dall'alto, gli accarezzava le tempie e l'orecchio? Bianchi fiocchi di nuvole erano sparsi nel cielo come greggi divini al pascolo. Si alzava un vento piú forte e i cavalli di Posidone correvano, s'impennavano, e anche i tori del dio glauco-ricciuto si avventavano mugghiando con le corna basse. Ma sugli scogli lontani della spiaggia le onde si agitavano come capre vivaci. Un mondo sacro, deformato, pieno di fervore e panico, avvolgeva lo scrittore affascinato, e il suo cuore sognava dolci favole. Spesso, quando il sole tramontava dietro Venezia, stava seduto su una panchina del parco a guardare Tadzio che, vestito di bianco, con una cintura colorata, giocava alla palla sul piazzale inghiaiato, e credeva di vedere Giacinto che deve morire perché è amato da due numi. Sentiva persino l'invidia dolorosa di Zefiro per il rivale, dimentico dell'oracolo, dell'arco e della cetra per trastullarsi sempre col bel giovanotto; vedeva il disco guidato da una gelosia crudele colpire il capo leggiadro, anche lui riceveva tra le braccia, impallidendo, il corpo spezzato, e il fiore nato dal dolce sangue recava le parole del suo dolore infinito...

Nulla è piú singolare, piú imbarazzante che il rapporto fra persone che si conoscono solamente di vista, — si incontrano tutti i giorni a tutte le ore, si osservano, e tuttavia sono costrette dal decoro o dal puntiglio a fingere indifferenza e a passarsi accanto come estranei, senza una parola e senza un saluto. C'è fra loro un rapporto fatto di inquietudine e di esasperata curiosità, l'isteria derivata dal bisogno insoddisfatto e innaturalmente represso di conoscersi e di comunicare, e soprattutto una specie di ansioso rispetto. Giacché l'uomo ama e onora l'uomo finché non può giudicarlo, e il desiderio è il prodotto di una conoscenza imperfetta.

Tuttavia una qualche relazione e conoscenza doveva necessariamente stabilirsi fra Aschenbach e il giovane Tadzio, e con gioia penetrante il piú anziano poté constatare che la sua simpatia e la sua attenzione non restavano del tutto senza risposta. Perché, ad esempio, il bel fanciullo venendo alla spiaggia non passava piú sulla passerella dietro le capanne, ma sempre sulla sabbia davanti ad Aschenbach, e qualche volta, senza necessità, cosí vicino da sfiorare, quasi, il suo tavolino, la sua sedia, prima di allontanarsi lentamente verso la cabina dei suoi? Era l'attrazione, il fascino di un sentimento superiore che agiva sul suo oggetto tenero e ignaro? Aschenbach ora aspettava la comparsa di Tadzio, e ora fingeva di essere occupato e lo lasciava passare, apparentemente, senza notarlo. Altre volte alzava gli occhi e i loro sguardi si incontravano. Restavano tutti e due molto seri, quando ciò accadeva. Nel volto coltivato e dignitoso del piú vecchio nulla tradiva l'intimo turbamento; ma negli occhi di Tadzio c'era un'espressione di ricerca, un pensoso domandare, i suoi passi si facevano esitanti, chinava lo sguardo e poi lo rialzava deliziosamente, e quando era passato, qualcosa nel suo contegno sembrava dicesse che solo la buona educazione gli impediva di voltarsi.

Una volta però, una sera, le cose andarono in modo diverso. Le giovani polacche e la loro governante non erano a pranzo — Aschenbach l'aveva notato con preoccupazione. Dopo mangiato, molto inquieto per la loro assenza, egli passeggiava in abito da sera e col cappello di paglia davanti all'albergo, ai piedi della terrazza, quando vide comparire all'improvviso sotto il lume delle lampade ad arco le tre monacali sorelle con l'istitutrice e, indietro di qualche passo, il giovane Tadzio. Evidentemente venivano dalla banchina del vaporetto dopo aver pranzato, per qualche ragione, in città. In riva all'acqua doveva essere stato fresco; Tadzio portava una giacca alla marinara color turchino scuro con bottoni d'oro e in capo un berretto intonato col vestito. Il sole e l'aria di mare non lo abbronzavano, la sua pelle era rimasta pallida e marmorea come i primi giorni; oggi però sembrava piú pallido del solito; forse per il fresco o forse per la livida luce lunare dei fanali. Le sopracciglia ben disegnate spiccavano piú nettamente, gli occhi erano piú scuri e profondi. La sua bellezza era inesprimibile e, come altre volte, Aschenbach sentí con dolore che la parola può, sí, celebrare la bellezza sensibile, ma non restituirla.

Non era stato preparato a quella cara apparizione, giungeva insperata, senza che egli avesse avuto il tempo di atteggiare il suo viso alla calma e alla dignità. Gioia, sorpresa, ammirazione vi si dipinsero certo chiaramente quando il suo sguardo incontrò colui del quale aveva sentito l'assenza; e nello stesso istante accadde che Tadzio gli sorrise; un sorriso eloquente, confidenziale, carezzevole e schietto, schiudendo le labbra lentamente. Era il sorriso di Narciso che si piega sullo specchio dell'acqua, quel sorriso profondo, incantato, prolungato col quale egli allunga le braccia verso il riflesso della propria bellezza — un sorriso un poco contratto dall'impossibilità dell'aspirazione a baciare le labbra soavi della propria ombra, pieno di civetteria, di curiosità, leggermente tormentato, affascinato e affascinante.

Colui al quale quel sorriso era destinato se lo portò via come un dono fatale. Era cosí commosso che dovette fuggire la luce della terrazza e del giardino, e a passi rapidi andò a cercare l'ombra del parco. E stranamente gli si imposero rimproveri teneri e sconcertanti: "Non devi sorridere cosí! Hai capito? Non bisogna sorridere cosí a nessuno!" Si gettò su una panchina, fuori di sé, respirando il profumo notturno degli alberi. E riverso sulla spalliera, con le braccia penzoloni, abbattuto e scosso da brividi intermittenti, mormorò la formula eterna del desiderio, — impossibile, in quel caso, assurda, infame, ridicola e tuttavia anche questa volta sacra e degna di rispetto: "Ti amo!"

Durante la quarta settimana del suo soggiorno al Lido, Gustav von Aschenbach fece alcune spiacevoli osservazioni concernenti il mondo che lo circondava. Prima di tutto gli pareva che, mentre ci si avviava verso la stagione piena, la clientela dell'albergo diminuiva invece che aumentare, e specialmente che la lingua tedesca taceva sempre piú intorno a lui, sicché a tavola, come sulla spiaggia, ormai al suo orecchio solo accenti stranieri gli giungevano. Poi, un giorno, dal parrucchiere, di cui ormai era diventato un assiduo cliente, colse a volo una parola che lo incuriosí. L'uomo aveva citato una famiglia tedesca che era partita dopo un brevissimo soggiorno e soggiunse chiacchierando, lusingando: "Lei rimane, signore; non ha paura del male." Aschenbach lo guardò: "Del male?" chiese. Il chiacchierone ammutolí, si finse molto occupato nel suo lavoro e simulò di non aver sentito la domanda. E, quando essa venne ripetuta insistentemente, dichiarò di non sapere nulla, e cercò di cambiare discorso con imbarazzata loquacità.

Questo accadde a mezzogiorno. Nel pomeriggio Aschenbach si recò a Venezia, il vento era calmo e il sole greve; lo trascinava la smania di seguire la famiglia polacca che aveva visto avviarsi a San Marco. Ma mentre prendeva il tè, seduto al tavolino rotondo di ferro sul lato in ombra della piazza, fiutò improvvisamente nell'aria un'aroma particolare, che d'un tratto gli sembrava di aver già sentito da parecchi giorni senza rendersene conto — un odore dolciastro-farmaceutico, che evocava miseria, ferite e dubbia pulizia. Lo analizzò e lo riconobbe impensierito, terminò di prendere il tè e lasciò la piazza dalla parte opposta alla basilica. Nell'angustia delle calli l'odore si accentuava. Sulle cantonate erano affissi avvisi stampati che invitavano paternamente la popolazione, in seguito a certe malattie gastrointestinali, prevedibili con un tempo simile, a non cibarsi di ostriche e frutti di mare, e a guardarsi anche dall'acqua dei canali. Il tono rassicurante del manifesto era evidente. Gruppi di gente silenziosa sostavano sui ponti e nei campielli, e il forestiero si fermò tra loro annusando, rimuginando.

Domandò a un negoziante, che stava sulla porta della sua bottega tra collane di corallo e finimenti di falsa ametista, la ragione di quell'odore sospetto. L'uomo lo squadrò con occhio grave, poi si rianimò in fretta: "Misure precauzionali, signore!" rispose gesticolando. "Una disposizione della polizia che non si può non approvare. Quest'afa, questo scirocco non sono favorevoli alla salute. Insomma, lei capisce, — una precauzione forse esagerata..." Aschenbach lo ringraziò e proseguí per la sua strada. Anche sul vaporetto che lo riportava al Lido sentiva, adesso, l'odore di disinfettante.

Rientrato all'albergo, si avvicinò subito al tavolo dei giornali, nell'atrio, e li sfogliò in cerca di notizie. Non trovò niente in quelli in lingua straniera, solo quelli tedeschi registravano voci, riferivano cifre incerte, riproducevano smentite ufficiali e ne mettevano in dubbio la veridicità. Cosí si spiegava l'esodo dell'elemento tedesco e austriaco. I villeggianti di altre nazioni evidentemente non sapevano nulla, non sospettavano di nulla, non erano ancora preoccupati. "Bisogna tacere!" pensò Aschenbach agitato, gettando i giornali sul tavolo. "Bisogna nascondere la cosa." Ma nello stesso tempo il suo cuore si rallegrava dell'avventura che il mondo stava per attraversare. Perché alla passione, come al delitto, non si confà l'ordine stabilito e il benessere normale, e ogni smagliatura della compagine civile, ogni turbamento e flagello del mondo le torna gradito perché può vagamente sperare di trarne vantaggio. Cosí Aschenbach provava un'oscura soddisfazione per ciò che sotto il complice mantello dell'autorità accadeva nelle calli sporche di Venezia — quel tetro segreto della città che si confondeva con il segreto del suo cuore, e la cui conservazione gli stava tanto a cuore. Giacché nulla temeva l'innamorato quanto la possibile partenza di Tadzio, e non senza sgomento dovette riconoscere che se quella partenza fosse avvenuta non avrebbe piú saputo vivere.

Ormai non si accontentava piú di aver donate dalla vita quotidiana e dalla fortuna la vicinanza e la vista del bel giovinetto; lo seguiva, lo spiava. Alla domenica, per esempio, i polacchi non scendevano mai sulla spiaggia; Aschenbach aveva indovinato che andavano a messa, in San Marco, vi si precipitava e, lasciando la piazza infocata per entrare nella penombra dorata del tempio, vedeva colui di cui non poteva fare a meno chino sull'inginocchiatoio a seguire il servizio divino. Allora si fermava in fondo, sul pavimento irregolare a mosaico, in mezzo alla folla inginocchiata e mormorante, e lo sfarzo del tempio orientale opprimeva ridondante i suoi sensi. In testa alla chiesa, coperto di paramenti suntuosi, il prete celebrante compiva i gesti rituali e salmodiava; l'incenso saliva dai turiboli velando le fiammelle vacillanti dei ceri sull'altare, e alla greve dolcezza degli aromi sacri sembrava mescolarsi sottilmente un altro odore: quello della città infettata. Ma attraverso

il fumo e il luccichio Aschenbach vedeva che il bellissimo ragazzo là davanti, voltava la testa, lo cercava, lo
vedeva.

Quando poi la folla fluiva fuori dai portali aperti, sulla
piazza luminosa brulicante di colombi l'amante si nascon-
deva stordito sotto il portico, in agguato. Vedeva i polacchi
uscire dalla chiesa, vedeva i ragazzi congedarsi cerimonio-
samente dalla madre, e questa dirigersi verso la piazzetta
per rientrare; s'assicurava che il bell'adolescente, le monacali sorelle e la governante si avviavano verso destra, per
la porta dell'Orologio, ed entravano nelle Mercerie; e dopo
aver lasciato loro un certo vantaggio, li seguiva nella loro
passeggiata attraverso Venezia. Era costretto a fermarsi
quando loro sostavano, rifugiarsi nelle friggitorie e nei
cortili per lasciarli passare quando tornavano indietro; li
perdeva, li cercava accaldato ed esausto per ponti e per
vicoli immondi e subiva minuti di angoscia mortale quando
improvvisamente se li vedeva venire incontro in un passaggio angusto dove non c'era modo di evitarli; tuttavia
non si può dire che soffrisse. Aveva il cuore e la testa
inondati di ebbrezza e i suoi passi ubbidivano al demone
che gode di calpestare sotto i piedi la ragione e la dignità
dell'uomo.

A un certo punto Tadzio e i suoi prendevano una gondola, e Aschenbach, che mentre s'imbarcavano era rimasto
nascosto dietro una sporgenza o un pozzo, non appena si
erano staccati dalla riva faceva lo stesso. Con la voce rotta
e smorzata ordinava al rematore, promettendogli una grossa
mancia, di seguire senza dar nell'occhio e a una certa
distanza la gondola che stava svoltando l'angolo; e sudava
freddo quando l'uomo, col servilismo furfantesco del ruf-
fiano, gli assicurava nello stesso tono che l'avrebbe servito,
servito a puntino.

Cosí scivolava cullato sull'acqua, riverso sui cuscini morbidi e neri dietro l'altra gondola rostrata alla cui scia lo
legava la passione. Qualche volta l'imbarcazione spariva;
allora provava inquietudine e angoscia. Ma il suo gondoliere, come esperto nell'esecuzione di simili incarichi, sapeva sempre, con abili manovre e imboccando rapide scor-
ciatoie, riportarlo in vista dell'oggetto dei suoi desideri.
L'aria era calma e greve di odori, il sole dardeggiava attraverso la foschia che tingeva il cielo di un grigio plumbeo.
L'acqua batteva gorgogliando contro il legno e la pietra. Al
grido del gondoliere, metà segnale e metà saluto, per uno
strano accordo giungeva una risposta dal lontano silenzio

del labirinto. Da piccoli alti giardini pensili si rovesciavano sui muri marci grappoli di fiori bianchi e purpurei dal profumo di mandorla. Cornicioni di finestre moresche si specchiavano nell'acqua torbida. I gradini marmorei di una chiesa scendevano nell'acqua; un mendicante accovacciato sui gradini tendeva il cappello gridando la sua miseria e mostrando il bianco degli occhi come se fosse stato cieco; un antiquario invitava con gesti servili dalla sua spelonca il passante a fermarsi, nella speranza d'imbrogliarlo. Questa era Venezia, la bellezza lusingatrice e ambigua — quella città, a metà favola a metà trabocchetto per i forestieri, nella cui aria corrotta l'arte aveva avuto in passato un esuberante rigoglio, e i musici avevano composto suadenti melodie capaci di rapire voluttuosamente. Sembrava all'avventuroso straniero che i suoi occhi bevessero quello sfarzo, che i suoi orecchi fossero accarezzati da quella musica; si ricordava anche che la città era malata e lo dissimulava per avidità di guadagno, e con maggior frenesia spiava la gondola che gli dondolava davanti.

Cosí l'innamorato smarrito non voleva piú far altro che inseguire senza tregua l'oggetto della sua passione, sognare di lui quando era assente, e, come sogliono gli innamorati, rivolgere parole di tenerezza persino alla sua immagine. La solitudine, il paese straniero e la felicità di un'ebbrezza tardiva e profonda lo incoraggiavano e lo persuadevano a lasciarsi andare senza timore e senza vergogna a cose estremamente inconsuete, com'era avvenuto una sera quando, tornando tardi da Venezia, si era fermato al primo piano dell'albergo, davanti alla stanza di Tadzio, e in preda a una totale ebbrezza aveva appoggiato la fronte allo stipite della porta e per molto tempo non era piú stato capace di staccarsene, col rischio di essere vergognosamente sorpreso in quella situazione demenziale.

Eppure non mancavano i momenti di tregua e di parziale riflessione. Su quale strada mi sono messo! pensava costernato. Su quale strada! Come ogni uomo al quale i meriti naturali ispirano un interesse aristocratico per la sua ascendenza, sempre, nelle fatiche e nei successi della sua carriera, rivolgeva il pensiero ai suoi antenati, per assicurarsi in spirito del loro consenso, della loro soddisfazione, della loro necessaria stima. Anche adesso, irretito in un'avventura cosí inammissibile, travolto in tali esotiche sregolatezze del sentimento, si raffigurava la dignitosa severità, la virile purezza del loro costume, e sorrideva malinconico. Che cosa avrebbero detto? Ma del resto, che cosa avrebbero detto della sua vita tutt'intera, che deviava dalla loro fino alla degenerazione, di quella vita dominata dall'arte, su cui lui stesso, in altri tempi, fedele alla tradizione borghese dei padri, aveva formulato giovanili giudizì così sarcastici, e che tuttavia, in fondo era tanto simile alla loro! Anche lui aveva servito, anche lui era stato soldato e guerriero, come alcuni di loro, — giacché l'arte è una guerra, una lotta logorante alla quale oggi non si poteva reggere a lungo. Una vita di autosuperamento, di sfida tenace, una vita aspra, risoluta e sobria, che lui innalzava a simbolo di un eroismo delicato, conforme all'epoca, — poteva ben chiamarla virile, poteva chiamarla eroica, e gli sembrava anzi che l'Eros che si era impadronito di lui fosse in qualche modo particolarmente adatto e incline a una simile vita. Non era forse stato in altissimo onore soprattutto presso i popoli più valorosi, non si era detto che proprio il valore l'aveva fatto fiorire nelle loro città? Numerosi guerrieri dell'antichità avevano sopportato volentieri la sua tirannia, perché quelle inflitte dal dio non erano considerate umiliazioni; e azioni che sarebbero state deplorate come segni di viltà, se fossero state compiute per altri scopi: genuflessioni, giuramenti, insistenti suppliche e un atteggiamento da schiavi, non esponevano l'amante alla vergogna, ma anzi gli procuravano lode.

Così erano determinati i ragionamenti dell'invasato, così cercava di sostenersi, di salvare la propria dignità. Ma nello stesso tempo prestava un'attenzione tenace e indagatrice alle poco pulite manovre che si svolgevano al centro di Venezia, a quell'avventura del mondo esterno che confluiva oscuramente con quella del suo cuore e nutriva la sua passione di vaghe speranze senza legge. Avido di notizie sicure sullo stato e il decorso dell'epidemia, sfogliava febbrile nei caffè di Venezia i giornali tedeschi, che da parecchi giorni erano spariti dalla hall dell'albergo. Affermazioni e smentite vi si alternavano. Il numero degli ammalati e dei morti saliva a venti, a quaranta, a cento e più e, poche righe più in là, l'esistenza dell'epidemia, se non contestata, veniva ridotta a pochi casi isolati venuti da fuori. Riserve, avvertimenti, proteste contro il pericoloso gioco delle autorità italiane si fondevano al resto, impossibile arrivare a una qualche certezza.

Tuttavia il solitario era consapevole di un suo diritto speciale di essere messo a parte del segreto; e poiché tuttavia ne era escluso, provava una strana soddisfazione nel tempestare di domande insidiose coloro che sapevano, per costringerli, loro che avevano ordito la congiura del silenzio, a mentire espressamente. Una mattina, a colazione, nella grande sala da pranzo mise cosí alle strette il manager, un ometto dal passo leggero che, salutando e controllando, si aggirava fra i tavolini e si era fermato anche davanti ad Aschenbach per scambiare qualche parola. Perché, gli chiese l'ospite come distratto e per caso, si erano messi a disinfettare tutta Venezia? "Si tratta," rispose l'ometto, elusivo, "di doverosi provvedimenti di polizia destinati a prevenire tempestivamente eventuali deterioramenti o perturbazioni della salute pubblica, che la stagione afosa ed eccezionalmente calda potrebbe suscitare." "La polizia è davvero lodevole," disse Aschenbach; e, dopo uno scambio di osservazioni meteorologiche, il manager si accomiatò.

La sera dello stesso giorno, dopo cena, una piccola compagnia di musicisti ambulanti venne dalla città a cantare nel giardino davanti all'albergo. Erano due uomini e due donne che se ne stavano in piedi presso l'asta di ferro di una lampada ad arco, e tenevano le facce sbiancate dalla luce sollevate verso la grande terrazza da cui i bagnanti si godevano il concerto popolare sorbendo caffè e bevande ghiacciate. La servitú dell'albergo, liftboy, camerieri e impiegati, era venuta ad ascoltare sulle porte dell'atrio. La famiglia russa, vivace e aperta a ogni divertimento, aveva fatto portare le poltrone di vimini in giardino per essere piú vicina agli esecutori, e sedeva in semicerchio, evidentemente soddisfatta. Dietro i padroni, con un fazzoletto in testa a turbante, la vecchia schiava.

Mandolino, chitarra, fisarmonica e un violino stridulo suonavano sotto le mani dei virtuosi mendicanti. I numeri di canto si alternavano ai pezzi strumentali; cosí la donna piú giovane uní la sua voce acuta e stridula al falsetto dolciastro del tenore per cantare un appassionato duetto di amore. Ma il vero talento e capo della compagnia risultava senza dubbio l'altro uomo, il suonatore di chitarra, che cantava le parti di baritono-buffo, quasi senza voce ma con una mimica notevole e notevole capacità comica. Spesso si staccava dal gruppo degli altri, col suo grande strumento in braccio, e avanzava gesticolando verso la scalinata, dove le sue buffonate erano accolte da risa incoraggianti. Specialmente i russi, nella loro platea, si mostravano entusiasti di tanta vivacità meridionale, e lo eccitavano a esibirsi sempre piú sfrenato e liberamente.

Aschenbach sedeva presso la balaustrata e ogni tanto si

rinfrescava le labbra con il miscuglio di granatina e di seltz che, rosso come un rubino, scintillava nel bicchiere davanti a lui. I suoi nervi assorbivano avidi quegli strimpellamenti languidi e volgari, poiché la passione soffoca la capacità di discernere e si abbandona in buona fede a piaceri che la sobria ragione accoglierebbe con umorismo o rifiuterebbe con fastidio. I suoi lineamenti, ai lazzi dell'istrione, si erano contratti in un sorriso fisso e già dolorante. Sedeva lí, indolente, mentre un'estrema attenzione tendeva il suo intimo; perché a sei passi di distanza Tadzio era appoggiato alla balaustrata di pietra.

Stava lí, nell'abito bianco con la cintura che metteva talvolta per il pranzo, con quella sua grazia inevitabile e innata, col braccio sinistro sul parapetto, i piedi incrociati, la mano destra posata sull'anca, e guardava giú, con un'espressione che non era un vero e proprio sorriso, tutt'al piú una distaccata curiosità, una cortese tolleranza, verso i saltimbanchi. Ogni tanto si raddrizzava e, allargando il petto, si tirava giú la blusa bianca sotto la cintura di cuoio, con un bel gesto di tutt'e due le braccia. Ma qualche volta anche, e Aschenbach lo notava con gioia trionfante, con una vertigine della sua ragione e anche con scandalo, Tadzio si voltava esitante e guardingo, oppure rapido e repentino come per una sorpresa, e gettava uno sguardo al di sopra della sua spalla sinistra, verso l'amante. Non incontrava i suoi occhi, perché un'apprensione colma di vergogna costringeva l'invasato confuso a frenare con paura i propri sguardi. In fondo alla terrazza stavano sedute le donne che sorvegliavano Tadzio, e ormai le cose eran giunte a un punto tale che l'innamorato era costretto a temere di essersi fatto notare e di aver destato sospetti. Anzi con una specie di paralisi gli era toccato di osservare piú volte, sulla spiaggia, nell'atrio dell'albergo e in piazza San Marco, che le donne chiamavano Tadzio quando lui era nelle sue vicinanze, che badavano a tenerlo lontano da lui — e ne aveva provato un'offesa spaventosa, che infliggeva al suo orgóglio tormenti mai provati, ai quali la sua coscienza gli impediva di sottrarsi.

Intanto il chitarrista aveva incominciato, accompagnandosi, un a-solo, una canzonetta di parecchie strofe molto in voga in Italia, il cui ritornello era ripreso ogni volta col canto e con tutti gli strumenti dall'intero gruppo, e che lui sapeva interpretare con una sorta di plastica drammaticità. Di corporatura misera, e anche in faccia emaciato e scarno, col goffo cappello sulla nuca, sotto la cui tesa usciva una cresta di capelli rossi, in un atteggiamento d'impertinente spavalderia, stava separato dai suoi, e scagliava i suoi lazzi verso la terrazza, con una specie di efficace cantilena, pizzicando le corde, mentre, nello sforzo produttivo, gli sı gonfiavano le vene sulla fronte. Non aveva l'aria di essere di sangue veneziano, bensí piuttosto della razza dei comici napoletani, mezzo ruffiani mezzo commedianti, brutali e audaci, pericolosi e divertenti. La sua canzone, fatta di parole idiote, acquistava in bocca sua, grazie alla mimica, alle contorsioni, alla maniera allusiva di strizzare gli occhi e di giocare lascivo con la lingua agli angoli della bocca, qualcosa di ambiguo e vagamente indecente. Dal colletto floscio della camicia sportiva che indossava sotto un abito da città sporgeva il collo magro, con un pomo d'Adamo enorme e nudo. La faccia rincagnata, pallida e glabra, che non permetteva di indovinare la sua età, appariva segnata dalle smorfie e dai vizi, e i due solchi che si scavavano tenaci, imperiosi, quasi feroci fra le sopracciglia rossicce contrastavano singolarmente col ghigno della sua bocca mobile. Ma ciò che propriamente attirava su quell'individuo equivoco l'attenzione profonda dell'osservatore era il fatto che diffondeva un'aura altrettanto equivoca. A ogni ripresa del ritornello il cantante intraprendeva un grottesco giro fra il pubblico, a furia di buffonerie e cenni di saluto, e passava proprio sotto il posto di Aschenbach, emanando dal corpo e dagli indumenti un odore intenso di acido fenico che saliva fino al terrazzo.

Terminata la canzone, incominciò la questua. Si avvicinò prima ai russi, che furono visti compensarlo generosamente, poi salí i gradini. Quanto si era mostrato sfrontato durante la rappresentazione, tanto umile si mostrava adesso. Sprecandosi in inchini e riverenze gironzolava fra i tavoli e un sorriso di ipocrita servilità gli scopriva i denti robusti, mentre le due rughe si disegnavano sempre minacciose fra le sopracciglia rosse. Tutti squadravano con curiosità e con un certo ribrezzo lo strano individuo che stava raccogliendo i mezzi del suo sostentamento, gli gettavano qualche moneta nel cappello con la punta delle dita, e badavano a non toccarlo. L'abolizione della distanza fisica fra il commediante e la gente per bene produce sempre, qualunque sia stato il divertimento, un certo disagio. Egli lo sentiva e cercava di scusarsene con una strisciante cortesia. Giunse davanti ad Aschenbach, e con lui giunse l'odore di cui nessun altro pareva darsi pensiero.

"Senti," disse il solitario in tono sommesso, quasi meccanico. "Disinfettano Venezia. Perché?" — Il buffone rispose: "Ordine della polizia! È prescritto, signore, con questo scirocco. Lo scirocco è pesante. La salute non lo sopporta..." Parlava come stupito che gli si domandasse una cosa simile e con la mano aperta dimostrò com'era pesante lo scirocco. "Allora non c'è una epidemia a Venezia?" domandò Aschenbach molto piano, fra i denti. — I lineamenti muscolosi del pagliaccio composero una smorfia di comica stupefazione. "Un'epidemia? Ma che epidemia. La nostra polizia è un'epidemia? Lei vuole scherzare! Una epidemia! Addirittura! Sono misure precauzionali, capisce? Un tempestivo provvedimento contro gli effetti della temperatura..." E gesticolava. "Va bene," ribatté Aschenbach seccamente e lasciò cadere nel cappello un obolo eccessivo. Poi, con gli occhi, accennò all'uomo di andarsene. L'altro obbedí, con una smorfia e molte riverenze. Ma non era ancora arrivato alla scala che due impiegati dell'albergo si gettarono su di lui e lo sottoposero a un sommesso interrogatorio, faccia a faccia. L'uomo alzò le spalle, assicurò e giurò che non aveva detto nulla, si vedeva bene. Lasciato libero, ridiscese in giardino e, dopo un breve conciliabolo con i suoi sotto la lampada ad arco, si fece innanzi ancora una volta per cantare una canzone di ringraziamento e d'addio.

Era una canzone che il solitario non ricordava di aver mai sentito; un'ardita cantata in un dialetto incomprensibile, con un ritornello fatto di risate che la banda riprendeva regolarmente a gola spiegata. Al ritornello cessavano tanto le parole quanto l'accompagnamento degli strumenti e non restava che la risata, regolata da un certo ritmo, ma con molta naturalezza, che specialmente il solista sapeva emettere con grande talento e con un'ingannevole vivacità. Ristabilite le distanze tra sé e l'uditorio aveva ritrovato tutta la sua sfacciataggine e il riso scagliato impudente verso la terrazza era un riso di scherno. Già verso la fine di ogni strofa sembrava lottare contro un solletico irresistibile. Singhiozzava, la voce gli tremava, si premeva la mano sulla bocca, scuoteva le spalle e, venuto il momento, il riso sfrenato prorompeva, scoppiava, deflagrava con tanta verità che diventava contagioso e si comunicava all'uditorio, di modo che anche sulla terrazza dilagava una ilarità senza oggetto, alimentata soltanto di se stessa. E ciò appunto pareva raddoppiare la sfrenata disinvoltura del cantante. Piegava le ginocchia, si batteva sulle cosce, si scrollava tutto, non rideva piú, urlava; indicava col dito la società che rideva lassú, come se non ci fosse nulla di piú comico, e alla fine tutti ridevano, in giardino e sulla veranda, compresi i camerieri, i ragazzini dell'ascensore e i facchini.

Aschenbach non stava piú adagiato in poltrona, si era tirato su come per un tentativo di difesa o di fuga. Ma gli scoppi di risa, l'odore d'ospedale che saliva a folate e la vicinanza del bellissimo ragazzo si erano intrecciati a ordire un incanto come di sogno, che imprigionava inesorabilmente il suo cervello, i suoi sensi. Nell'agitazione e nella distrazione generale osò gettare uno sguardo a Tadzio, e vide che il ragazzo, rispondendo al suo sguardo, restava serio anche lui, come se regolasse il contegno e l'espressione su quelli di lui, e l'allegria generale non potesse toccarlo, poiché lui la rifiutava. Quella docilità infantile e carica di significati aveva qualcosa di cosí disarmante, di cosí irresistibile, che l'uomo dai capelli grigi si trattenne a stento dal nascondersi la faccia tra le mani. Gli era anche sembrato che l'abitudine di Tadzio di rizzarsi ogni tanto e di respirare profondamente rivelasse una mancanza di fiato, una oppressione al petto. "È malaticcio, probabilmente non avrà il tempo d'invecchiare," pensò di nuovo con quella oggettività con cui l'ebbrezza e il desiderio riescono talvolta e stranamente a emanciparsi; e il suo cuore si riempí contemporaneamente di una pura preoccupazione e di una aberrante soddisfazione.

I veneziani intanto avevano finito e se ne andarono. Li accompagnarono gli applausi, e il loro capo non omise di ornare il suo commiato di nuove buffonate. I suoi inchini, i baci che distribuiva con la mano suscitavano altre risa, e lui li moltiplicava. Quando i suoi compagni erano già usciti, finse di andare a sbattere violentemente contro lo stelo di un fanale e si trascinò verso l'uscita come rotto dal dolore. Ma giunto sull'uscita smise di colpo la maschera del guitto scalognato, si raddrizzò, anzi schizzò su elastico, tirò fuori sfrontatamente la lingua verso gli ospiti sulla terrazza e scomparve nel buio. La compagnia dei bagnanti si sciolse; Tadzio si era allontanato da tempo dalla balaustrata. Ma il solitario, con stupore dei camerieri, rimase per un pezzo seduto al suo tavolo, davanti al resto della granatina. La notte avanzava, le ore scorrevano. Nella casa dei suoi genitori, molti anni prima, c'era una clessidra — rivide all'improvviso il piccolo strumento, fragile e cosí importante come se gli stesse dinanzi. Fine e silenziosa, la sabbia color ruggine scorreva attraverso la strozzatura del vetro, e poiché la cavità superiore era già quasi vuota, si era formato un piccolo vortice impetuoso.

Già l'indomani, nel pomeriggio, il testardo fece un nuovo tentativo d'indagine sopra il mondo esterno e questa volta con pieno successo. Entrò nell'agenzia turistica inglese di piazza San Marco e, dopo aver cambiato un po' di danaro alla cassa, con l'aria del forestiero diffidente rivolse al clerk che lo serviva la fatale domanda. Era un inglese ancora giovane, vestito di lana, coi capelli spartiti nel mezzo, gli occhi molto vicini; aveva quell'aspetto di placida lealtà che risulta cosí estranea, cosí curiosa accanto alla vivacità impertinente del sud. Incominciò: "Non c'è motivo di preoccuparsi, sir. Un provvedimento privo di significato. Sono misure frequenti volte a evitare gli effetti malefici del caldo e dello scirocco..." Ma alzando gli occhi celesti incontrò lo sguardo dello straniero, uno sguardo stanco e un po' triste diretto sulle sue labbra, con una leggera espressione di disprezzo. Allora l'inglese arrossí. "Questa," continuò. a mezza voce, un po' agitato, "è la spiegazione ufficiale che qui si crede opportuno di dare. Io le dirò che dietro c'è dell'altro." E nella sua lingua semplice e placida gli rivelò la verità.

Da parecchi anni il colera indiano mostrava un'accresciuta tendenza a diffondersi e a migrare. Sorto nelle calde paludi del delta del Gange, diffuso dalle esalazioni mefitiche di quel mondo primitivo di isole e di foreste evitato dagli uomini, lussureggiante e inutile, dove solo la tigre s'appiatta in mezzo alle macchie di bambú, il morbo aveva infuriato in tutto l'Indostan, persistente e violento, si era disteso a oriente fino alla Cina, a ovest aveva invaso l'Afganistan e la Persia, e seguendo le principali carovaniere, aveva seminato il terrore all'Astrachan e addirittura a Mosca. Ma mentre l'Europa tremava di vedere comparire lo spettro da quella parte, per via di terra, esso, trasportato sui mari da mercanti siriaci, aveva fatto la sua comparsa quasi contemporaneamente in parecchi porti del Mediterraneo, aveva imperversato a Tolone e a Malaga, a Palermo e a Napoli aveva mostrato piú volte la sua grinta, e pareva che non volesse piú abbandonare la Calabria e la Puglia. Il nord della penisola era stato risparmiato. Ma verso la metà di maggio di quell'anno, nello stesso giorno, a Venezia erano stati trovati i terribili vibrioni nei cadaveri scheletriti e nerastri di un barcaiolo e di un'erbivendola. I casi furono tenuti segreti. Ma dopo una settimana ce n'erano dieci, ce n'erano venti, trenta, e in sestieri diversi. Un austriaco, che s'era trattenuto qualche giorno a Venezia in vacanza, era morto, mostrando 'sintomi evidenti, appena tornato nella sua cittadina di provincia, e cosí le prime notizie dell'epidemia scoppiata nella città lagunare erano comparse nei giornali tedeschi. Le autorità di Venezia avevano risposto che le condizioni sanitarie della città non erano mai state migliori, è presero precauzioni profilattiche di emergenza. Ma probabilmente si erano già inquinati i generi alimentari, la verdura, la carne e il latte, perché, negata e occultata, l'epidemia imperversava nelle calli anguste, e la canicola estiva, sopraggiunta prima del tempo a scaldare l'acqua dei canali, era particolarmente favorevole alla diffusione del contagio. Sembrava anzi che la pestilenza avesse acquistato forze nuove, che la tenacia e la fecondità dei germi si fosse raddoppiata. I casi di guarigione erano rari; l'ottanta per cento dei colpiti moriva, e moriva di una morte spaventosa perché il male si manifestava con estrema violenza e sovente nella sua forma piú pericolosa, chiamata "il colera secco." Il corpo non riusciva piú nemmeno a espellere l'acqua prodotta in enorme quantità dai vasi sanguigni. Nel giro di poche ore il malato si prosciugava e moriva soffocato dal proprio sangue, fatto denso come la pece, tra spasimi e rauchi lamenti. Fortunato se, come succedeva a volte, la malattia, dopo un lieve malessere si dichiarava nella forma di un profondo deliquio dal quale il colpito non si svegliava piú, o si svegliava solo per poco. Al principio di giugno si erano riempite di nascosto le baracche d'isolamento dell'Ospedale Civico; nei due orfanotrofi i posti incominciavano a scarseggiare e un lugubre andirivieni aveva luogo tra le Fondamenta Nuove e San Michele, l'isola del cimitero. Ma il timore di danni generali, le cautele per la grande esposizione di pittura appena inaugurata ai Giardini, le grandi perdite che, in caso di panico e di discredito avrebbero subíto gli alberghi, i negozi, la grande e multiforme industria turistica, questa paura si era mostrata piú forte che l'amore per la verità e il rispetto per le convenzioni internazionali; aveva indotto le autorità a perseverare ostinatamente nella politica del silenzio e delle smentite. Il direttore dell'Ufficio di Igiene, un benemerito della sua città, si era dimesso indignato ed era stato sostituito di nascosto da una persona piú docile. La popolazione lo sapeva; e la corruzione delle autorità, insieme con l'incertezza regnante, lo stato di emergenza in cui l'epidemia aveva posto la città, avevano provocato un certo rilassamento dei costumi nelle classi piú basse, incoraggiando gli istinti piú sporchi e antisociali, che si manifestavano nell'intemperanza, nell'impudicizia e nella dilagante criminalità. A dispetto delle abitudini, di sera si vedevano molti ubriachi; di notte, si diceva, la plebaglia malintenzionata rendeva pericoloso il circolare; rapine e persino omicidi si ripetevano, e già in due casi era risultato che persone apparentemente morte di colera erano state liquidate col veleno dai familiari; il vizio professionale prendeva forme ostentate e depravate, che in città non s'erano mai viste ed erano di casa soltanto nel sud del paese o in oriente.

Di tutte queste cose l'inglese raccontò le piú importanti. "Farebbe bene," concluse, "a partire oggi stesso e non aspettare domani. Il decreto di quarantena non può tardare che di due o tre giorni." "La ringrazio," disse Aschenbach e uscí dall'agenzia.

La piazza era immersa in un'afa senza sole. Turisti ignari erano seduti nei caffè oppure stavano davanti alla chiesa sotto nugoli di piccioni, e si divertivano a guardare le bestiole che agitandosi, battendo le ali, scacciandosi a vicenda, beccavano i chicchi di grano che venivano loro offerti nel palmo della mano. In preda a una agitazione febbrile, trionfante perché in possesso della verità, ma con un sapore di disgusto sulla lingua e un orrore fantastico nel cuore, il solitario calpestava le lastre della piazza fastosa. Meditava un'azione dignitosa e purificatrice. Quella sera stessa, dopo la cena, avrebbe potuto avvicinarsi alla signora coperta di perle e dirle, con parole che già andava formulando: "Signora, permetta a un estraneo di darle un consiglio, un avvertimento di cui l'egoismo degli altri la priva. Parta subito, con Tadzio e con le sue figliole. A Venezia c'è il colera!" Allora avrebbe potuto posare la mano, in segno d'addio, sul capo di quello strumento di una beffarda divinità e poi voltarsi e sfuggire a quella palude. Ma nello stesso tempo sentiva che era infinitamente lontano dal volere seriamente quel gesto. Era un passo che l'avrebbe riportato indietro, l'avrebbe restituito a se stesso; ma chi è fuori di sé non teme nulla quanto il rientrare in sé. Ripensò a un edificio bianco ornato di iscrizioni splendenti nel crepuscolo, nella cui mistica trasparente si era perduto l'occhio del suo spirito; ricordò la strana apparizione del vagabondo che aveva destato nel suo cuore avviato alla vecchiaia il desiderio giovanile di avventure e di lontananze; e l'idea di ritornare a casa, di tornare alla prudenza, all'ordine, alla fatica e al magistero gli ripugnava a un punto tale che la sua faccia si contrasse in un'espressione di malessere fisico. "Bisogna tacere!" mormorò vivamente. E: "Io tacerò!" La coscienza della sua complicità, della sua connivenza, lo inebriava come anche piccole quantità di vino inebriano un cervello già stanco. La visione della città colpita dal flagello e abbandonata a se stessa, che aleggiava confusa davanti alla sua mente, accendeva in lui speranze inaudite, che travalicavano la ragione ed erano cariche di una mostruosa dolcezza. Che cos'era per lui la tenera felicità di cui aveva sognato un momento prima, in confronto con queste speranze? Che cosa potevano contare arte e virtú rispetto ai vantaggi del caos? Tacque e rimase.

Quella notte fece un sogno terribile, — se si può chiamare sogno un'avventura del corpo e dello spirito che lo colse, sí, nel sonno piú profondo, in piena indipendenza ed esistenza carnale, ma senza che lui si vedesse presente e attivo nello spazio, al di fuori degli avvenimenti: il teatro di tali avvenimenti era piuttosto la sua stessa anima, ed essi vi irrompevano da fuori, abbattendo violentemente la sua resistenza — una resistenza spirituale e profonda — lo attraversarono e distrussero la sua esistenza, tutta la cultura della sua vita.

All'inizio c'era la paura, paura e piacere, e una sgomenta curiosità verso ciò che sarebbe venuto. Regnava la notte e i suoi sensi erano all'erta; poiché da lontano si avvicinava un fragore, un tumulto, un miscuglio di rumori: strepiti, squilli e sordi boati, acute grida di giubilo e un rullío particolare fatto di lunghi *uuuh* strascicati, — il tutto inframmezzato e talvolta coperto in modo atrocemente soave dalle note di un flauto gravi e tubanti e perversamente insistenti, che diffondevano spudoratamente nelle sue viscere un incanto lascivo. Ma lui conosceva una parola, oscura, ma che designava colui che stava per giungere: "Il dio estraneo!" Un fumoso bagliore si accese: riconobbe un paesaggio di montagna, simile a quello che circondava la sua residenza estiva. E nella luce rossa, dalle cime boschive, fra tronchi e muscose rovine di rocce, rotolarono, rovinarono giú, turbinosamente, uomini, bestie, un nugolo, un branco frenetico, — e inondò il pendío di corpi e di fiamme, un tumulto, un vertiginoso girotondo. Donne che inciampavano nelle lunghe vesti fatte di pelli agitavano tamburi con sonagli sopra le teste riverse e gementi, brandivano fiaccole sfavillanti e pugnali nudi, tenevano serpi lingueggianti intorno alla vita, o si reggevano i seni con entrambe le mani, ululando. Uomini che portavano corna sulla fronte, coperti di pellicce e villosi essi stessi, piegavano la nuca dimenando le braccia e le gambe, e facevano rimbombare grandi piatti di bronzo o tambureggiavano furiosamente sui timpani, mentre giovinetti dai corpi lisci e senza peli pungolavano arieti con bastoni inghirlandati, attaccati alle loro corna, lasciandosi trascinare, con grida di giubilo, dai loro salti. E i forsennati urlavano quel loro grido fatto di consonanti dolci, con l'*uuuh* prolungata alla fine, dolce e selvaggio insieme, mai sentito. Qui esso saliva nell'aria come il gemito di un uccello, e là veniva ripetuto da mille voci con accenti di libidinoso trionfo, eccitando alla danza, allo scuotimento delle membra, e non taceva mai. Ma tutto penetrava e dominava il suono profondo, adescante del flauto. Non adescava, con sfrontata insistenza, anche lui, preda riluttante, alla festa, all'orgia dell'estremo sacrificio? Grande era la sua ripugnanza, grande il suo terrore, sincera la sua volontà di difendere fino all'ultimo ciò che era suo contro l'estraneo, contro il nemico dello spirito fermo e dignitoso. Ma il clamore, l'urlío moltiplicato dall'eco delle pareti rocciose crescevano, trionfavano, si gonfiavano fino a una trascinante follía. Vapori offuscavano la mente, l'acre odore dei capri, le esalazioni di corpi ansimanti e un tanfo come di acque putride misto a un altro odore ben noto, di piaghe, di morbo serpeggiante. Ai colpi del timpano il suo cuore rimbombava, il suo cervello vorticava, lo assalivano un cieco furore, una voluttà inebriante e la sua anima desiderava diffondersi di fronte all'imperversare del dio. Il simbolo osceno, di legno, gigantesco, venne scoperto e innalzato: e ancora piú scatenati tutti urlavano la parola rítuale. Con la schiuma alle labbra smaniavano, si eccitavano l'un l'altro con gesti lubrici e mani lascive, ridendo e gemendo, si cacciavano a vicenda pungiglioni nelle carni e leccavano il sangue che ne sgorgava. Ma con loro, in loro era, ormai, il dormiente che sognava, fedele del dio estraneo. Anzi loro erano lui, quando, dilaniando e uccidendo, si gettarono sulle bestie e ingoiarono lembi fumanti di carne, quando sul terreno sconvolto incominciarono osceni accoppiamenti in onore del dio. E la sua anima conobbe la lussuria e la frenesia dello smarrimento.

Da quel sogno l'oggetto della tentazione si svegliò, coi nervi spezzati, senza forze, in balía del demone. Non temeva gli sguardi penetranti degli osservatori; non gli importava di esporsi ai loro sospetti. Inoltre partivano, fuggivano tutti; molte cabine rimasero deserte, in sala da pranzo molti posti erano vuoti, e in città era raro incontrare un forestiero. Sembrava che la verità fosse trapelata; il panico, nonostante la tenace omertà degli interessati, non era piú evitabile. Ma la signora coperta di perle restava lí coi suoi, forse perché le voci non erano giunte fino a lei, forse perché era troppo orgogliosa e impavida per fuggire: Tadzio restava; e a lui, irretito nel suo miraggio, pareva talvolta che la fuga e la morte avrebbero fatto sparire tutto intorno alla vita fastidiosa, lasciandolo solo nell'isola col bel giovinetto, — e anzi quando, al mattino, al mare, posava sull'amato lo sguardo greve, irresponsabile, insistente, o quando, al tramonto, lo seguiva senza ritegno nelle calli dove vagava dissimulata la morte oscena, allora gli appariva probabile la mostruosità, e caduche le leggi morali.

Come tutti gli amanti, desiderava piacere e provava una atroce paura che ciò non fosse possibile. Aggiungeva al suo abbigliamento qualche dettaglio giovanilmente rallegrante; portava pietre preziose, si profumava, spendeva parecchie ore al giorno a farsi la toilette, scendeva a pranzo adorno, eccitato, ansioso. Al cospetto della dolce giovinezza che lo affascinava, provava ribrezzo per il proprio corpo in declino; la vista dei suoi capelli grigi, dei lineamenti segnati, lo faceva precipitare nella vergogna e nella disperazione. Istintivamente cercava di riposare, di riacquistare freschezza; andava spesso dal parrucchiere.

Avvolto nell'accappatoio bianco, sotto le mani esperte del barbiere chiacchierone, osservava con sguardo addolorato la propria immagine nello specchio. "Grigio," disse torcendo la bocca. "Un pochino," rispose l'uomo. "Colpa di una certa trascuratezza, di un'indifferenza alle cose esteriori che è ben comprensibile nelle persone importanti, ma che però non bisogna senz'altro approvare, tanto piú che a simili persone non si addicono i pregiudizi della naturalezza o dell'artificio. Se la severità morale di certe persone nei confronti dell'arte cosmetica si estendesse, come sarebbe logico, anche alla cura dei denti, provocherebbe uno scandalo non minore. Del resto noi non abbiamo l'età del nostro spirito, del nostro cuore, e in certi casi i capelli grigi significano una menzogna, peggiore di quella della tanto deprecata tintura. Nel caso suo, signore, si ha il diritto di ricuperare il colore naturale dei capelli. Mi permette, semplicemente, di restituirglielo?"

"In che modo?" domandò Aschenbach.

Allora l'eloquente parrucchiere lavò la testa del cliente con due liquidi, uno chiaro e uno scuro, e i capelli divennero neri com'erano stati in gioventú. Poi, con l'apposito ferro, li ondulò morbidamente, fece un passo indietro e considerò la testa che aveva manipolato.

"E ora," disse, "resterebbe soltanto da rinfrescare un po la pelle del viso."

E come uno che non riesce a smettere e non si accontenta mai, si diede a passare sempre piú attivamente da una manipolazione all'altra. Aschenbach, sdraiato comodamente, incapace di opporsi, e anzi pieno di un'ansiosa speranza in quel trattamento, vedeva nello specchio le sue sopracciglia disegnarsi piú regolari e piú nette, vedeva allungarsi il taglio degli occhi, aumentare lo splendore delle pupille grazie a un'ombreggiatura sotto le palpebre, piú in basso, dove la pelle era coriacea e gialliccia, vide comparire un leggero carminio morbidamente spalmato, le sue labbra esangui prendere un bel colore di fragola, vide sparire sotto creme e belletti i solchi delle guance, della bocca, le rughe degli occhi — col cuore palpitante, vide nello specchio un giovane fiorente. Infine il truccatore si dichiarò soddisfatto, e ringraziò con una strisciante cortesia, secondo le abitudini di questa gente, colui che aveva servito. "Un ritocco insignificante," disse dando un ultimo tocco all'aspetto di Aschenbach. "Adesso il signore può innamorarsi tranquillamente." Aschenbach se ne andò come rapito in un sogno, confuso e spaventato. Portava una cravatta rossa, il suo cappello di paglia a larghe tese aveva un nastro multicolore.

Un tiepido vento burrascoso si era alzato; pioveva poco e rado, ma l'aria era umida, spessa e intrisa di vapori mefitici. Schiocchi, fischi, ronzii rintronavano gli orecchi, e Aschenbach, febbricitante sotto il rossetto, credeva di sentir volteggiare nell'aria gli spiriti maligni del vento, i tetri uccelli del male che intaccano, scompigliano e insudiciano di escrementi il pasto dei condannati. L'afa toglieva l'appetito e non si poteva fare a meno di immaginare che i cibi fossero avvelenati dai germi del contagio.

Sulle tracce del bel giovinetto, un giorno Aschenbach si era smarrito nel centro della confusione della città ammalata. Incapace di orientarsi, poiché le calli, i canali, i ponti e i campielli del labirinto si somigliavano troppo, incerto persino in merito ai punti cardinali, badava soltanto a non smarrire l'immagine che inseguiva avidamente; e, costretto a una umiliante prudenza, radendo i muri, cercando riparo dietro le schiene dei passanti, per molto tempo non si accorse della stanchezza, dello sfinimento che la passione e l'ansia continua avevano suscitato nel suo corpo e nel suo spirito. Tadzio camminava dietro ai suoi, nei passaggi angusti lasciava sempre la precedenza all'istitutrice e alle sorelle simili a monachine, e cosí, girovagando solo, ogni tanto voltava il capo per assicurarsi con un'occhiata dei suoi strani occhi grigi come il crepuscolo, che il suo innamorato lo seguisse. Lo vedeva e non lo tradiva! Inebriato da quella scoperta, trascinato da quegli occhi, reso sciocco dalla passione, l'innamorato rincorreva la sua illecita speranza — e alla fine fu privato della sua vista. I polacchi avevano attraversato un breve ponte, l'altezza dell'arco li sottrasse alla vista dell'inseguitore e quando questi giunse a sua volta in cima non li vide piú. Li cercò in tre direzioni, dritto davanti a sé e lungo i due lati della banchina stretta e sporca, inutilmente. L'estenuazione dei nervi, la spossatezza lo obbligarono infine a rinunciare alla ricerca.

Aveva la testa in fiamme, il corpo coperto di un sudore appiccicoso, un tremito alla nuca, una sete intollerabile lo torturava; cercò lí intorno un qualsiasi ristoro immediato. In un piccolo negozio di verdura comprò della frutta, fragole troppo mature e sfatte, e ne mangiò camminando. Una piazzetta che pareva stregata e abbandonata gli si aprí di fronte; la riconobbe, era lí che settimane prima aveva formulato quel disperato progetto di fuga. Si lasciò cadere sui gradini del pozzo, in mezzo al campiello, e appoggiò la testa contro la vera di pietra. C'era silenzio, l'erba cresceva tra le lastre del selciato, rifiuti erano sparsi intorno. Tra le case scolorite e di altezza disuguale, che circondavano la piazza, ce n'era una simile a un palazzo, con finestre ogivali, dietro le quali regnava il vuoto, e balconcini sorretti da leoni. Al pianterreno di un'altra c'era una farmacia. Folate di vento caldo portavano ogni tanto odore di acido fenico.

Lí sedeva, il maestro, l'artista venerato, l'autore del *Miserabile*, colui che in una forma di esemplare purezza aveva condannato la vita zingaresca e le torbide profondità, rifiutato ogni simpatia per gli abissi, riprovato il riprovevole, colui che era salito cosí in alto, che, superato il proprio sapere e sfuggito all'ironia, si era abituato a considerarsi impegnato dalla fiducia che ispirava alle masse, lui la cui gloria era ufficiale, il cui nome era stato nobilitato e il cui stile era proposto a modello ai bambini nelle scuole, — era lí seduto per terra, con le palpebre chiuse, e solo ogni tanto getta uno sguardo obliquo, ironico e perplesso, subito nascosto, e le sue labbra flosce e ravvivate dal rossetto articolano parole staccate del discorso che il suo cervello, a metà assopito, compone con la strana logica del sogno.

"Giacché la bellezza, considera, Fedro, la bellezza soltanto è divina e visibile a un tempo, e perciò essa è la via del sensibile, mio piccolo Fedro, è la via dell'artista verso lo spirito. Ma tu, mio caro, credi che giungerà alla saggezza e alla vera dignità virile colui che si incammina verso lo spirito per la strada dei sensi? O credi piuttosto (lascio a te la decisione) che questa sia una strada deliziosa e pericolosa, che sia veramente una strada tortuosa e peccaminosa che conduce necessariamente allo smarrimento? Poiché devi sapere che noi poeti non possiamo percorrere il cammino della bellezza senza che Eros ci accompagni e diventi la nostra guida; se anche a modo nostro possiamo essere eroi e disciplinati combattenti, siamo tuttavia come le donne, perché la passione è il nostro modo di innalzarci, e amore deve rimanere il nostro anelito — questo è il nostro piacere e la nostra vergogna. Vedi, adesso, che noi poeti non possiamo essere saggi né dignitosi? che dobbiamo necessariamente smarrirci, necessariamente essere dissoluti avventurieri del sentimento? La nostra maestria dello stile è menzogna e follia, la nostra gloria e il nostro orrore, farsa, la fiducia che il pubblico ha in noi è altamente ridicola, l'educazione del popolo e della gioventú per mezzo dell'arte è un'impresa rischiosa, che bisogna proibire. Infatti, come può essere educatore colui che per istinto innato e naturale è attratto verso l'abisso? Noi vorremmo rinnegare l'abisso e conquistare la dignità, ma per quanto ci sforziamo, l'abisso ci attira. Cosí noi rinunciamo alla conoscenza che dissolve, perché la conoscenza, Fedro, non ha dignità né rigore, la conoscenza sa, comprende, perdona, è senza carattere e senza forma; ha simpatia per l'abisso, anzi è l'abisso. Noi, dunque, la respingiamo risolutamente e quindi la nostra aspirazione resta unicamente la bellezza, vale a dire la semplicità, la grandezza e la nuova severità, una seconda spontaneità, la forma. Ma la spontaneità e la forma, o Fedro, portano all'ebbrezza e alla concupiscenza, possono trascinare un animo nobile a orridi sacrilegi del sentimento, che la sua stessa bella severità dichiara infami, anch'esse conducono all'abisso. Conducono all'abisso proprio noi poeti, perché noi non siamo capaci di elevazione, siamo capaci solo di dissolutezza. Ed ora io vado, Fedro, resta qui tu; e quando non mi vedrai piú, avviati anche tu."

Di lí a qualcne giorno, Gustav von Aschenbach uscí dall'albergo piú tardi del solito perché non si sentiva bene. Doveva lottare con certe vertigini che solo per metà erano fisiche, ed erano accompagnate da violente crisi di angoscia, a un senso di sfinimento e di irrisolutezza che non sapeva se riferire al mondo esterno o alla propria esistenza. Nell'atrio vide una quantità di bagagli pronti per il trasporto, domandò al portiere chi partiva, e in risposta sentí il nome nobiliare della famiglia polacca, proprio come si era segretamente aspettato. Lo ascoltò senza che i suoi lineamenti devastati si contraessero, con quel leggero movimento del capo di chi viene incidentalmente a conoscenza . di una notizia irrilevante, domandò ancora: "Quando?" Gli risposero: "Dopo il pranzo." Lui annuí, e scese al mare.

La spiaggia era ostile. L'ampia distesa d'acqua bassa che separava la riva dal primo banco di sabbia era arricciata da brividi. Un'aria autunnale, come postuma, gravava su quel luogo di divertimenti prima cosí vivo di colori e adesso quasi abbandonato, tanto che ormai la sabbia non veniva piú tenuta pulita. Una macchina fotografica, apparentemente senza padrone, stava sul suo cavalletto a tre gambe in riva al mare, e il panno nero che la copriva svolazzava schioccando nel vento già freddo.

Tadzio, coi tre o quattro compagni che gli erano rimasti, giocava sulla destra davanti alla capanna dei suoi, e Aschenbach, sdraiato in poltrona, con una coperta sulle ginocchia, a mezza strada circa tra il mare e la fila delle cabine, lo guardò ancora una volta. Il giuoco, non sorvegliato, perché le donne dovevano essere occupate nei preparativi del viaggio, pareva senza regole e finí per degenerare. Il ragazzo robusto dai capelli neri impomatati che si chiamava "Yaschu," irritato e accecato da un lancio di sabbia in faccia, costrinse Tadzio alla lotta, che finí rapidamente con la sconfitta del piú debole. Ma, come se nell'ora dell'addio la lunga servilità dell'inferiore si trasformasse in una crudele violenza, come se egli volesse vendicarsi della lunga schiavitú, il vincitore non abbandonò ancora il vinto, anzi, inginocchiato sul suo dorso gli premette cosí a lungo il viso nella sabbia che Tadzio, già ansante per la lotta, rischiava di soffocare. I suoi sforzi per scuotere via l'avversario che l'opprimeva erano convulsi, a momenti cessavano completamente e poi riprendevano soltanto in brevi sussulti. Indignato, Aschenbach stava per correre in suo aiuto quando il violento finalmente lasciò andare la sua vittima. Tadzio, molto pallido, si alzò a metà e rimase immobile per parecchi minuti appoggiato su un braccio, coi capelli scarmigliati e gli occhi incupiti. Poi si alzò del tutto e si allontanò lentamente. I compagni lo chiamarono, prima allegri e poi angosciati e supplichevoli; lui non li sentiva. Il bruno, che doveva essersi subito pentito del suo eccesso, lo raggiunse e cercò di riconciliarsi con l'amico. Tadzio lo respinse con una scrollata di spalle, e si avviò di traverso verso il mare. Era scalzo e portava l'abito di lino a righe con la cravatta rossa.

Indugiò sulla riva, sostò a testa china, tracciando figure con la punta del piede nella sabbia umida, poi entrò nell'acqua bassa che non gli arrivava nemmeno alle ginocchia, la traversò stancamente e arrivò al banco di sabbia. Là si fermò un attimo, gli occhi rivolti verso il largo, poi incominciò a percorrere lentamente, tornando verso sinistra, la lunga e sottile striscia di terreno asciutto. Separato dalla terraferma da una distesa d'acqua, separato dai compagni dal suo orgoglio, errava laggiú, visione isolata e senza piú legami, nel mare, nel vento, davanti all'infinito nebbioso. Ancora una volta si fermò in contemplazione. E improvvisamente, come spinto da un ricordo, da un impulso, voltò deliziosamente il busto dalla posizione primitiva, con una mano sul fianco, e guardò verso la spiaggia al di sopra della spalla. Aschenbach, pieno di brividi, era lí, come quando per la prima volta, tornando dalla soglia dell'atrio, aveva incontrato lo sguardo di quegli occhi che avevano il colore grigio del crepuscolo. Appoggiato allo schienale della poltrona aveva girato lentamente il capo per seguire i movimenti del piccolo passeggiatore; ora si alzò come per andare incontro allo sguardo, ma ricadde in avanti, cosí che i suoi occhi, ora, guardavano dal basso verso l'alto, mentre la faccia assumeva l'espressione distesa e intimamente assorta di chi è caduto in un sonno profondo. Ma gli sembrava che il pallido e soave psicagogo, laggiú, gli sorridesse, gli facesse cenno; che, staccando la mano dall'anca, gli indicasse l'orizzonte lontano, lo precedesse aleggiando nell'informe enorme e pieno di promesse. E, come tante altre volte, cercò di seguirlo.

Passarono alcuni minuti prima che qualcuno accorresse in aiuto dello scrittore che si era accasciato su un fianco. Lo trasportarono in camera sua. E il giorno stesso il mondo accolse con reverente commozione la notizia della sua morte.

Tonio Kröger

I

Il sole invernale era soltanto un povero riverbero, lattiginoso e opaco, dietro gli strati delle nuvole sopra l'angusta città. Nei viottoli stretti tra le case mansardate, dai colmi aguzzi, era umido, tirava vento, e ogni tanto cadeva una sorta di grandine molle, non ghiaccio, non neve.

La scuola era finita. Attraverso il cortile acciottolato e fuori del cancello rotolavano i gruppi degli scolari liberati, e si dividevano e poi si allontanavano in fretta verso destra e verso sinistra. Gli scolari piú grandi tenevano dignitosamente i loro mazzi di libri in alto, premuti contro la spalla sinistra, mentre col braccio destro remavano contro vento verso il pranzo; i piccoli si erano messi allegramente al trotto e sprizzavano in giro la fanghiglia, e i sette pilastri del sapere sbatacchiavano dentro gli zaini di foca. Ma ogni tanto tutti si strappavano con occhi compunti i berretti dalla testa di fronte alla faccia di Wotan o alla barba di Giove di un professore che camminava impettito...

"Ah ci sei finalmente, Hans," disse Tonio Kröger, che aveva aspettato a lungo sul bastione; andò incontro sorridendo all'amico che stava uscendo dal cancello discorrendo con altri compagni e che già stava per allontanarsi con loro... "Eh?" domandò e guardò Tonio... "Sí, è vero! Su che camminiamo ancora un po'."

Tonio ammutolí, i suoi occhi si offuscarono. Hans aveva dimenticato, gli venne in mente all'improvviso, che avevano deciso di passeggiare un po' insieme a mezzogiorno? Mentre lui, da quando avevano preso l'appuntamento, non aveva fatto altro, pressappoco, che rallegrarsene.

"Sí, ciao, voi," disse Hans ai compagni. "Vado a passeggio un momento con Kröger." — E i due si avviarono verso sinistra, mentre gli altri si allontanarono ciondolando verso destra.

Hans e Tonio avevano sempre il tempo, dopo la scuola, di passeggiare, perché entrambi facevano parte di famiglie in cui il pranzo veniva servito soltanto alle quattro. I due padri erano grandi commercianti, che rivestivano anche cariche pubbliche ed erano molto potenti in città. Agli Hansen appartenevano già da parecchie generazioni gli enormi depositi di legname giú al fiume, dove poderose seghe tagliavano le bore, sbuffando e sibilando. Ma Tonio era figlio del console Kröger, i cui sacchi di grano, con l'ampia insegna nera della ditta, si vedevano ogni giorno andare in giro sui carri per la città; e la grande vecchia casa dei suoi antenati era la piú signorile di tutta la città... Continuamente i due amici erano costretti, per via dei molti conoscenti che incontravano, a togliersi il berretto; anzi, in molti casi erano loro, quattordicenni, a venir salutati per primi...

Tenevano tutti e due le borse di scuola sulle spalle e tutti e due erano vestiti bene, con indumenti caldi; Hans portava un giaccone corto da marinaio, sopra il quale, sulle spalle e sulla schiena stava il grande collo azzurro del vestito alla marinara, e Tonio un paltò grigio con la cintura. Hans portava in capo un berretto da marinaio danese con i nastri corti, da sotto il quale spuntava una ciocca dei suoi capelli biondo canapa. Era straordinariamente bello e ben fatto, con le spalle larghe e la vita stretta, con gli occhi azzurro acciaio, liberi e penetranti. Ma da sotto il berretto rotondo di pelliccia di Tonio guardavano fuori, in mezzo a una faccia bruna e dal taglio incisivo, meridionale, due occhi scuri e teneramente adombrati, con palpebre un tantino troppo pesanti, due occhi sognanti e un tantino timidi... La bocca e il mento erano disegnati con una straordinaria morbidezza. Camminava pigro e con una andatura irregolare, mentre le gambe snelle di Hans, dentro le calze nere, procedevano elastiche e con un ritmo costante...

Tonio non parlava. Provava dolore. Con le sopracciglia corrugate e le labbra come per fischiare, guardava da una parte, con la testa inclinata, lontano. Quel contegno, quell'espressione gli erano propri.

Improvvisamente Hans infilò il suo braccio sotto quello di Tonio e lo guardò, di profilo, capiva benissimo che cosa stava succedendo. E benché, anche mentre muovevano i passi successivi, Tonio continuava a tacere, tuttavia, d'un tratto, si sentiva tutto invaso da una sorta di tenerezza.

"Non me n'ero dimenticato, Tonio," disse Hans e chinò gli occhi a guardare il trottoir, "pensavo soltanto che oggi non c'era niente da fare, perché è tutto cosí umido e c'è tutto questo vento. Ma a me non importa e trovo fantastico che mi hai aspettato lo stesso. Credevo già che fossi andato a casa, e mi dispiaceva..."

Tutto, in Tonio, a queste parole, si mise in movimento, un movimento esultante e felice.

"Allora facciamo il giro dei bastioni," disse con la voce commossa. "Sul bastione dei mulini e sul bastione dello Holstein, e cosí ti porto a casa, Hans... Guarda che non mi fa veramente niente di fare la strada da solo; la prossima volta mi accompagni tu."

In fondo non credeva veramente a ciò che Hans aveva detto e sentiva con precisione che l'altro dava a quella passeggiata a due soltanto la metà del significato che gli attribuiva lui. Vedeva tuttavia che Hans si pentiva della sua dimenticanza e che sentiva il bisogno di riconciliarsi. Lui era lontanissimo dall'intenzione di differire la conciliazione...

Il fatto era che Tonio amava Hans e aveva già molto sofferto per lui. Colui che ama di piú è il sottomesso e deve soffrire, — il suo animo quattordicenne aveva già estratto dalla vita questa semplice e dura teoria; e lui era fatto in modo tale che avvertiva queste esperienze ma insieme le dislocava interiormente, e in certo modo trovava in questo un piacere, senza pertanto orientarsi, per se stesso, sulla loro base e senza trarne qualche utilità pratica. Era inoltre conformato in maniera che queste teorie gli apparivano molto piú importanti e interessanti delle nozioni che gli venivano imposte a scuola, al punto che durante le ore di lezione, sotto le volte gotiche della classe, in genere si dedicava a sentire e a elaborare fino in fondo queste scoperte. Queste occupazioni gli davano una soddisfazione analoga a quella che provava quando girava per la sua camera col violino (perché suonava il violino) e faceva risuonare le note, le note piú morbide che riusciva a ottenere, dentro lo scroscio del getto della fontana a zampillo che, giú in giardino, si lanciava verso l'alto, esitando, sotto i rami del vecchio noce...

La fontana a zampillo, il vecchio noce, il suo violino e la vastità del mare, del Baltico, di cui durante le vacanze spiava i sogni estivi, erano queste le cose che amava, da cui amava sentirsi circondato e tra cui si svolgeva la sua vita interiore, cose i cui nomi possono essere utilizzati nei versi con buoni effetti e che di fatto echeggiavano sempre nei versi che Tonio Kröger ogni tanto componeva.

Questo fatto, di possedere un quaderno con versi scritti di suo pugno, si era saputo in giro e per colpa sua, e lo danneggiava molto, agli occhi dei suoi compagni di scuola come agli occhi dei professori. Il figlio del console Kröger trovava, da una parte, che sarebbe stato stupido e volgare sentirsi offeso da questa circostanza, e per questa ragione disprezzava sia i compagni di scuola sia i professori, le cui pessime maniere già di per sé gli ripugnavano, e le cui personali debolezze egli intuiva con molta penetrazione. Ma d'altra parte, lui stesso sentiva come una sorta di deviazione, una cosa sconveniente fare versi, e in certo modo era costretto a dar ragione a tutti coloro che la ritenevano un'occupazione balorda. Soltanto che non riusciva ad astenersene...

Siccome a casa sprecava il suo tempo e durante le lezioni era distratto e svogliato e non era nelle grazie dei professori, tornava costantemente a casa con voti molto scadenti, cosa di cui il padre, un signore lungo, accuratamente vestito, con gli occhi azzurri e pensosi e che portava sempre all'occhiello un fiore di campo, si mostrava sempre indignato e preoccupato. Ma la madre di Tonio, la sua bella madre bruna, che si chiamava Consuelo e che era cosí diversa dalle altre signore della città, perché, parecchio tempo prima, il padre era andato a cercarsela molto in basso sulla carta geografica, — alla mamma le pagelle erano completamente indifferenti...

Tonio amava quella mamma bruna e piena di fuoco, che suonava cosí meravigliosamente il pianoforte e il mandolino, ed era felice che non si crucciasse per la dubbia posizione che lui occupava in mezzo agli uomini. Ma d'altra parte sentiva che l'ira del padre era molto piú dignitosa e rispettabile, e in fondo, benché lo sgridasse, era perfettamente d'accordo con lui, mentre trovava un tantino irresponsabile l'allegra indifferenza della madre. Talvolta pensava pressappoco: è già abbastanza che io sia quello che sono e che io non voglia né possa cambiarmi, negligente e scontroso, intento a rimuginare su cose a cui nessuno altrimenti pensa. Perlomeno è giusto che per questo mi si sgridi e mi si punisca severamente, e che non si lasci perdere a furia di baci e di musica. Non siamo mica zingari nel loro carrozzone verde, siamo persone perbene, i consoli Kröger, la famiglia dei Kröger... E non di rado pensava anche: perché sono cosí diverso dagli altri e in lotta con tutto, malvisto dai professori ed estraneo in mezzo agli altri ragazzi? Guardali, i bravi scolari e quelli cosí solidamente mediocri. Loro non trovano buffi gli insegnanti, non fanno versi e pensano soltanto cose che appunto tutti pensano e che si possono dire a voce alta. Come devono sentirsi a posto e d'accordo con tutto e con tutti! Dev'essere bello... Io invece, che cos'ho, e come andrà a finire tutto questo?

Questo modo di considerare se stesso e il proprio rapporto con la vita svolgeva un ruolo rilevante nell'amore che nutriva per Hans Hansen. Prima di tutto lo amava perché era bello; ma poi, in secondo luogo, perché in tutte le cose era il suo preciso contrario, il suo opposto. Hans Hansen era uno scolaro esemplare e inoltre un compagno vivace, che andava a cavallo, faceva ginnastica, nuotava come un antico eroe e godeva della simpatia generale. Gli insegnanti lo trattavano quasi con tenerezza, lo chiamavano col suo nome di battesimo e lo aiutavano in tutte le maniere, i compagni badavano ad ottenere i suoi favori, e per la strada signori e signore lo fermavano, lo prendevano per il ciuffo biondo pallido che veniva fuori da sotto il berretto danese alla marinara e gli dicevano: "Buon giorno, Hans Hansen, col tuo ciuffo cosí carino! Sei ancora il primo della classe? Salutami il papà e la mamma, carino che sei..."

Cosí era Hans Hansen, e da quando Tonio Kröger lo conosceva, provava un desiderio invidioso che gli premeva sul petto e lo bruciava. Chi ha, pensava, occhi cosí azzurri, chi riesce a vivere, come te, cosí in ordine e in felice armonia con tutto e tutti? Sei sempre occupato, decorosamente, e in un modo che tutti rispettano. Quando hai finito i tuoi compiti di scuola, prendi lezioni di equitazione oppure ti dai da fare con la seghetta da giardiniere, e perfino durante le vacanze, al mare, sei tutto preso a remare, dalla vela, dal nuoto, mentre io me ne sto sdraiato ozioso e perduto sulla sabbia e fisso il vario e misterioso mutare di fisionomia sul volto del mare. Ma per questo i tuoi occhi sono troppo chiari. Essere come te...

Non faceva alcun tentativo di diventare come Hans Hansen, e forse quei desideri non erano poi tanto seri. Ma ambiva di tutto cuore, cosí com'era, di essere amato da lui e lottava per essere amato da lui, lottava per il suo amore, a modo suo, un modo lento e interiore, pieno di devozione, doloroso e melancolico, ma di una melanconia che sa bruciare piú profonda, piú struggente, di quell'impetuosa passionalità che il suo aspetto esotico avrebbe potuto far sospettare.

E non lottava invano, perché Hans, che peraltro sentiva in lui una sorta di superiorità, un'abilità nell'eloquio che permetteva a Tonio di esprimere cose difficili, capiva benissimo che in lui viveva una sensibilità straordinariamente forte e tenera nei suoi confronti, e si mostrava grato e gli dava molta gioia rispondendogli — ma anche molti dolori, sorti dalla gelosia, dalla delusione e dagli sforzi, frustrati, di stabilire una comunione spirituale. Perché stranamente si dava questo, che Tonio, sia pure invidiando il modo di essere di Hans Hansen, cercava costantemente di imporgli il proprio, il che poteva riuscirgli soltanto a momenti e anche allora soltanto in apparenza...

"Ho appena finito di leggere una cosa meravigliosa, stupenda..." disse. Camminavano e mangiavano insieme, togliendoli da un cartoccio, dolci di frutta che avevano comperato per dieci pfennig dal mercante Iwersen nella Mühlenstrasse. "Devi leggerlo, Hans, è il *Don Carlos* di Schiller... Se vuoi te lo presto..."

"Ma no, disse Hans Hansen, "lascia perdere, Tonio, sono cose che non sono adatte per me. Io mi accontento dei miei libri sui cavalli, capisci. Ci sono dentro illustrazioni splendide, ti dico. Una volta che vieni da me, te le faccio vedere. Sono istantanee, e si vedono i cavalli che galoppano e vanno al trotto e saltano, in tutte le posizioni, che nella realtà non si riescono a vedere perché tutto va troppo in fretta..."

"In tutte le posizioni?" domandò Tonio cortese. "Sí, dev'essere bello. Ma per quanto riguarda il *Don Carlos* è una cosa che supera qualsiasi immaginazione. Ci sono dei passaggi, devi vederlo, che sono cosí belli che si prova come un colpo e nello stesso tempo rimbomba..."

"Rimbomba?" domandò Hans Hansen. "Come, rimbomba?"

"Per esempio il passaggio in cui il re ha pianto perché è stato ingannato dal marchese... ma il marchese l'ha ingannato soltanto per far piacere al principe, capisci, per il quale si sacrifica. E ora, dalla sala del trono, arriva in anticamera la notizia che il re ha pianto. 'Pianto?' 'Il re ha pianto.' Tutti i cortigiani sono terribilmente colpiti e tutti si sentono pieni di spavento perché si tratta di un re spaventosamente duro e severo. Ma si capisce bene che ha pianto e a me fa piú pena lui del marchese e del principe messi insieme. È sempre cosí solo, e senza amore, e tutt'a un tratto crede di aver trovato un uomo e questo lo tradisce..."

Hans Hansen guardava la faccia di Tonio Kröger di profilo e qualche cosa, in quel volto, doveva suscitare in

lui attrazione per l'argomento perché improvvisamente infilò di nuovo il suo braccio sotto quello di Tonio e domandò:

"E in che maniera lo tradisce, Tonio?"

Tonio cominciava a commuoversi.

"Sí, il fatto è," disse, "che tutte le lettere per il Bra-
bante e per le Fiandre..."

"Guarda che viene Erwin Jimmerthal," disse Hans.

Tonio ammutolí. Che la terra se l'ingoi, pensò, questo
Jimmerthal! Perché deve arrivare proprio adesso a disturbarci! Basta che almeno non ci venga dietro e non parli
per tutta la strada della sua ora di equitazione... Perché
anche Erwin Jimmerthal prendeva lezioni di equitazione.
Era figlio del direttore della banca e abitava là fuori, oltre
la porta. Veniva loro incontro per il viale, con le sue gambe storte e con i suoi occhi a fessura, già senza cartella.

"Ciao, Jimmerthal," disse Hans. "Vado a spasso un momento con Kröger..."

"Devo andare in città," disse Jimmerthal, "a fare una
commissione. Ma vengo un pezzo con voi... Cosa sono, dolci
di frutta, che avete lí? Sí, grazie, un paio li mangio. Domani abbiamo quattro ore, Hans." Alludeva alle ore di
equitazione.

"Magnifico!" disse Hans. "Adesso mi comperano le uose
di cuoio, tu, perché ho preso dieci nell'esperimento..."

"Tu non prendi lezioni di equitazione, Kröger?" domandò Jimmerthal, e i suoi occhi erano ridotti a due fes-
sure glabre.

"No," rispose Tonio con un tono molto incerto.

"Dovresti chiedere a tuo padre," disse Hans Hansen, "di
farle prendere anche a te, Kröger."

"Sí..." disse Tonio, precipitoso e insieme indifferente.
Per un istante la gola gli si strinse, perché Hans l'aveva
apostrofato col cognome; e parve che Hans se ne accor-
gesse, perché disse, a titolo di spiegazione:

"Ti chiamo Kröger perché il tuo nome di battesimo è
talmente pazzesco, capisci, scusami, ma non posso soppor-
tarlo. Tonio... Ma non è mica un nome! Del resto tu non
puoi farci niente, nota!"

"No, ti chiami cosí perché è un nome che fa un effetto
straniero, è un nome speciale..." disse Jimmerthal, e aveva
l'aria di apprezzare la cosa.

La bocca di Tonio tremava. Si riprese e disse:

"Sí, è un nome stupido, io vorrei chiamarmi Heinrich
o Wilhelm, potete credermi. Ma viene dal fatto che mi

hanno battezzato col nome di un fratello di mia madre, che si chiamava Antonio, perché mia madre è straniera..."

Poi tacque e lasciò che gli altri due si mettessero a parlare di cavalli e di cuoio. Hans aveva preso sottobraccio Jimmerthal e parlava con una vivace partecipazione, una partecipazione che sarebbe stato impossibile suscitare, in lui, per il *Don Carlos*... Ogni tanto Tonio sentiva che l'impulso a piangere gli pizzicava il naso; inoltre faceva fatica a tener fermo il mento, che si metteva continuamente a tremare.

Hans non poteva sopportare il suo nome, — che cosa poteva farci? Lui si chiamava Hans, e Jimmerthal si chiamava Erwin, nomi riconosciuti da tutti, che non stupivano nessuno. "Tonio" invece era un nome straniero e bizzarro. Sí, in tutto c'era in lui qualcosa di particolare, che lo volesse oppure no, e lui era solo ed escluso da tutto quanto era normale e consueto, anche se non era uno zingaro nel suo carrozzone verde, bensí il figlio del console Kröger, della famiglia dei Kröger... Ma perché Hans lo chiamava Tonio fintanto che erano soli, mentre invece, appena sopraggiungeva un terzo, cominciava a vergognarsi di lui? A volte gli era vicino e amico, sí. "In che modo lo tradisce, Tonio?" aveva domandato prendendolo a braccetto. Ma poi, quando era arrivato Jimmerthal, aveva come tirato il fiato di sollievo, l'aveva abbandonato e, senza nessuna necessità, gli aveva rinfacciato il suo nome di battesimo straniero. Come faceva male dover riconoscere tutte queste cose!... In fondo Hans Hansen gli era abbastanza amico quando erano a tu per tu. Ma appena interveniva un terzo, se ne vergognava e lo sacrificava. E lui era di nuovo solo. Pensò al re Filippo. Il re ha pianto...

"Dio mio," disse Erwin Jimmerthal, "adesso bisogna proprio che vada in città! Ciao a tutti e grazie per i dolci!" E detto questo, saltò su una panchina sull'orlo del viale, la scavalcò con le sue gambe storte e trottò via.

"Jimmerthal mi piace!" disse Hans con convinzione. Aveva un modo viziato e presuntuoso di dichiarare le sue simpatie e le sue antipatie, e insieme di distribuirle con degnazione. E poi continuò a parlare delle lezioni di equitazione, visto che c'era. E del resto non erano piú molto lontani dall'abitazione degli Hansen; la strada che passava per i bastioni non richiedeva molto tempo. Si tenevano i berretti e chinavano il capo contro il forte vento umido che strideva e ululava tra la ramaglia spoglia degli alberi. E Hans Hansen continuava a parlare, mentre Tonio, soltanto di tanto in tanto inframmezzava un "Ah?" oppure un "Sí, sí," senza neppure rallegrarsi del fatto che Hans, trascinato dal discorso, l'avesse ripreso a braccetto, perché si trattava di un avvicinamento soltanto apparente, privo di significato.

Poi abbandonarono il viale dei bastioni non lontano dalla stazione, videro un treno che passava con una plumbea rapidità, per passare il tempo contarono le carrozze e fecero un cenno di saluto all'uomo che, imbacuccato nella sua pelliccia, sedeva sull'ultima, in alto. E sulla piazza dei tigli, davanti alla villa del commerciante all'ingrosso Hansen, si fermarono e Hans mostrò diffusamente com'era divertente attaccarsi al battente del cancello, in basso, e dondolarsi in qua e in là, per fare cigolare i cardini. Poi si accomiatò.

"Beh, devo andare," disse. "Ciao, Tonio. La prossima volta ti accompagno io a casa, puoi stare sicuro."

"Ciao, Hans," disse Tonio, "era bello passeggiare."

Le loro mani, che si strinsero, erano tutte bagnate e sporche della ruggine del cancello. Ma quando Hans guardò negli occhi Tonio, nel suo bel volto comparve qualcosa come una placida preoccupazione.

"E tra l'altro, uno di questi giorni mi leggerò il Don Carlos," disse in fretta. "La cosa lí, del re che piange, dev'essere magnifica!" Poi prese la sua cartella sotto il braccio e attraversò di corsa il giardino. Prima di scomparire dentro la casa, gli fece ancora un cenno di saluto.

E Tonio Kröger se ne andò felice e come portato dalle ali. Il vento lo spingeva da dietro, ma non era soltanto per questo che camminava cosí leggero.

Hans avrebbe letto il Don Carlos, e allora avrebbero avuto in comune qualche cosa di cui né Jimmerthal né nessun altro avrebbero potuto parlare! Come si comprendevano bene! Chissà, magari sarebbe perfino riuscito a indurlo a scrivere versi?... No, no, questo no, non voleva! Hans non doveva diventare come Tonio, doveva rimanere com'era, chiaro e forte, quale tutti, e specialmente Tonio, lo amavano! Ma che leggesse il Don Carlos non avrebbe guastato... E Tonio passò sotto l'alta, tozza porta della città, fiancheggiò il porto e il vicolo ripido, ventoso, tra le case, salendo verso la casa dei suoi genitori. Allora il suo cuore viveva; lo abitava uno struggente desiderio, e una melanconica invidia e un tantino di disprezzo e una grande, pudica beatitudine.

II

La bionda Inge, Ingeborg Holm, la figlia del dottor
Holm, che abitava sulla piazza del mercato, là dove si
ergeva alta, puntuta e complicata la fontana gotica, lei
era la ragazza che Tonio Kröger amava quando aveva sedici
anni.

Com'era avvenuto? L'aveva vista mille volte; ma una
sera la vide in una certa luce, vide come, chiacchierando
con un'amica, gettava da un lato, in un certo modo molto
allegro, ridendo, la testa, come portava in un certo modo
la mano alla nuca, una mano affatto particolarmente
sottile di ragazza, mentre il velo bianco della manica scivolava indietro sul suo gomito, sentí come sottolineava
una parola, una parola qualunque, e c'era un'eco calda
nella sua voce, e l'entusiasmo colse il suo cuore, molto
piú forte di quello che un tempo aveva a volte sentito,
guardando Hans Hansen, allora, quando era ancora un
semplice ragazzino.

Quella sera si portò via con sé l'immagine di lei,
con la spessa treccia bionda, gli occhi dal taglio lungo,
ridenti, e quella manciata, teneramente vistosa, di efelidi
sopra il naso, e non riusciva a dormire, perché sentiva
l'eco della sua voce, e cercava di imitare sommessamente
l'accento con cui aveva pronunciato quella parola qualunque, e intanto rabbrividiva. L'esperienza gli diceva che
quello era l'amore. Ma benché sapesse con precisione che
l'amore gli avrebbe recato molto dolore, tormento e umiliazione, e che, inoltre, esso distruggeva la pace e colmava
il cuore di melodie, impedendogli di trovare la tranquillità
per dare forma piena a una cosa e per trarne in tutta
quiete qualcosa di compiuto, l'accolse tuttavia con gioia,
vi si abbandonò interamente e lo curò con tutte le forze
del suo animo, perché sapeva che esso rende ricchi e vivi,
e lui ambiva essere ricco e vivo, invece che forgiare qualcosa di compiuto in tutta quiete...

Questo fatto, il fatto che Tonio Kröger si smarrí nel-
l'immagine dell'allegra Inge Holm, avvenne nel salotto,
quasi vuoto di mobili, della moglie del console Husteede,
alla quale, quella sera, toccava per turno di ospitare la
lezione di ballo; perché si trattava di un corso privato a
cui partecipavano soltanto membri delle famiglie piú in
vista, che si riunivano a turno nelle case paterne per ricevere lezioni di danza e di galateo. Ma a questo scopo, il

maestro di ballo Knaak veniva ogni settimana appositamente da Amburgo.

Il suo nome era François Knaak, e che uomo era! "J'ai l'honneur de me vous représenter," diceva, "mon nom est Knaak... E queste cose non si dicono mentre ci si inchina, bensí quando si è di nuovo diritti, — con un tono smorzato e tuttavia chiaro. Non ogni giorno ci si trova nella situazione di doversi presentare in francese, ma se si è in grado di farlo correttamente e impeccabilmente in questa lingua, non ci sarà nessuno che sbaglierà neppure in tedesco." Come meravigliosamente aderiva ai suoi fianchi grassi l'abito da passeggio di seta nera! In morbide pieghe, i pantaloni cadevano sulle scarpe di vernice ornate di larghi lacci di raso, e i suoi occhi bruni guardavano intorno con una sorta di stanca felicità per la propria bellezza...

Tutti erano sopraffatti da quel suo eccesso di sicurezza e di elegante distinzione. Lui camminava — e nessuno sapeva camminare come lui, elastico, ondeggiante, dondolante, regale — verso la padrona di casa, s'inchinava e attendeva che lei gli tendesse la mano. Quando gli veniva tesa, lui ringraziava sottovoce, si ritirava col suo passo molleggiato, si girava sul piede sinistro, puntava su un lato il destro, con la punta rivolta verso il basso e si allontanava ancheggiando.

Quando si lasciava un gruppo di persone bisognava avvicinarsi alla porta a furia di inchini e a ritroso, non bisognava strascinarsi dietro una sedia prendendola per una gamba o tirandola sul pavimento, bisognava bensí reggerla garbatamente per la spalliera e posarla per terra senza far rumore. Non bisognava star lí con le mani incrociate sulla pancia e con la punta della lingua sulle labbra; se qualcuno lo faceva ugualmente, il signor Knaak aveva un modo di fare lo stesso che chiunque, per il resto della vita, avrebbe provato un vero orrore per quell'atteggiamento...

Quello era il galateo. Ma per quanto concerneva la danza, il signor Knaak la padroneggiava, se possibile, in misura ancora maggiore. Nel salone quasi vuoto di mobili bruciavano le fiammelle a gas del grande lampadario e le candele sul camino. Il pavimento era stato cosparso di talco e gli allievi stavano lí, silenziosi, disposti in semicerchio. Ma al di là delle portiere, nella camera attigua, le madri e le zie sedevano sulle poltroncine imbottite e osservavano attraverso l'occhialino il signor Knaak che, curvo in avanti, teneva tra due dita l'orlo del suo abito da passeggio e, con le sue gambe elastiche, mostrava le singole figure della mazurka. Quando però voleva proprio sbalordire i presenti, tutt'a un tratto, senza un apparente motivo, schizzava su dal pavimento verso l'alto, faceva turbinare a una velocità vertiginosa le sue gambe nell'aria, eseguiva con esse una specie di trillo e poi, con un tonfo attenuato, ma che scuoteva ogni cosa fino alle radici, tornava su questa terra.

Che specie di stranissima scimmia, pensava Tonio Kröger in cuor suo. Ma vedeva benissimo che Inge Holm, l'allegra Inge, seguiva con una specie di rapito sorriso le evoluzioni del signor Knaak, e non era questo soltanto che suscitava in lei una sorta di ammirazione per quelle esibizioni corporee così meravigliosamente controllate. Come era calmo e imperturbabile lo sguardo del signor Knaak! I suoi occhi non guardavano dentro le cose, fin là dove diventano tristi e complicate; non sapevano nulla, se non che erano scuri e belli. Ma appunto per questo il suo contegno era così fiero! Sí, bisognava essere stupidi per camminare come camminava lui; e allora si veniva amati, perché si era amabili. Capiva così bene che Inge, la bionda dolce Inge guardasse il signor Knaak, come faceva lui. Ma ci sarebbe mai stata una ragazza che avrebbe guardato lui a quel modo?

Oh, sí, succedeva. C'era Magdalena Vermehren, la figlia dell'avvocato Vermehren, con la sua bocca mite e gli occhi grandi, oscuri, lustri, pieni di serietà e di sogni. Durante la danza cadeva spesso; ma quando c'era il tour des dames, sceglieva lui, sapeva che componeva versi, due volte l'aveva pregato di mostrarglieli, e spesso lo guardava da lontano con la testa piegata su un lato. Ma che cosa gliene importava, a lui? Lui, lui amava Inge Holm, la bionda, allegra Inge, che certo lo disprezzava perché lui scriveva cose in versi... la guardò, guardò i suoi occhi tagliati sottili, azzurri, pieni di allegria e di sarcasmo, e uno spasmodico, invidioso desiderio, un dolore acerbo, tormentoso, il dolore di essere escluso da lei, di esserle estraneo in eterno, gli premeva il petto, lo bruciava...

"La prima coppia en avant!" disse il signor Knaak, e non c'è parola capace di descrivere con quale grazia sapeva pronunciare il suono nasale. Stava esercitandoli nella quadriglia, e con estremo terrore Tonio Kröger si vide incluso nello stesso quadrato di Inge Holm. La evitava come poteva e tuttavia si trovava di continuo vicino a lei; proibiva al suo sguardo di dirigersi su di lei e tuttavia la guardava di continuo... Ora veniva avanti tenendo per mano il rosso

Ferdinand Matthiessen, passava, scivolando, rovesciava la testa all'indietro e traendo un gran sospiro veniva a piantarsi di fronte a lui; il signor Heinzelmann, il pianista, abbassò le mani ossute sulla tastiera, il signor Knaak diede un ordine, la quadriglia cominciò.

Lei si muoveva, in qua e in là, davanti a lui, in avanti e indietro, camminava, volteggiava, ogni tanto un profumo che emanava da lei o forse dalla stoffa leggera, bianca del suo vestito, lo sfiorava, e i suoi occhi si offuscavano sempre di piú. Ti amo, ti amo, dolce Inge, diceva mentalmente, e in queste parole metteva tutto il suo dolore per il fatto che lei fosse cosí vivamente e allegramente intenta alla faccenda e che non si occupasse di lui. Gli venne alla mente una meravigliosa poesia di Storm: "Vorrei dormire, ma tu devi danzare." Lo scoraggiante controsenso che vi era espresso lo torturava: dover danzare mentre si ama...

"Prima coppia en avant!" disse il signor Knaak, perché cominciava un altro giro. "Compliment! Moulinet des dames! Tour de main!" E nessuno saprebbe descrivere in quale graziosa maniera inghiottiva l'e muta del de."

"Seconda coppia en avant!" Toccava a Tonio Kröger e alla sua damigella. "Compliment!" E Tonio Kröger, con la testa china e le sopracciglia aggrottate, posò la sua mano su quelle delle quattro dame, su quella di Inge Holm, e ballò il moulinet.

Tutto in giro si sentivano sussurri e risatine. Il signor Knaak abbozzò una figura di balletto che esprimeva una stilizzata indignazione. "Ahi!" gridò. "Alt! Alt! Kröger è finito tra le signorine! En arrière, signorino Kröger, indietro, fi donc! Adesso tutti l'hanno capita, soltanto lei no. Via! Sparire! Indietro!" E tirò fuori un fazzoletto di seta gialla e scacciò Tonio Kröger verso il suo posto.

Tutti ridevano, i ragazzi, le ragazze e le signore di là dalla portiera, perché il signor Knaak aveva fatto dell'incidente qualcosa di ameno, ci si divertiva come a teatro. Soltanto il signor Heinzelmann aspettava, con un'asciutta aria professionale, il segno di continuare, perché ormai era abituato alle esibizioni del signor Knaak.

Poi la quadriglia riprese. E poi ci fu una pausa. La cameriera entrò dalla porta facendo tintinnare un vassoio carico di bicchieri di bibite ghiacciate, e la cuoca la seguiva con un carico di plumcake dentro la sua forma. Ma Tonio Kröger si eclissò, uscí di nascosto in corridoio e lí, con le mani dietro la schiena, si mise di fronte a una finestra con la persiana abbassata, senza riflettere che attraverso la persiana non si poteva vedere niente e che quindi era ridicolo stare lí davanti a fingere di guardare fuori.

Ma guardava dentro di sé, dove c'era tanto dolore e trepido desiderio. Perché, perché era lí? Perché non era nella sua camera a leggere l'*Immensee* di Storm e a guardar fuori, ogni tanto, sul giardino serale, dove il grande noce strideva greve? Quello sarebbe stato il suo posto. E che gli altri ballassero badando, vispi e destri, a quello che facevano!... No, no, nonostante tutto il suo posto era lí, dove sapeva di essere vicino a Inge, anche se adesso era lontano e solo e cercava di discernere, dentro il brusío e il tintinnío e le risate, che venivano da dentro, la sua voce, in cui risuonava la calda vita. I tuoi occhi tagliati lunghi, azzurri, ridenti, o bionda Inge! Belli e allegri come te si può essere soltanto se non si legge *Immensee* e se non si tenta di fare lo stesso; è questo il triste!...

Oh, doveva venire! Doveva notare che lui non c'era, doveva sentire che cosa lui provava, doveva seguirlo di nascosto, anche se soltanto per pietà, per venire a posargli la mano sulla spalla e dirgli: Torna dentro con noi, sii felice, io ti amo. E lui tendeva l'orecchio verso la sala alle sue spalle e aspettava preso da una tensione irragionevole, aspettava che lei venisse. Ma lei non venne. Cose simili non succedono sulla terra.

Anche lei lo aveva deriso, come tutti gli altri? Sí, l'aveva fatto, per quanto, per amor suo o per amor proprio, sarebbe stato disposto a negarlo. E tuttavia, soltanto perché era stato rapito dalla sua vicinanza si era messo a danzare il moulinet des dames. E allora? Forse, una volta o l'altra avrebbero smesso di ridere! Una rivista non aveva forse accettato, di recente, una sua poesia, anche se poi aveva cessato la pubblicazione prima che la poesia uscisse? Doveva venire il giorno in cui sarebbe diventato famoso, in cui tutto quello che scriveva sarebbe stato pubblicato, e allora si sarebbe visto se non avrebbe fatto impressione anche su Inge Holm... Non avrebbe fatto *nessuna* impressione, no, questa era la verità. Su Magdalena Vermehren, che cadeva di continuo, sí, su di lei, sí. Ma su Inge Holm mai, mai sulla allegra Inge dagli occhi azzurri. E quindi non era tutto inutile?...

A questo pensiero il cuore di Tonio Kröger si contrasse dolorosamente. Sentire quali meravigliose, attive e melanconiche forze si agitano in te, e insieme sapere che coloro che tu, chinandoti, desideri ti stanno di fronte in una allegra inaccessibilità, fa molto male. Ma benché stesse solo, escluso e senza speranza di fronte a una persiana abbassata e benché, nella sua pena, fingesse di potere guardar fuori, era tuttavia felice. Perché il suo cuore viveva. Caldo e triste batteva per te, Ingeborg Holm, e la sua anima avvolgeva la tua bionda, chiara e allegramente banale, piccola personalità: in un beato auto-inganno.

Piú di una volta indugiò col volto acceso in luoghi solitari, dove soltanto sommessamente arrivavano la musica, il profumo dei fiori e il tintinnio dei bicchieri, e cercava, nei festosi rumori, di discernere la tua voce squillante, era colmo di dolore per te, eppure era felice. Piú di una volta si sentí ferito dal fatto che stava seduto insieme con Magdalena Vermehren, che cadeva di continuo, e le parlava e lei lo capiva e rideva di lui e poi si faceva seria, mentre la bionda Inge, perché sedeva anche accanto a lei, gli appariva lontana ed estranea, e inaccessibile, perché il linguaggio di lui non era il suo linguaggio; e tuttavia era felice. Perché la felicità, si diceva, non sta nell'essere amati; questa è soltanto una soddisfazione, frammista all'orrore della vanità. La felicità sta nell'amare e, forse, nel carpire qualche piccola ingannevole vicinanza all'oggetto amato. E mentalmente annotò questo pensiero, lo pensò fino in fondo e lo sentí fino in fondo.

Fedeltà! pensava Tonio Kröger. Io sarò fedele, Ingeborg, e ti amerò finché vivrò! Tanto buono era! E tuttavia sussurravano in lui un lieve timore, una tristezza tali che in fondo aveva dimenticato completamente anche Hans Hansen, benché lo vedesse ogni giorno. E il brutto e il pietoso fu che questa voce sommessa e un tantino perfida ottenne ragione, perché il tempo passò e vennero giorni in cui Tonio Kröger non si sentiva piú cosí incondizionatamente disposto a morire, come un tempo, per l'allegra Inge, perché sentiva dentro di sé la voglia e le forze per compiere, a suo modo, nel mondo, una serie di atti memorabili.

Fece guardingo il giro dell'altare sacrificale, su cui bruciava la fiamma pura e casta del suo amore, s'inginocchiò davanti e l'attizzò e cercò di avvicinarsi ad essa in tutti i modi, perché voleva essere fedele. E tuttavia, poco dopo, inavvertitamente, senza strepito, senza rumore, era già spenta.

Ma Tonio Kröger indugiò ancora per qualche tempo davanti all'altare deserto, colmo di stupore e di delusione perché sulla terra la fedeltà era impossibile. Poi scrollò le spalle e se ne andò per la sua strada.

III

Se ne andò per la strada che doveva percorrere, con un passo un po' trascurato e disuguale, fischiettando tra sé e sé, guardando le lontananze con la testa un po' inclinata da una parte, e quando si smarriva, ciò accadeva perché per certi uomini non c'è la retta via. Se gli si domandava che cosa intendesse fare nel mondo, forniva risposte contraddittorie, perché usava dire (e l'aveva anche già scritto) che portava in sé la possibilità di mille forme di esistenza insieme con la segreta consapevolezza che in fondo si trattava di mere impossibilità...

Già prima di abbandonare la sua angusta città natale, i vincoli, i fili con cui essa lo tratteneva si erano sciolti. La vecchia famiglia dei Kröger era precipitata a poco a poco in uno stadio di sbriciolamento e di disgregazione, e la gente aveva ragione di vedere nella singolare esistenza, nell'essere di Tonio Kröger, appunto un segno di questa situazione. La madre di suo padre era morta, il capo della casata, e non molto tempo dopo il padre l'aveva seguita nella morte, quel signore lungo, pensoso, accuratamente vestito, col fiore di campo all'occhiello. La grande casa dei Kröger era in vendita insieme con la sua storia veneranda, la ditta aveva cessato la sua attività. Tuttavia, la madre di Tonio, la sua bella mamma piena di fuoco, che suonava cosí bene il pianoforte e il mandolino e che era indifferente a tutto, di lí a un anno si risposò, e si risposò con un musicista, un virtuoso dal cognome italiano, e gli andò dietro verso azzurre lontananze. Tonio Kröger giudicò la cosa un tantino precipitosa; ma poteva, *lui*, impedirgliela? Era uno che scriveva versi e che non sapeva neppure rispondere a coloro che gli domandavano che cosa aveva in mente di fare...

E lui abbandonò la sua città tortuosa, intorno alle cui cuspidi fischiava il vento umido, abbandonò la fontana a zampillo e il vecchio noce del giardino, gli amici della sua adolescenza, abbandonò anche il mare che amava tanto, e non provò alcun dolore. Perché si era fatto grande e avveduto, aveva capito qual era la sua missione, ed era pieno di sarcasmo nei confronti dell'opaca e vile esistenza che per tanto tempo l'aveva legato a sé.

Si abbandonò completamente tra le braccia di quel potere che gli appariva il piú sublime sulla terra, e che si sentiva chiamato a servire, che gli prometteva altezze e onori, al potere dello spirito e della parola, che troneggia sorridente sopra la vita inconsapevole e sorda. Si diede a lei con là sua giovane passione e lei lo compensò con tutto quanto ha da regalare, e gli tolse spietatamente tutto ciò che solitamente esige in compenso.

Essa acuí il suo sguardo, gli rese comprensibili le grandi parole che gonfiano il petto degli uomini, gli dischiuse l'anima umana e la sua propria, lo rese veggente e gli mostrò l'interno del mondo e le cose ultime che stanno dietro le parole e le azioni. Ma ciò che lui vedeva era soltanto questo: comicità e miseria, comicità e miseria.

E allora, insieme con la pena e l'orgoglio della conoscenza, venne la solitudine, perché gli riusciva intollerabile la vicinanza degli inetti con lo spirito gaiamente ottenebrato, e il marchio che lui recava sulla fronte li respingeva. Ma a poco a poco si fece sempre piú dolce in lui il piacere della parola e della forma, perché usava dire (e l'aveva anche già scritto) che la mera conoscenza dell'anima renderebbe infallibilmente cupi se, a renderci desti e felici, non ci fossero i piaceri dell'espressione.

Visse in grandi città e nel sud, dal cui sole la sua arte si riprometteva una rigogliosa maturità; e forse era il sangue di sua madre che lo trascinava laggiú. Ma poiché il suo cuore era morto e senza amore, si perse in avventure della carne, precipitò profondamente nella lussuria e nel bruciante peccato e ne soffrí indicibilmente. Forse era l'eredità di suo padre in lui, di quell'uomo lungo, pensoso, correttamente vestito, col fiore di campo all'occhiello, che lo faceva soffrire tanto, laggiú, e talvolta un tenue struggente ricordo di lui si muoveva, con una gioia dell'anima che un tempo era stata sua e che ora, in mezzo ai piaceri, non riusciva a ritrovare.

La nausea e l'odio verso i sensi lo colse, e insieme un anelito verso la purezza e una decorosa pace, mentre respirava l'aria dell'arte, l'aria tiepida e dolce e impregnata di profumi di una primavera permanente, in cui, dentro un misterioso piacere creativo, tutto fermenta e germoglia. Avvenne cosí semplicemente che, scaraventato senza posa tra limiti estremi, tra una gelida spiritualità e l'ardore dilaniante dei sensi, conducesse una vita estenuante in mezzo alle pene della sua coscienza, una vita sfrenata, sregolata, incomprensibile di cui lui, Tonio Kröger, in fondo, aveva orrore. Quale labirinto! pensava talvolta. Ma come è stato possibile che io sia precipitato in tutte queste eccentriche avventure? Non sono uno zingaro nel suo carrozzone verde, sono per nascita...

Ma nella misura in cui si deteriorava la sua salute, si consolidava il suo magistero artistico, diventava piú difficile, eletto, prezioso, sottile e suscettibile nei confronti del banale ed estremamente sensibile in fatto di tatto e di gusto. Quando si manifestò per la prima volta, coloro ai quali l'opera era diretta applaudirono ed espressero molta gioia, perché quella che aveva consegnato era una cosa preziosamente elaborata, piena di umore e di conoscenza del dolore. E presto il suo nome, quello stesso nome che un tempo gli insegnanti avevano chiamato per rimproverarlo, lo stesso con cui aveva firmato le sue prime rime dedicate al vecchio noce, alla fontana a zampillo e al mare, quel suono composto di nord e di sud, quel nome borghese animato da un alito esotico, diventò una formula che designava qualcosa di eccellente; perché alla dolorosa radicalità delle sue esperienze si accoppiava una rara, e tenace ed ambiziosa diligenza, la quale, nella lotta con la difficile sensibilità del suo gusto, dava origine, tra violente sofferenze, ad opere eccezionali.

Non lavorava come qualcuno che lavora per vivere, bensí come uno che non vuole nient'altro che lavorare, perché in quanto uomo vivente non si ritiene nulla e desidera soltanto entrare in linea di considerazione in quanto creatore e per il resto se ne va in giro grigio, insignificante, come un attore senza trucco, che non è nulla fintanto che non ha nulla di rappresentare. Lavorava muto, chiuso, invisibile e pieno di disprezzo per quei piccoli spiriti il cui talento è una sorta di ornamento sociale, i quali, sia che fossero ricchi sia che fossero poveri, se ne andavano in giro spogli e laceri oppure sfoggiavano il lusso mediante eccentriche cravatte, in primo luogo felici, intenti a vivere amabilmente e artisticamente, ignari che le opere buone sorgono soltanto sotto la pressione di una vita grama, che chi vive non lavora, e che bisogna essere morti per essere veramente creatori.

IV

"Disturbo?" domandò Tonio Kröger sulla soglia dello studio. Teneva il cappello in mano e s'inchinò perfino leggermente, benché Lisaweta Iwanowna fosse sua amica, l'amica a cui diceva tutto.

"Si risparmi queste cose, Tonio Kröger, e venga avanti

senza tante cerimonie!" rispose lei con una sorta di gorgheggio nella voce. "È noto che ha avuto una buona educazione e che conosce benissimo le buone maniere." E dicendo questo posò i suoi pennelli sulla tavolozza che reggeva con la mano sinistra, gli tese la destra e lo guardò bene in faccia sorridendo e scuotendo il capo.

"Sí, ma sta lavorando," disse lui. "Mi faccia vedere... Oh, è andata avanti molto." E considerava ora gli schizzi a colori appoggiati a due sedie sui lati del cavalletto, ora la grande superficie di tela coperta da una rete di linee che s'intersecavano, sulla quale, in mezzo al confuso e schematico abbozzo a carboncino, cominciavano a delinearsi le prime superfici di colore.

Erano a Monaco, in un edificio che stava alle spalle della Schellingstrasse, a parecchi piani di altezza. Fuori, di là dall'ampia finestra che prendeva luce dal nord, c'era l'azzurro del cielo, la voce degli uccelli e il riverbero del sole, l'alito giovane, dolce, della primavera che fluiva dentro attraverso un'anta aperta, mescolandosi all'odore di fissativo e di colori a olio che riempiva l'ampia stanza di lavoro. Liberamente la luce dorata del pomeriggio chiaro inondava la vasta nudità dello studio, illuminava gaia il pavimento un po' irregolare, il tavolo grezzo coperto di bottigliette, di tubetti e di pennelli sotto la finestra e gli studi senza cornici alle pareti prive di tappezzeria, illuminava il paravento di seta lacerato che presso la porta delimitava un angolino, ben ammobiliato, per vivere e per riposare, illuminava l'opera in divenire sul cavalletto e, davanti, la pittrice e il poeta.

Doveva avere all'incirca l'età di lui, e cioè doveva aver superato di poco la trentina. Nel suo grembiule azzurro scuro, pieno di macchie, sedeva su uno sgabello basso con il mento posato sulla mano. I suoi capelli castani, tagliati corti e già un po' brizzolati sui lati le coprivano le tempie in lievi ondulazioni e incorniciavano il suo volto bruno, di taglio slavo, infinitamente simpatico, col naso all'insú, gli zigomi nettamente sporgenti e gli occhi piccoli, neri, luminosi. Tesa, diffidente e insieme eccitata, considerava con lo sguardo di traverso, strizzando gli occhi, il suo lavoro.

Tonio Kröger stava in piedi accanto a lei, teneva la mano destra posata sull'anca e con la sinistra si tormentava i baffi bruni. Le sue sopracciglia oblique erano distorte da una contrazione cupa e ansiosa, e intanto fischiettava piano tra sé e sé, com'era solito. Era vestito con estrema accuratezza e sobrietà, con un abito di un grigio comune e di taglio classico. Ma la sua fronte tormentata, sopra la quale i capelli erano pettinati in modo estremamente semplice e corretto, era attraversata da un fremito nervoso, e i tratti del suo volto dalla linea meridionale erano già segnati, come tracciati e incisi da un duro bulino, mentre tuttavia la sua bocca appariva disegnata con tanta dolcezza, e il suo mento cosí morbido... Dopo un momento si passò la mano sopra la fronte e sopra gli occhi e poi si voltò via.

"Non sarei dovuto venire," disse.

"E perché, Tonio Kröger?"

"Ho appena smesso di lavorare e quello che c'è nella mia testa è esattamente quello che c'è su questa tela. Una impalcatura, un abbozzo sbiadito, sporco di pentimenti e un paio di macchie di colore; sí, e poi vengo qui e vedo la stessa cosa. E qui ritrovo anche il conflitto, la contrapposizione," disse, e aspirò profondamente, "che mi torturavano a. casa. È strano. Quando un pensiero ti domina lo ritrovi espresso dappertutto, lo *annusi* perfino nel vento. Fissativo e aroma della primavera, non è vero? Arte e — già l'altra cosa cos'è? Non mi dica 'la natura,' Lisaweta, dire 'natura' non basta. No, avrei fatto meglio ad andare a passeggio, anche se resta da vedere se poi mi sarei sentito meglio. Cinque minuti fa, non lontano da qui, ho incontrato un collega, Adalbert, il novelliere. 'Dio maledica la primavera,' mi ha detto, col suo stile aggressivo. 'È e rimane la piú schifosa stagione dell'anno! Lei riesce a formulare un pensiero che sia sensato, Kröger, riesce a ottenere in santa pace anche il minimo significato, a ottenere il minimo effetto mentre il sangue è tutto in subbuglio come per un indecente formicolio e una folla di sensazioni che non c'entrano vengono a disturbarti e appena lei le analizza si rivelano istinti triviali e assolutamente inutilizzabili? Per quanto mi riguarda, adesso vado al caffè. Lí è territorio neutrale, non toccato dal cambiamento delle stagioni, sa, e anzi rappresenta la sfera trascendente e piú sublime della letteratura, in cui si possono avere soltanto immagini decenti...' E se ne andò al caffè; forse avrei fatto meglio ad andare con lui."

Lisaweta aveva l'aria divertita.

"Buona, Tonio Kröger. Quella dell''indecente formicolio' è buona. E in un certo modo ha anche ragione, la primavera non è particolarmente adatta al lavoro. Ma adesso stia a sentire. Nonostante questo, adesso le realizzo quel piccolo significato, cerco di ottenerle quell'effetto di cui parlava

Adalbert. Poi andiamo in 'sala' e prendiamo il tè, e lei si sfoga; perché vedo benissimo che oggi è carico fino a scoppiare. E intanto vada ad accomodarsi da qualche parte, per esempio su quella cassa lí, se non ha paura di sporcarsi i suoi vestiti aristocratici..."

"Ma lasci in pace i miei vestiti, Lisaweta Iwanowna! Preferirebbe che andassi in giro con una giacca di velluto a brandelli e con un gilé di seta rossa? Un artista è già sempre abbastanza un avventuriero nel suo intimo. Esteriormente bisogna vestirsi come si deve, corpo del demonio, e comportarsi come una persona civile... No, non sono affatto carico," disse, guardandola mentre mescolava i colori sulla tavolozza. "Le ho detto che quello che ho in testa e mi disturbava durante il lavoro era soltanto un problema, una contraddizione... Già, di che cosa stavamo parlando? Di Adalbert, del novelliere, e del suo orgoglio e della sua solidità. 'La primavera è la stagione piú schifosa,' ha detto, e poi se n'è andato al caffè. Perché bisogna sapere quello che si vuole, non è vero? Vede, anche me la primavera rende nervoso, anch'io sono tutto sottosopra per la dolce trivialità dei ricordi e delle sensazioni che suscita; soltanto che non riesco a vincermi fino al punto da insultarla e da disprezzarla; perché il fatto è che di fronte alla primavera mi vergogno, mi vergogno di fronte alla sua pura naturalezza e alla sua trionfante giovinezza. E non so se devo invidiare o invece disapprovare Adalbert per il fatto che non ne sa niente...

"Certo, in primavera si lavora male, e perché? Perché si hanno sensazioni. E perché soltanto gli imbrattacarte credono che lo spirito creativo debba sentire. Ogni artista vero e sincero sorride dell'ingenuità di questo errore idiota, — magari malinconicamente, però sorride. Perché ciò che si dice non sarà mai la cosa essenziale, bensí soltanto il materiale, in sé e per sé indifferente, mediante il quale bisogna comporre, ricorrendo a una giocosa e tranquilla superiorità, l'edificio estetico. Se le importa troppo di quello che ha da dire, se il suo cuore batte troppo caldamente, può essere sicura di un fiasco totale. Diventa patetica, sentimentale, e qualche cosa di greve, di goffamente serio, di incontrollato, di non ironico, di sradicato, di noioso e di banale, viene fuori da sotto le sue mani, e la conclusione è nient'altro che l'indifferenza degli altri, e la delusione e il dolore dentro di lei... Perché cosí è, Lisaweta: il sentimento, il sentimento caldo, intenso è sempre banale e inutilizzabile, e artistiche sono soltanto le irritazioni e

90

le fredde estasi del nostro distrutto, artistico sistema nervoso. È necessario essere qualcosa di extra-umano e di disumano, avere con l'umano un rapporto singolarmente remoto e privo di partecipazione per essere in grado e per essere tentati di giocare, di giocare con l'umano, di rappresentarlo in modo efficace e con gusto. Il dono dello stile, della forma e dell'espressione presuppone già di per sé questo rapporto freddo e schifiltoso con l'umano, e anzi presuppone un certo impoverimento, una certa aridità umana. Perché il sentimento sano e forte, questo è il punto, non ha gusto. È finita per l'artista appena diventa uomo e comincia ad avere sensazioni. E questo, Adalbert lo sa e per questo se ne andava al caffè, nella 'sfera remota,' proprio cosí!"

"Oh, dio, lo lasci perdere, bàtiuscka!" disse Lisaweta, lavandosi le mani in una bacinella di latta; "non ha alcun bisogno di andargli dietro."

"No, Lisaweta, non gli vado dietro, ma ciò soltanto perché ogni tanto mi succede, di fronte alla primavera, di vergognarmi del mio mestiere d'artista. Vede, mi capita di ricevere lettere di estranei, scritti di lode e di ringraziamento da parte del mio pubblico, missive piene di ammirazione da parte di persone entusiaste. Leggo queste missive e mi sfiora una sorta di commozione di fronte al sentimento caldo, inerme, umano che la mia arte ha suscitato, una sorta di compassione di fronte all'entusiastica ingenuità che parla in quelle righe, e arrossisco al pensiero di quanto quella tal brava persona si sentirebbe delusa se gli dovesse capitare di gettare un'occhiata dietro le quinte, se, nella sua innocenza, si rendesse conto che un uomo fatto come si deve, sano e perbene non scrive, non mima, non compone... il che non mi impedisce di utilizzare la sua ammirazione per il mio genio, per trovare incentivi, stimoli, non mi impedisce di prenderla terribilmente sul serio e di fare la faccia di una scimmia che giuoca a fare il grand'uomo... Oh, non mi contraddica, Lisaweta! Io le dico che spesso sono sfinito di stanchezza a furia di rappresentare l'uomo senza partecipare all'umano... L'artista, è un uomo? Bisognerebbe domandarlo alla 'donna!' Io ho l'impressione che noi artisti condividiamo tutti un po' la sorte di quei cantori papali operati... Cantiamo meravigliosamente, in modo da commuovere. E tuttavia —"

"Dovrebbe vergognarsi, Tonio Kröger. Adesso venga qui a prendere il tè. L'acqua sarà quasi calda, e qui ci sono le sigarette. Era arrivato alle voci bianche; vada pure avanti.

Però dovrebbe vergognarsi. Se non sapessi con quale orgogliosa passione si dedica al suo mestiere..."

"Non parli di 'mestiere,' Lisaweta Iwanowna! La letteratura non è un mestiere, è una maledizione, — tanto perché lo sappia. E quando comincia a diventare percepibile, questa maledizione? Presto, spaventosamente presto. A un'età in cui ancora si dovrebbe vivere tranquillamente, in pace e d'accordo con dio e col mondo. E invece lei comincia a sentirsi segnata, a sentirsi in un'enigmatica contrapposizione rispetto agli altri, alle persone normali, comuni, e l'abisso di ironia, di miscredenza, di opposizione, di conoscenza, di sentimenti che la separa dagli uomini si scava sempre piú profondo, e lei è sola, e poi non ci sarà piú possibilità d'intesa. Quale destino! Posto che il cuore sia abbastanza vivo, sia rimasto abbastanza *pieno di amore* per sentirlo come una cosa terribile!... La sua autoconsapevolezza si accende perché lei, in mezzo a mille altre persone, avverte e sente il segno sulla sua fronte e sente anche che non sfugge a nessuno. Conoscevo un attore di genio che come uomo era costretto a lottare con una malsana timidezza e insicurezza. Il suo eccessivo sentimento dell'io, congiunto alla mancanza di un ruolo, del compito di rappresentare produceva questo risultato, in un artista perfetto che era insieme un povero diavolo... Un artista, un artista vero, non uno che esercita la professione liberale dell'arte, ma proprio un artista predestinato e dannato, lei, con uno sguardo anche poco penetrante, lo riconosce anche in mezzo a una massa di gente. Il sentimento della separazione, del non c'entrare, del venir riconosciuto e osservato, nella sua faccia c'è qualcosa di regale e insieme di imbarazzato. Qualcosa di simile si può osservare nella faccia di un principe che vada in giro in incognito in mezzo a una folla di gente. Ma qui non serve l'incognito, Lisaweta! Provi a travestirsi, a mettersi una maschera, provi a vestirsi come un attaché o come un tenente delle guardie in congedo: basta che alzi gli occhi, che pronunci una parola e tutti sapranno che lei non è una persona umana, bensí qualcosa di estraneo, di scostante, di diverso...

"Ma *che cosa* è un artista? Di fronte a nessun'altra domanda il quieto vivere e la pigrizia conoscitiva dell'umanità si è dimostrata tanto tenace. 'È un dono,' dice placida la brava gente che subisce l'influsso di un artista, e poiché gli effetti felici e sublimi devono avere, secondo la loro benevola opinione, anche origini felici e sublimi, nessuno

sospetta che magari si tratta di un 'dono' condizionato da
pessime cose, magari altamente sospetto... Si sa che gli artisti sono molto vulnerabili — bene, si sa anche che ciò non
avviene mai tra le persone che hanno la coscienza a posto
e una consapevolezza di sé solidamente fondata... Vede,
Lisaweta, in fondo alla mia anima io nutro — in un senso
spirituale — nei confronti dell'artista lo stesso *sospetto*
che tutti i miei rispettabili avi, lassú, in quella angusta
città, avrebbero nutrito nei confronti di un qualsiasi ciarlatano e di qualsiasi artista avventuroso che fosse capitato
in casa loro. Senta che cosa le dico. Conosco un banchiere,
un uomo d'affari ormai incanutito, che ha il dono di scrivere novelle. Utilizza questo dono nelle sue ore di ozio, e
i suoi lavori sono talvolta veramente eccellenti. Nonostante
— e dico 'nonostante' — questa sublime disposizione, quest'uomo non è del tutto incensurato; anzi, ha già dovuto
scontare una pesante pena detentiva, e per buoni motivi.
Anzi è stato proprio nel penitenziario che si è reso conto
delle sue doti e le sue esperienze di detenuto costituiscono
il motivo fondamentale di tutta la sua produzione. Forzando un po' le cose, se ne potrebbe dedurre che in qualche
modo sia necessario essere di casa al penitenziario per
diventare poeti. Ma allora non s'impone subito il sospetto
che 'le sue esperienze nel penitenziario sono meno intimamente concresciute con le radici e le origini della sua attività artistica di *ciò che l'ha mandato in galera*? Un banchiere che compone novelle è una rarità, non è vero? Ma
un banchiere non delinquente, incensurato e solido che
scriva novelle, *una cosa simile non esiste*... Sí, rida pure,
io tuttavia scherzo soltanto in parte. Nessun problema,
nessun problema nell'universo, è piú torturante di quello
dell'artisticità e dei suoi influssi umani. Prenda il prodotto
piú mirabile del piú tipico e quindi del piú poderoso artista, prenda un'opera cosí malsana e cosí profondamente
ambigua come *Tristano e Isotta*, e osservi l'influsso che
quest'opera esercita su una persona giovane, sana, forte
e capace di sentimenti normali. Lei vedrà un senso di elevazione, di rafforzamento, un entusiasmo caldo, a posto,
magari l'impulso a una propria creazione 'artistica'... Povero dilettante! In noi artisti le cose hanno un aspetto
radicalmente diverso di quello che lui, col suo 'cuore caldo'
e col suo 'sincero entusiasmo' va sognando. Ho visto artisti
circondati da turbe di donne e di adolescenti, ed esaltati,
mentre io su di loro *sapevo*... Riguardo alla provenienza,

ai fenomeni accompagnatori e alle condizioni dell'artisticità, si fanno di continuo esperienze stupefacenti..."

"Riguardo agli altri, Tonio Kröger, — scusi —, o non soltanto riguardo agli altri?"

Lui tacque. Corrugò le sopracciglia oblique e si mise a fischiettare tra sé e sé.

"Mi dà la sua tazza, Tonio? Non è forte. E prenda anche un'altra sigaretta. Del resto lei sa benissimo che vede le cose in un modo in cui non è assolutamente necessario vederle..."

"Questa è la risposta di Orazio, mia cara Lisaweta. 'Considerare le cose in questo modo significherebbe considerarle con troppa precisione,' non è vero?"

"Io dico soltanto che allo stesso titolo si possono osservare da un altro punto di vista, Tonio. Io sono soltanto una donna stupida che dipinge e se so risponderle qualche cosa, se posso difendere un po' la sua professione contro ciò che lei dice, non dirò certamente niente di nuovo, sarà soltanto un accenno a cose che lei sa benissimo... Come per esempio: la funzione purificatrice, consacrante della letteratura, la distruzione delle passioni attraverso la conoscenza e la parola, la letteratura come via per capire, per perdonare e per amare, il potere di redenzione del linguaggio, lo spirito letterario come la più nobile manifestazione dello spirito umano in generale, il letterato come uomo perfetto, come santo, — considerare *così* le cose significherebbe non considerarle con sufficiente precisione?"

"Lei ha il diritto di parlare così, Lisaweta Iwanowna, e ciò in rapporto con le opere dei suoi poeti, con la letteratura russa, che è degna di adorazione, che rappresenta appunto quella letteratura sacra di cui parla lei. Ma io non ho trascurato le sue obiezioni, esse rientrano tra quelle cose che oggi ho in mente... Mi guardi bene. Non ho l'aria eccessivamente allegra, non è vero? Un po' vecchio e con i lineamenti marcati, e stanco, non è vero? Ora, per tornare alla 'conoscenza,' sarebbe immaginabile un uomo che, per tradizione credente, mite, benevolo e un tantino sentimentale, venga completamente devastato e liquidato dalla chiaroveggenza psicologica. Non lasciarsi sopraffare dalla tristezza del mondo, osservare, notare, stabilire rapporti, anche con le cose più tormentose, e per il resto essere ben disposto, già nella piena consapevolezza della superiorità etica rispetto alla mostruosa invenzione dell'essere, — sí, certo! E tuttavia, nonostante tutti i piaceri dell'espressione, le capita di non poterne proprio più. Capire tutto significherebbe per caso perdonare tutto? Non so ancora. Esiste qualche cosa che io chiamo nausea della conoscenza, Lisaweta. Uno stato in cui basta a un uomo vedere dentro una cosa per sentirsi mortalmente disgustato (e senza alcuna possibilità di conciliazione) — il caso di Amleto, il danese, questo tipico letterato. Sapeva che cosa significa essere chiamati alla consapevolezza, senza esservi nato. Vedere chiaramente anche attraverso il velo di lagrime del sentimento, conoscere, notare, osservare e dover mettere da parte, e sorridendo, ciò che si è osservato ancora negli istanti in cui le mani si congiungono, le labbra si trovano, in cui lo sguardo dell'uomo, accecato dalla sensazione, si rompe, — è spaventoso, Lisaweta, è avvilente, irritante... ma a che cosa serve irritarsi?

"Un altro e non meno amabile aspetto della faccenda è poi, certo, la sufficienza, l'indifferenza e l'ironica stanchezza di fronte a qualsiasi verità, e cosí è un dato di fatto che in nessuna parte del mondo tutto è muto e senza speranza come in una cerchia di persone ricche di spiritualità e lavate in tutte le acque. Ogni conoscenza è vecchia e noiosa. Provi a enunciare una verità per la cui conquista e per il cui possesso lei ha trovato una certa gioia giovanile, e alla sua volgare chiarezza si risponderà soffiando ·aria fuori dal naso... Eh, sí, la letteratura stanca, Lisaweta. Le posso garantire che, in società, può accadere che uno, a furia di scetticismo e di reticenza nell'esprimere le proprie opinioni, venga preso per scemo, mentre invece è soltanto orgoglioso e scoraggiato... Questo per quanto riguarda la 'conoscenza.' Ma per quanto riguarda la 'parola,' non è per caso che si tratta, piú che di una redenzione, di un raffreddamento, di un raggelamento della sensazione? Sul serio, c'è qualcosa di gelido e di spudoratamente presuntuoso in questa rapida e superficiale liquidazione del sentimento attraverso il linguaggio letterario. Se ha il cuore troppo colmo, se si sente troppo presa da un'esperienza dolce oppure sublime: niente di piú semplice! Lei va da un letterato, e tutto torna a posto in brevissimo tempo. Lui le analizzerà e formulerà la sua situazione, la chiamerà col suo nome, la esprimerà e la farà parlare, le liquiderà tutta la faccenda per sempre e la renderà indifferente e non pretenderà neppure di essere ringraziato. Ma lei tornerà a casa come alleggerita, piú fredda e illuminata e sarà stupita che in quella faccenda ci fosse, ancora poco prima, qualcosa che la turbava con quel suo dolce tumulto. E lei vuole stare a difendere questo freddo e superbo ciarlatano? Ciò che è stato espresso, cosí suona la sua professione di fede, è liquidato. Se tutto il mondo è espresso, è liquidato, redento, eliminato... Benissimo! Io tuttavia non sono un nichilista..."

"Lei non è —," disse Lisaweta... Teneva il cucchiaino col tè all'altezza della bocca e s'irrigidí in questa posizione.

"Beh, insomma... beh, insomma... cerchi di capire, Lisaweta! Non lo sono, le dico, in rapporto col sentimento vivente. Vede, il letterato in fondo non capisce che la vita possa continuare a vivere, e che non se ne vergogni, anche se lui l'ha espressa e 'liquidata.' E invece, guarda un po', nonostante la redenzione attraverso la letteratura, la vita continua a peccare; perché agli occhi dello spirito, ogni azione è peccato...

"Sono arrivato in fondo, Lisaweta. Mi ascolti bene. Io amo la vita — questa è una confessione. E lei la prenda e se la tenga, — non l'ho ancora mai fatta. Si è detto, si è perfino scritto e stampato che io odio la vita, oppure che la temo o la disprezzo oppure ne ho paura. Mi è piaciuto sentire questo, mi ha lusingato; ma non per questo non è falso. Io amo la vita... Lei sorride, Lisaweta, e so di che cosa sorride. Ma la supplico, non prenda per letteratura quello che dico! Non si metta a pensare a Cesare Borgia o a una qualche filosofia ebbra che se ne fa un'insegna. Non me ne importa niente, di Cesare Borgia, non ci tengo minimamente e non riuscirò mai a capire come si possa venerare come ideale l'eccezionale e il demoniaco. No, la 'vita,' quale si contrappone, eterna antagonista dello spirito e dell'arte, — a noi, spiriti anomali, non si presenta come una visione di sanguinosa grandezza e di selvaggia bellezza, non si presenta come l'anomalia; il normale, la decenza, l'amabilità, questo è il regno del nostro desiderio, la vita nella sua seducente banalità! È ben lontano dall'essere un artista, mia cara, colui che intimamente e profondamente sogna la raffinatezza, l'eccentricità e il satanico, che non conosce il desiderio dell'irrilevante, del semplice e del vivente, di un po' di amicizia, di dedizione, di confidenza e di umana felicità, — quel desiderio furtivo e struggente, Lisaweta, dei piaceri della mediocrità!...

"Un amico umano! Mi crede se le dico che sarei fiero e felice di possedere un amico tra gli uomini? Finora ho avuto amici soltanto tra i demoni, i coboldi, le oscure creature sotterranee e i fantasmi, muti di fronte alla conoscenza: tra i letterati.

"Mi capita a volte di trovarmi su un podio, mi trovo in

una sala di fronte a persone che sono venute lí per ascoltarmi. Vede, e allora mi capita anche di osservarmi mentre osservo il pubblico, mi sorprendo a spiare di nascosto l'uditorio, domandandomi in cuor mio chi è che è venuto lí per me, di chi è l'applauso e il ringraziamento che mi raggiunge, con chi la mia arte crea per me, lí, un legame ideale... E non trovo mai quello che cerco, Lisaweta. Trovo il gregge, la comunità che mi sono ben noti, simili a un'accolta di cristiani primitivi:· persone coi corpi goffi e con le anime elette, gente che casca di continuo, per cosí dire, lei mi capisce, e per le quali la poesia è una dolce vendetta verso la vita, — sempre soltanto uomini che soffrono, che desiderano, che sono poveri, e mai nessuno di quegli altri, di quelli dagli occhi azzurri, Lisaweta, di quelli che non hanno bisogno dello spirito!...

"E del resto, non sarebbe una deplorevole mancanza di coerenza rallegrarsi, se non fosse cosí. È contraddittorio amare la vita e nonostante questo sforzarsi, con tutte le proprie arti, di attrarla dalla propria parte, di conquistarla alle finezze e alle melanconie, alla malsana nobiltà dell'arte? Il regno dell'arte va estendendosi, e sulla terra quello della· salute e dell'innocenza si restringe. Ciò che ne rimane andrebbe conservato con estrema cura, non si dovrebbe mai cercare di· adescare alla poesia gente che preferisce leggere libri sui cavalli con dentro le istantanee!

"Perché, in definitiva, — quale spettacolo sarebbe piú penoso di quello della vita che tenta la via dell'arte? Noi artisti non odiamo mai nessuno piú a fondo del dilettante, di colui che vive credendo di poter essere anche, occasionalmente, un artista. Le garantisco che questo genere di disprezzo è una delle mie esperienze piú personali. Mi trovo per esempio in società, in una casa perbene, si mangia, si beve, si chiacchiera, ci si intende magnificamente, e io per un momento mi sento felice e pieno di gratitudine di trovarmi almeno per un po' in mezzo a persone inermi, normali, e di poter scomparire tra loro come se fossi un loro simile. E tutt'a un tratto (mi è successo) si alza un ufficiale, un tenente, un individuo bello e robusto, e al quale io non avrei mai attribuito la possibilità di comportarsi in modo indegno della sua uniforme, e si mette a recitarci alcuni versi che ha composto di propria mano. Con un sorriso di stupore gli si permette di farlo, e lui realizza il suo proposito, leggendo il suo lavoro da un pezzo di carta che fino a quel momento aveva tenuto nascosto in una falda del suo abito, una cosa a proposito di musica e di amore, in breve una cosa profondamente sentita e priva di qualsiasi efficacia. Ora, io mi domando e dico: un tenente! un padrone del mondo! non ne ha veramente alcun bisogno...! Beh, succede quel che deve succedere: musi lunghi, silenzio, qualche applauso sforzato e, tutt'intorno, un profondo disagio. Il primo evento psichico di cui mi rendo conto è questo: che io mi sento complice del disturbo che questo giovanotto sprovveduto ha recato alla compagnia; e non c'è dubbio: sguardi ironici e stupiti colpiscono anche me, perché lui è andato a frugare tra le opere del mio artigianato. Ma il secondo sta in questo: che quest'uomo, nei confronti della cui esistenza e della cui persona fino a poco prima io provavo il piú profondo rispetto, improvvisamente comincia a sprofondare, a sprofondare, a sprofondare di fronte ai miei occhi... Mi coglie una benevolenza piena di pietà. Insieme ad alcune persone di buon cuore e gentili, mi avvicino a lui e gli parlo. 'Congratulazioni,' gli dico, 'signor tenente! Quali doti! No, veramente, è stato bellissimo!' ci manca poco che mi metta a battergli sulla spalla. Ma il sentimento che bisogna provare di fronte a un tenente è proprio quello della benevolenza?... Colpa sua! Stava lí e con grandissimo imbarazzo scontava l'errore di aver voluto cogliere una fogliolina, una sola, dall'alloro dell'arte, senza pagare con la propria vita. No, preferisco il mio collega, il banchiere criminale —. Ma non trova, Lisaweta, che oggi sono di una loquacità addirittura amletica?"

"Adesso ha finito, Tonio Kröger?"

"No. Tuttavia non dico piú niente."

"E del resto basta. — Si aspetta una risposta?"

"Lei ne ha una?"

"Direi di sí. — Ho ascoltato con molta attenzione, Tonio, dall'inizio alla fine, e ora voglio darle la risposta che si adatta a tutto ciò che lei ha detto oggi pomeriggio e che costituisce una soluzione del problema che la preoccupa tanto. Dunque! La soluzione è questa: che lei, cosí com'è, lí seduto, è semplicemente un borghese."

"Ah sí?" domandò, come accasciandosi leggermente...

"Non è vero, questo la colpisce duramente, ed è giusto che sia cosí. E per questa ragione voglio mitigare un po' la mia condanna, perché posso farlo. Lei è un borghese che si è messo su una falsa strada, Tonio Kröger, — un borghese smarrito."

— Silenzio. Poi lui si alzò deciso e prese il cappello e il bastone.

"La ringrazio, Lisaweta Iwanowna; adesso posso andare a casa tranquillo. *Sono liquidato.*"

V

Verso l'autunno Tonio Kröger disse a Lisaweta Iwanowna:

"Sí, adesso parto, Lisaweta; ho bisogno di prendere un po' d'aria, me ne vado, prendo il largo."

"Ma come, bàtiuscka, ancora un viaggio in Italia?"

"Santo dio, mi lasci in pace con l'Italia, Lisaweta! L'Italia mi è indifferente fino al disprezzo. È passato molto tempo da quando pensavo che quella fosse la mia patria. L'arte, non è vero? Il cielo azzurro, come di velluto, il vino denso, la dolce sensualità... In poche parole: tutto questo non mi piace. Ci rinuncio. Tutta quella famosa *bellezza* mi rende nervoso. E non posso nemmeno sopportare tutti quegli uomini spaventosamente vivaci con quello sguardo nero animalesco. Quei romani non hanno il minimo segno di coscienza negli occhi... No, vado un po' in Danimarca."

"In Danimarca?"

"Sí. E mi riprometto molte cose buone da questo soggiorno. Per caso non ci sono mai andato, benché abbia passato la mia giovinezza lí vicino, e tuttavia conosco e amo da sempre quel paese. Probabilmente ho ereditato questa inclinazione per il nord da mio padre, perché mia madre in fondo era per la *bellezza*, e questo poiché, a ben guardare, non proprio tutto le era indifferente. Ma prenda i libri che si scrivono lassú, quei libri profondi, puri, pieni di umore. Lisaweta, — per me non c'è nulla che li superi, li amo. Prenda i pasti scandinavi, quei pasti incomparabili, che si possono tollerare soltanto in un'atmosfera fortemente salina (e non so neppure se li tollero ancora), e che io conosco un po' da casa mia, perché già nei miei paesi si mangia cosí. Prenda anche soltanto i nomi, e i nomi di battesimo, di cui sono fregiate le persone di lassú, nomi che sono già abbastanza diffusi anche nei miei paesi, prenda un nome come Ingeborg, un tocco d'arpa pieno di immacolata poesia. E poi il mare, — lassú c'è il Baltico!... In una parola, vado lassú, Lisaweta! Voglio rivedere il Baltico, voglio sentire di nuovo quel nome, voglio quei libri sul posto! Voglio indugiare sulla terrazza di Kronborg, dove lo 'spirito' è apparso ad Amleto recando miseria e morte a quel povero nobile giovine..."

"Come ci va, Tonio, se posso chiederglielo? Che strada prende?"

"La solita," disse alzando le spalle, e arrossí visibilmente. "Sí, toccherò la mia — il mio punto di partenza, Lisaweta, dopo tredici anni, e può essere una cosa abbastanza divertente."

Lei sorrise.

"È quello che volevo sentire, Tonio Kröger. E quindi vada con Dio. E non dimentichi di scrivere, ha capito? Mi riprometto una lettera piena di avvenimenti sul suo viaggio in — Danimarca..."

VI

E Tonio Kröger partí verso il nord. Viaggiava molto comodamente (perché usava dire che coloro che hanno una vita interiore molto piú difficile di quella degli altri hanno un fondato diritto a un certo comfort esteriore), e non si arrestò prima di vedere le torri dell'angusta città da cui era partito, che si ergevano davanti a lui nell'aria grigia. Lí si concesse una breve, singolare sosta...

Un pomeriggio fosco stava già trapassando nella sera, quando il treno entrò sotto la tettoia piccola, affumicata, cosí singolarmente familiare; sotto il tetto di vetro sporco il vapore continuava a raccogliersi in cumuli e indugiava in qua e in là in stracci stiracchiati, come allora, quando Tonio Kröger era partito di lí con nient'altro se non il sarcasmo nel cuore. — Si occupò del bagaglio, ordinò che venisse trasportato all'albergo e lasciò la stazione.

Fuori, in fila, c'erano le carrozze a due cavalli, nere, enormemente larghe, della sua città! Non prese la carrozza; le guardò soltanto, come guardava tutto: i colmi aguzzi, le torri puntute, che lo salutavano da sopra i tetti piú vicini, le persone bionde e pigramente goffe, con quel loro modo di parlare ampio e tuttavia repentino, e una risata nervosa crebbe in lui, e aveva una segreta parentela col pianto. — Camminava a piedi, lentamente, con la pressione incessante del vento umido sulla faccia, attraverso il ponte sulle cui spallette stavano statue mitologiche, percorse un tratto lungo il porto.

Dio mio, come appariva minuscolo e tortuoso tutto questo! In tutto quel tempo le vie anguste e fitte di cuspidi avevano continuato a salire, cosí ridicole, verso la città? I fumaioli e gli alberi delle navi dondolavano leggermente nel vento e nel crepuscolo sopra il fiume torbido. Doveva salire quella strada che stava là, dove c'era la casa a cui pensava? No, domani. Adesso aveva troppo sonno. Aveva la testa pesante per il viaggio, e pensieri lenti e nebulosi gli passavano per la mente.

Ogni tanto, in quei tredici anni, quando si sentiva lo stomaco stravolto, aveva accarezzato il sogno di ritrovarsi a casa, in quella vecchia casa echeggiante sulla viuzza sbilenca, che ci fosse anche suo padre e che lo rimproverasse duramente per il suo modo depravato di vivere, cosa che aveva sempre sentito giustissima. Quella presenza, ora, non si differenziava in niente da uno di quegli incubi ingannevoli del sogno, inesorabili, che inducono a domandarsi se si tratti di illusione o di realtà per poi costringerci alla convinzione che si tratti di quest'ultima, finché alla fine ci ridestiamo... Camminava attraverso le strade poco animate, piene di vento, teneva la testa china contro il vento e camminava come un sonnambulo in direzione dell'albergo, il primo albergo della città, in cui aveva intenzione di passare la notte. Un uomo dalle gambe storte e che reggeva una pertica in cima alla quale bruciava una fiammella, camminava col passo dondolante dei marinai davanti a lui e accendeva le lampade a gas.

Ma che cosa aveva? Che cosa, sotto la cenere della stanchezza, bruciava cosí oscuramente, dolorosamente, senza diventare mai una chiara fiamma? Silenzio, non una parola! Niente parole! Gli sarebbe piaciuto camminare a lungo cosí, nel vento, nei vicoli oscuri, familiari, come in sogno. Ma tutto era cosí angusto, e ogni cosa vicina all'altra. Si arrivava subito alla meta.

Nella parte superiore della città c'erano lampade ad arco, appena accese. Lí c'era l'albergo, e i due leoni neri sdraiati davanti, di cui aveva avuto tanta paura da bambino. Si guardavano ancora con l'aria di essere in procinto di sternutire; ma nel frattempo sembravano diventati molto piú piccoli. — Tonio Kröger passò tra loro.

Siccome arrivava a piedi, venne accolto senza molta solennità.

Il portiere e un altro signore molto distinto vestito di nero, che faceva gli onori di casa e che si tirava indietro di continuo sulle braccia i polsini con le dita sottili, lo consideravano attentamente, soppesandolo dalla testa ai piedi, evidentemente intenti a determinare approssimativamente la sua posizione sociale, a sistemarlo nella gerarchia borghese e ad assegnargli un posto nella loro considerazione, ma senza tuttavia arrivare a un tranquillizzante risultato, tanto che finirono col decidersi per una moderata cortesia. Un cameriere, un uomo mite con basette bionde color pane, un frac reso lucido dal tempo e con le rosette sulle scarpe silenziose, lo accompagnò su per due scale in una camera ammobiliata dignitosamente e all'antica, dietro la cui finestra si apriva, nella mezza luce, una vista pittoresca e medievale sui cortili, sui colmi e sui volumi bizzarri della chiesa nelle cui vicinanze si trovava l'albergo. Tonio Kröger, indugiò un momento davanti a questa finestra; poi si sedette con le braccia incrociate sul sofà centinato, aggrottò le sopracciglia e si mise a fischiettare tra sé e sé.

Gli portarono i lumi, e arrivò anche il bagaglio. Nello stesso tempo il mite cameriere posò sul tavolo la schedina di arrivo, e Tonio Kröger, con la testa china da un lato, vi dipinse sopra qualche cosa che aveva l'aria di essere il suo nome, la sua condizione e la sua provenienza. Poi ordinò un po' di cena e dall'angolo del sofà continuò a guardare nel vuoto. Quando il cibo gli fu davanti, lo lasciò a lungo intatto, finalmente prese qualche boccone e continuò per un'ora a fare su e giú nella stanza, ogni tanto si fermava e chiudeva gli occhi. Poi si spogliò e con movimenti molto lenti andò a letto. Dormí a lungo, travagliato da sogni confusi e carichi di singolari desideri.

Quando si svegliò vide la sua camera invasa dalla luce del giorno. Confuso e ansioso cercò di capire dove si trovava e si alzò per scostare le tende. L'azzurro del cielo, già pallido, di tarda estate, era attraversato da stracci sottili di nuvole arruffate dal vento; ma sopra la città natale splendeva il sole.

Impiegò per la sua toilette ancora piú cura del solito, si lavò e si rase accuratamente, si rinfrescò e si lustrò come se lo aspettasse una visita in una casa perbene, corretta, dove valeva la pena di fare un'impressione dignitosa e impeccabile; e durante le manovre per l'abbigliamento ascoltava i battiti spauriti del suo cuore.

Com'era chiaro fuori! Si sarebbe sentito piú a suo agio se, come il giorno prima, la luce del crepuscolo avesse inondato le strade; ora invece doveva passare sotto gli occhi della gente nella chiara luce del sole. Si sarebbe imbattuto in conoscenti, l'avrebbero fermato, l'avrebbero interrogato e sarebbe stato costretto a discorrere del modo in cui aveva passato quei tredici anni? No, fortunatamente nessuno lo conosceva piú, e chi si ricordava di lui non l'avrebbe riconosciuto perché nel frattempo era veramente cambiato un pochino. Si osservò attentamente nello specchio e improvvisamente si sentí piú sicuro dietro la sua maschera, dietro il suo volto precocemente segnato, piú vecchio dei suoi anni... Si fece portare la prima colazione e poi uscí, passò sotto gli sguardi del portiere che lo valutava e del distinto signore vestito di nero, attraverso il vestibolo, e uscí all'aperto in mezzo ai due leoni.

Dove andava? Non lo sapeva con precisione. Tutto era come il giorno prima. Appena si sentí circondato da quella singolarmente dignitosa e profondamente familiare confusione di mansarde, di torrette, di arcate, di fontane, appena sentí la pressione del vento, del vento forte che portava con sé un aroma tenero e acerbo di sogni lontani, sentí disporsi intorno ai suoi sensi come un velo, una rete fumosa... I muscoli del suo viso si distesero; e con uno sguardo diventato come muto considerava gli uomini e le cose. Ma forse, laggiú, a quell'angolo di strada, si sarebbe risvegliato...

Dove andava? Era come se la direzione che aveva imboccato fosse in connessione coi sogni tristi e gonfi di rimpianto della notte... Camminava verso il mercato, passando sotto le volte del palazzo municipale, dove i macellai pesavano la loro merce con mani insanguinate, attraverso la piazza del mercato dove, alta, puntuta, complicata, c'era la fontana gotica. Qui si fermò di fronte a una casa, una casa sottile e semplice, uguale a molte altre, col colmo slanciato e frastagliato, e sprofondò nella sua contemplazione. Lesse la targa col nome che stava alla porta e lasciò che i suoi occhi indugiassero per un momento su ogni finestra. Poi si voltò lentamente per andarsene.

Dove andava? Verso casa. Ma prese una via traversa, fece una passeggiata fuori porta, perché aveva tempo a disposizione. Passò per il bastione dei mulini e per il bastione dello Hohlstein, tenendo il cappello per il vento, che imperversava e strideva tra gli alberi. Poi abbandonò i viali dei bastioni non lontano dalla stazione, vide un treno che passava sbuffando con greve rapidità, per passare il tempo contò le carrozze e guardò l'uomo che stava seduto, in alto, sull'ultima. Ma sulla piazza dei tigli si fermò davanti a una di quelle graziose ville che la circondavano, scrutò a lungo dentro il giardino e su, verso le finestre, e alla fine si abbandonò a scuotere il cancello in qua e là fino a farlo stridere sui cardini. Poi osservò per un momento la sua mano, che era fredda e sporca di ruggine, e se ne andò, passò sotto la porta vecchia, tozza, costeggiò il porto e salí lungo il vicolo ripido, pieno di vento, verso la casa dei suoi genitori.

Chiusa tra le case dei vicini, che la superavano in altezza, se ne stava lí grigia e severa, come da trecento anni, e Tonio Kröger lesse la pia sentenza che stava scritta, in caratteri mezzo cancellati, sopra l'entrata. Poi tirò il fiato e entrò.

Il suo cuore batteva spaurito, perché s'aspettava che suo padre uscisse da una delle porte a pianterreno davanti a cui stava passando, con l'abito che indossava in ufficio e la penna dietro l'orecchio, che lo fermasse e che lo rimproverasse severamente per la sua stravagante condotta, cosa che lui avrebbe trovato perfettamente in ordine. Ma riuscí a passare indisturbato. La porta a bussola non era chiusa, bensí soltanto accostata, cosa che lui trovò sconveniente, mentre, al tempo stesso, si sentiva come in certi sogni lievi, in cui gli impedimenti si rimuovono da soli e si riesce, favoriti da una meravigliosa fortuna, a procedere indisturbati... L'ampio androne, col pavimento di grandi lastre di pietra quadrate, echeggiava dei suoi passi. Di fronte alla cucina, in cui c'era un gran silenzio, sporgevano dalla parete come un tempo, a una considerevole altezza, goffe ma accuratamente laccate di bianco, le celle di legno in cui erano sistemate le camere delle domestiche, che potevano venir raggiunte soltanto mediante una sorta di scala a sbalzo. Ma i grandi armadi e la cassapanca intagliata che un tempo stavano lí non c'erano piú... Il figlio di quella casa salí il poderoso scalone, sostenendosi con la mano alla ringhiera di legno traforata e laccata di bianco, sollevandola ad ogni passo e poi lasciandola cadere dolcemente al successivo, quasi che cercasse timidamente di verificare se l'antica familiarità con quella vecchia solida ringhiera potesse ristabilirsi... Ma sul pianerottolo si fermò, davanti alla entrata dell'ammezzato. Sulla porta era fissata una targhetta bianca su cui, in lettere nere, si poteva leggere: Biblioteca popolare.

Biblioteca popolare? pensò Tonio Kröger, perché trovava che là dentro non c'entravano né il popolo né la letteratura. Bussò alla porta... Sentí un "avanti!" e lo seguí. Teso e cupo si trovò di fronte a un cambiamento estremamente inopportuno.

L'ammezzato era composto di tre stanze, le cui porte di collegamento erano aperte. Le pareti erano coperte per quasi tutta la loro altezza di libri rilegati tutti uguali. In ogni camera, dietro una sorta di banco di negozio un individuo piuttosto malandato che stava scrivendo. Due di loro voltarono semplicemente la testa verso Tonio Kröger, ma il primo si alzò in fretta, appoggiandosi con le due mani sul piano del tavolo, sporgendo in avanti la testa, atteggiando le labbra a punta, aggrottando le sopracciglia e guardandolo con occhi che battevano premurosamente...

"Chiedo scusa," disse Tonio Kröger senza distogliere lo sguardo da tutti quei libri. "Sono un forestiero e sto visitando la città. Questa, dunque, è la Biblioteca popolare? Mi permette di dare un momento un'occhiata alla raccolta?"

"Volentieri!" disse il funzionario e si mise a strizzare gli occhi con ancor maggiore premura... "Certo, tutti sono liberi di farlo. Vuole soltanto fare un giro... Oppure le serve un catalogo?"

"Grazie," rispose Tonio Kröger. "Mi orienterò facilmente." E con questo si avviò lentamente lungo la parete, simulando di considerare i titoli sul dorso dei libri. Finalmente prese un volume, lo aprí e si mise con esso davanti alla finestra.

Quella era stata la camera per la prima colazione. Al mattino la colazione si prendeva lí e non di sopra, nella grande sala da pranzo, dove, davanti agli arazzi azzurri, si modellavano statue di dei... L'altra stanza, lí, serviva da camera da letto. La madre di suo padre era morta là dentro, vecchia com'era, lottando duramente, perché era una donna affezionata alle gioie terrene e ci teneva alla vita. E piú tardi, anche suo padre aveva esalato lí l'ultimo respiro, il lungo, corretto, un tantino melanconico e pensoso signore col fiore di campo all'occhiello... Tonio era rimasto seduto ai piedi del suo letto di morte, con gli occhi caldi, sinceramente e totalmente abbandonato a un sentimento muto e forte, fatto di amore e di dolore. E anche sua madre, la sua bella mamma ardente, si era inginocchiata accanto al capezzale, tutta sciolta in lagrime calde; e poi se n'era andata chissà dove, lontano, col suo artista meridionale... Ma là in fondo, la terza camera, la piú piccola, anch'essa, ora, tutta piena di libri, custodita da un individuo piuttosto malandato, era stata per lunghi anni la sua. Là tornava dopo la scuola, dopo aver fatto una passeggiata, proprio come faceva adesso, contro quella parete c'era stato il suo tavolo, nel cui cassetto aveva conservato i suoi primi sentiti e goffi versi... Il noce... Una pungente malinconia lo fece trasalire. Guardò di sbieco fuori della finestra. Il giardino era tutto devastato, ma il vecchio noce era al suo posto, greve e cigolante e sussurrante nel vento. E Tonio Kröger lasciò riscivolare gli occhi sul libro che teneva in mano, una splendida opera di poesia che conosceva benissimo. Chinò gli occhi sulle righe nere, sulle strofe, seguí per un tratto il flusso stupendo del dettato, osservò come si innalzava, attraverso la passione formante, a suggerire un significato, un effetto e poi declinava magistralmente...

"Sí, è ben fatto!" disse; posò il poema e si voltò. Allora vide che il funzionario era ancora lí in piedi e strizzava gli occhi con un'espressione mista di servizievole premura e di impensierita diffidenza.

"Una splendida collezione, a quanto vedo," disse Tonio Kröger. "Me ne sono già fatto un'idea. Le sono molto obbligato. Arrivederci." E con questo uscí dalla porta; ma era una partenza dubbiosa e sentiva distintamente che il funzionario, molto inquieto per quella visita, sarebbe stato lí ancora vari minuti a strizzare gli occhi.

Non provava alcuna inclinazione a continuare. Era stato a casa. Sopra, nelle grandi camere dietro il vestibolo delle colonne, abitavano estranei, lo vedeva; perché il sommo della scala era chiuso da una porta a vetri che un tempo non c'era stata, e sopra c'era una targhetta con un nome qualunque. Continuò, scese la scala, passò sopra le lastre di pietra echeggianti, e abbandonò la casa paterna. Nell'angolo di un ristorante, tutto raccolto in se stesso, prese un pasto abbondante e grasso, poi tornò all'albergo.

"Ho finito," disse al distinto signore in nero. "Parto oggi pomeriggio." E ordinò il conto e una carrozza che avrebbe dovuto portarlo al porto, per prendere il vapore per Kopenhagen. Poi salí in camera e si sedette al tavolo; sedeva immobile ed eretto, con la guancia appoggiata alla mano, e teneva gli occhi, come privi di sguardo, chini sul piano del tavolo. Piú tardi saldò il conto e preparò le sue cose. All'ora stabilita venne annunciata la carrozza, e Tonio Kröger scese, pronto per la partenza. In basso, ai piedi della scala lo aspettava il distinto signore in nero.

"Le chiedo scusa!" disse e con le dita sottili fece rientrare i polsini dentro la manica... "La prego di scusare, signore, se dobbiamo ancora sottrarle un minuto del suo tempo. Il signor Seehaase — il proprietario dell'albergo — la invita a un colloquio di due parole. Una formalità... Si trova là dietro... Vuole avere la cortesia di seguirmi? È *soltanto* il signor Seehaase, il proprietario dell'albergo."

E pilotò Tonio Kröger, con una pantomima d'invito, verso il fondo del vestibolo. E là dietro c'era effettivamente il signor Seehaase. Tonio Kröger lo conosceva di vista fin dagli antichi tempi. Era piccolo, grasso e aveva due gambe storte. Le sue basette ben regolate erano diventate bianche; ma portava sempre ancora un'ampia giacca di frac e inoltre un berrettino di seta ricamato in verde. E del resto non era solo. Accanto a lui, vicino a un ripianetto fissato alla parete, con l'elmo sulla testa, c'era un poliziotto, che teneva una mano guantata sopra un foglio di carta colorato e coperto di scrittura posato sul ripiano, e guardò Tonio Kröger con una faccia leale di soldato, come se si aspettasse che questi, alla sua vista, dovesse sprofondare sotto terra.

Tonio Kröger guardò prima l'uno poi l'altro, poi si dispose ad aspettare.

"Lei viene da Monaco?" domandò finalmente il poliziotto con una voce bonaria e grevemente sonora.

Tonio Kröger disse di sí.

"Va a Kopenhagen?"

"Sí, sono in viaggio per una località balneare danese."

"Una località balneare? — Beh, cominci a far vedere i suoi documenti," disse il poliziotto con una particolare soddisfazione.

"Documenti..." Non aveva documenti. Tirò fuori il portafoglio e ci guardò dentro; ma, a parte alcune banconote, non c'era dentro niente oltre che le bozze di una novella che pensava di finire una volta giunto alla meta del suo viaggio. Non gli piaceva avere a che fare con funzionari e non si era mai fatto fare un passaporto...

"Mi dispiace," disse, "ma non porto documenti su di me."

"Ah, sí?" disse il poliziotto... "Proprio neanche uno. — Come si chiama?"

Tonio Kröger gli rispose.

"Già, ed è poi vero?!" domandò il poliziotto; si mise piú eretto e spalancò le narici quanto piú poteva...

"Assolutamente vero," rispose Tonio Kröger.

"E che mestiere fa?"

Tonio Kröger inghiottí e poi nominò con voce ferma la sua professione. — Il signor Seehaase alzò la testa e lo guardò bene in faccia incuriosito.

"Mhm!" disse il poliziotto. "E lei sostiene di non essere la stessa persona di un individuo." Disse "individuo" e poi sillabò, leggendo sul foglio colorato, un nome complicato e romanzesco, che risultava essere quello di un uomo che apparteneva avventurosamente alle razze piú diverse, e che Tonio Kröger dimenticò immediatamente. "— il quale," continuò, "di genitori e di condizioni imprecisate è ricercato dalla Polizia di Monaco per numerose truffe e probabilmente è in fuga per la Danimarca?"

"Non lo sostengo soltanto," disse Tonio Kröger e fece un movimento nervoso con le spalle. — Il che suscitò una certa impressione.

"Cosa? Ah, ecco, già, certo!" disse il poliziotto. "Ma anche che non ha niente da esibire!"

Qui il signor Seehaase s'intromise a fare da mediatore.

"Si tratta semplicemente di una formalità," disse, "niente altro! Deve considerare che il nostro funzionario fa soltanto il suo dovere. Se lei potesse in qualche modo dimostrare la sua identità... Un pezzo di carta..."

Tutti tacquero. Doveva metter fine lui alla faccenda, dandosi a conoscere, rivelando al signor Seehaase che non era un cavaliere d'industria di dubbia ascendenza, uno zingaro nato in un carrozzone verde, bensí il figlio del console Kröger, della famiglia dei Kröger? No, non ne aveva voglia. E inoltre quegli uomini dell'ordine borghese in fondo non avevano un po' ragione? In certo modo era perfettamente d'accordo con loro... Scrollò le spalle e rimase muto.

"E cos'è che ha, lí?" domandò il poliziotto. "Lí nel portafoglio?"

"Qui, niente. È una bozza," rispose Tonio Kröger.

"Una bozza? Ma come? Mi faccia un po' vedere."

E Tonio Kröger gli porse il suo lavoro. Il poliziotto lo dispiegò sul ripianetto e cominciò a leggere. Anche il signor Seehaase si avvicinò e prese parte alla lettura. Tonio Kröger guardava da sopra le loro spalle e osservava a che punto erano. Era un passaggio eccellente, con un significato e un effetto ottenuti magistralmente.

"Vede!" disse. "Lí c'è il mio nome. L'ho scritto io e ora viene pubblicato."

"Eh, questo basta!" disse il signor Seehaase risolutamente, e raccolse i fogli, li piegò e glieli restituí. "Questo basta, Petersen!" ripeté secco, chiudendo di nascosto gli occhi e scuotendo il capo convinto. "Non possiamo trattenere piú a lungo il signore. La carrozza aspetta. La prego vivamente di voler scusare il piccolo disturbo. Il nostro funzionario di polizia ha fatto soltanto il suo dovere, ma gli avevo detto subito che era su una pista sbagliata..."

Ah? pensò Tonio Kröger.

Il poliziotto non aveva l'aria di essere molto d'accordo;

disse ancora qualcosa a proposito dell'"individuo" e della necessità di "esibire." Ma il signor Seehaase, con ripetute espressioni di rincrescimento, riaccompagnò l'ospite attraverso il vestibolo, in mezzo ai due leoni fino alla carrozza e, testimoniandogli molta considerazione, chiuse personalmente lo sportello alle sue spalle. Poi la carrozza, ridicolmente alta e larga, si avviò e scese traballando, tintinnando e rumoreggiando giú per i vicoli ripidi, verso il porto...

Questo fu il singolare soggiorno di Tonio Kröger nella sua città natale.

VII

Scendeva la notte e con un riflesso argenteo fluttuante già saliva la luna, quando la nave di Tonio Kröger guadagnò il mare aperto. Stava in piedi vicino al bompresso avvolto nel suo cappotto, nel vento che si faceva sempre piú forte e guardava giú sopra il vagabondare e l'operare dei corpi robusti e lucidi delle onde, che titubavano l'una contro l'altra, s'incontravano scrosciando, si dividevano allontanandosi in una direzione inattesa e improvvisamente splendevano spumeggiando...

Uno stato d'animo cullante e silenziosamente estasiato lo invadeva. Si era sentito un tantino depresso che, nella sua città, l'avessero voluto arrestare come un cavaliere di industria, sí, — anche se in certo modo la cosa gli era apparsa perfettamente regolare. Ma poi, dopo essersi imbarcato, era stato a guardare, come un tempo, da ragazzo, le manovre del carico delle merci con cui veniva riempito, in mezzo a richiami che erano un miscuglio di danese e di basso tedesco, il ventre profondo del vapore, aveva visto che, insieme con le balle e con le casse, vi scendevano anche un orso polare e una tigre reale dietro le sbarre delle loro gabbie, che probabilmente venivano da Amburgo ed erano destinati a un serraglio danese; tutto questo lo aveva distratto. Poi, mentre la nave scivolava lungo il fiume, tra le due rive piatte, aveva completamente dimenticato l'interrogatorio a cui l'aveva sottoposto il poliziotto Petersen, e tutto ciò che aveva visto prima, i suoi sogni dolci, tristi, contriti, la passeggiata che aveva fatto, la vista del vecchio noce: aveva ritrovato forza nel suo animo. E ora che il mare si apriva, vedeva da lontano la spiaggia dalla quale, da ragazzo, aveva spiato i sogni estivi del mare, vedeva il bagliore del faro e le luci della clinica-albergo in cui era stato con i suoi genitori... Il Baltico! Poggiava la testa contro il forte vento salmastro, che lo investiva liberamente, senza ostacoli, che gli fasciava gli orecchi e lo colmava di una mite vertigine e suscitava in lui un attenuato stordimento, dentro cui dileguava pigramente e beatamente ogni ricordo delle cose malvage, della pena e dell'errore, della volontà e della fatica. E nel rombo, nello schioccare, nello spumeggiare, nel singhiozzare tutt'intorno a lui, credeva di sentire il sussurro e lo scricchiolío del vecchio noce, lo stridere di un cancello di giardino... Si faceva piú buio.

"Le stelle, dio mio, mi faccia il favore di guardare le stelle," disse improvvisamente una voce con un greve accento cantilenante, che pareva venire dall'interno di una botte. La conosceva. Era la voce di un uomo biondo rossiccio e vestito con semplicità, con le palpebre arrossate e un aspetto gelido e come umido, come se avesse appena finito di farsi un bagno. Era stato il vicino di Tonio Kröger durante la cena nella cabina, e, con gesti timidi e umili, aveva mangiato porzioni stupefacenti di una frittata alla aragosta. Ora stava appoggiato accanto a lui al parapetto e guardava su, verso il cielo, tenendosi il mento tra il pollice e l'indice. Senza alcun dubbio si trovava in uno di quegli stati d'animo eccezionali, solenni e contemplativi, in cui le barriere tra gli uomini scompaiono, in cui il cuore si dischiude anche agli estranei e la bocca pronuncia cose di fronte alle quali altrimenti resterebbe chiusa per pudore...

"Me le guardi queste stelle, signore. Sono lí che brillano, e, per dio, il cielo è pieno di stelle. E adesso le chiedo, se uno guarda su e riflette che molte devono essere grandi cento volte la terra, come fa, uno, a rendersi conto? Noi uomini abbiamo inventato il telegrafo e il telefono e tutte le belle scoperte dell'epoca moderna, sí, tutto questo ce l'abbiamo. Ma se ci mettiamo qui a guardare su, bisogna proprio che ci rendiamo conto e che capiamo che in fondo siamo dei vermi, poveri vermi e niente altro, — ho ragione o torto, signore? Sí, siamo proprio vermi!" si rispose, e annuí umile e compunto in direzione del firmamento.

Uh, no... questo non ha certo la letteratura in corpo! pensò Tonio Kröger. E improvvisamente gli venne in mente una cosa che aveva letto pochi giorni prima, l'articolo di un famoso scrittore francese sopra la concezione cosmologica e psicologica del mondo; una piacevolissima chiacchierata.

Diede al giovanotto qualcosa che somigliava a una ri-

sposta a proposito della sua osservazione, cosí profondamente sentita, e poi andarono avanti a discorrere, sempre
guardando, appoggiati al parapetto, dentro la notte mossa,
inquieta e illuminata. Risultò che il compagno di viaggio
era un giovane commerciante di Amburgo che utilizzava
le sue vacanze per quel viaggio di piacere...

"E vai un momento col piroscafo fino a Kopenhagen, ho
pensato, e cosí adesso sono qui e fino qui mi pare proprio
molto bello. Ma la cosa lí della frittata all'aragosta è stato
uno sbaglio, signore, capisce anche lei, perché si rischia che
sarà una notte un po' di tempesta, lo ha detto anche il
capitano, e con un mangiare cosí pesante nello stomaco
non è mica un piacere..."

Tonio Kröger stava ad ascoltare tutte quelle cordiali
scemenze con un senso segreto di amicizia.

"Sí," disse, "del resto si mangia sempre troppo pesante
da queste parti. E questo rende pigri e malinconici."

"Malinconici?" ripeté il giovanotto e lo guardò strabi-
liato... "Lei è forestiero, signore?" domandò d'un tratto...

"Eh sí, vengo da lontano!" rispose Tonio Kröger con un
movimento vago ed elusivo delle braccia.

"Però ha ragione," disse il giovanotto; "ha perfettamente
ragione, lo sa dio, con quello che dice della malinconia!
Io sono quasi sempre malinconico, ma specialmente nelle
sere come questa qui, quando il cielo è tutto pieno di
stelle." E di nuovo si prese il mento fra il pollice e l'indice.

Sono sicuro che scrive versi, pensò Tonio Kröger, versi
profondamente e sinceramente sentiti, da commerciante...

La sera procedeva, e il vento era diventato cosí forte
che impediva di parlare. Decisero di andare a dormire un
poco e si diedero la buona notte.

Tonio Kröger si allungò nella sua stretta cuccetta, in
cabina, ma non riusciva a trovare riposo. Il vento vigoroso,
il suo aroma acerbo lo avevano stranamente eccitato, e il
suo cuore era inquieto, come nell'ansiosa aspettativa di
qualcosa di dolce. Inoltre lo scuotimento che si manifestava quando la nave scivolava giú lungo una ripida montagna di onde e l'elica lavorava spasmodicamente fuori del-
l'acqua, gli dava una violenta nausea. Si rivestí completamente e salí all'aperto.

Nuvole passavano veloci davanti alla luna. Il mare dan-
zava. Non onde lisce e uniformi si succedevano ordinata-
mente verso la nave, bensí anche a una grande distanza,
nella luce pallida ed esitante, il mare era lacerato, scon-

volto, si lanciava verso l'alto e leccava con puntute, fiammeggianti lingue di giganti, abbozzava, in mezzo ad abissi colmi di schiuma, conformazioni frastagliate ed improbabili, e sembrava scagliare, in un giuoco folle, con la forza di braccia spaventose, la schiumaglia in tutte le direzioni. La nave procedeva a fatica; beccheggiando e rullando andava avanti attraverso quell'imperversare, e ogni tanto si sentiva l'orso polare e la tigre che, soffrendo il mare grosso, ruggivano nel suo interno. Un uomo avvolto in un mantello di tela cerata, col cappuccio sulla testa e una lanterna legata al corpo, camminava a gambe larghe e dondolandosi faticosamente su e giú sopra coperta. Ma là in fondo, sporgendosi molto dal parapetto, c'era il giovanotto di Amburgo e stava molto male. "Dio," disse con la voce vuota e esitante, quando si rese conto di Tonio Kröger, "guardi un po' la furia degli elementi!" Ma subito venne interrotto e si voltò via in fretta.

Tonio Kröger si teneva a un cavo che si era trovato sotto mano e guardava fuori, su tutto quel forsennato scatenamento. In lui vibrava un'esultanza, e gli sembrava quasi di essere abbastanza potente da poter soverchiare la tempesta e l'onda. Un inno al mare, esaltato dall'amore, risuonava in lui. Oh, tu amico selvaggio della mia gioventú, cosí ancora una volta siamo qui... Ma la lirica era già alla fine. Non era finita, non era plasmata in tutto tondo e non forgiata con calma fino alla compiutezza. Il suo cuore viveva...

Rimase a lungo cosí; poi si allungò su una panca messa contro la tuga delle cabine e si mise a guardare il cielo, in cui vacillavano le stelle. Si assopí perfino un poco. E quando la schiuma fredda gli spruzzava la faccia, per lui, nel dormiveglia, era come un vezzo d'amore.

Rocce di creta perpendicolari, in vista, spettrali nella luce della luna, si avvicinarono; era l'isola di Möen. E, di nuovo, sonno, interrotto da spruzzi salmastri, che gli mordevano duri la faccia e gli irrigidivano i lineamenti... Quando si ritrovò completamente sveglio, era già giorno, un giorno grigio chiaro, fresco, e il mare verde si muoveva piú tranquillo. Durante la prima colazione rivide il giovane commerciante, il quale arrossí vivamente, probabilmente per la vergogna di aver espresso, nel buio, cose cosí poetiche e deplorevoli, si pettinò in su con tutte le cinque dita i suoi sottili baffi rossicci e gli gridò un saluto militarmente secco, per poi evitare spaurito d'incontrarlo.

E Tonio sbarcò in Danimarca. S'installò a Kopenhagen, diede mance a tutti coloro che avevano l'aria di avere il diritto di riceverle; partendo dalla sua camera d'albergo, per tre giorni girovagò per la città, portandosi in giro, aperta, la sua piccola guida, comportandosi in tutto come un buon turista che desidera arricchire le sue conoscenze. Osservò il Königs Neumarkt col suo "cavallo" al centro, guardò su, pieno di rispetto, lungo le colonne della Frauenkirche, indugiò a lungo davanti alle nobili e graziose plastiche di Thorwaldsen, salí sulla Torre Rotonda, visitò castelli e passò due allegre serate al Tivoli. Ma non era proprio soltanto questo che vedeva.

Sulle porte delle case, che spesso avevano in tutto e per tutto l'aspetto delle case della sua città natale, coi loro colmi slanciati, frastagliati, vedeva nomi che gli erano noti dagli antichi tempi, che per lui sembravano designare qualcosa di tenero e di prezioso e, con tutto questo, contenevano come un rimprovero, un lamento e un desiderio di qualcosa di perduto. E per ogni dove, mentre respirava a sorsi rallentati, pensosi, l'aria umida del mare, vedeva occhi che erano azzurri, capelli che erano biondi, volti che erano dello stesso genere e della stessa formazione di quelli che aveva visto durante quei sogni singolarmente dolorosi e contriti della notte che aveva passato nella sua città natale. Capitava che in mezzo alla via, uno sguardo, una parola che risuonava, una risata, lo colpivano intimamente...

Non sopportò a lungo la gaia città. Un'inquietudine, dolce e folle, per metà ricordo e per metà aspettativa, lo spingeva, insieme con l'esigenza di potersi sdraiare da qualche parte, tranquillo, su una spiaggia, senza dover recitare la parte del turista che va in giro occasionalmente. Cosí tornò a imbarcarsi e in una fosca mattina (il mare era nero) partí verso il nord, lungo la costa di Sjaelland, verso Helsingör. Giunto qui, continuò immediatamente il suo viaggio in carrozza lungo un viale, per altri tre quarti d'ora, sempre un po' sopra il mare, fino a quando raggiunse la sua vera e ultima meta, il piccolo bianco albergo balneare con le persiane verdi, che stava in mezzo a una colonia di casette basse e che con la sua torretta coperta di legno guardava verso il Sund e la costa svedese. Qui scese, prese possesso della camera chiara che aveva riservato, riempí cassetti e armadi con ciò che portava con sé e si dispose a vivere qualche tempo in quel luogo.

VIII

Settembre era già inoltrato: gli ospiti di Aalsgard non erano piú molti. Durante i pasti nella grande sala da pranzo col soffitto sostenuto da grosse travi, al pianterreno, le cui alte finestre, che davano sulla veranda di vetro, guardavano sul mare, sedeva a capotavola l'ostessa, una ragazza attempata coi capelli bianchi, occhi incolori, guance di un rosa tenero e una voce cinguettante che non taceva mai, che cercava continuamente di riunire le mani, in modo grazioso, sopra la tovaglia che copriva il tavolo. C'era anche un vecchio signore dal collo corto, con la barba grigio ferro da marinaio e la faccia bruno scura, un mercante di pesce della capitale che parlava bene il tedesco. Aveva l'aria molto congestionata e incline al colpo apoplettico benché avesse il fiato corto e sussultante e ogni tanto alzasse l'indice, adorno di un anello, a una delle sue narici per procurare all'altra, soffiando vigorosamente, un po' di aria. Nonostante questo si rivolgeva continuamente alla bottiglia dell'acquavite, che gli stava davanti sia durante la prima colazione sia durante il pranzo e la cena. Poi erano rimasti tre grandi giovanotti americani col loro maggiordomo o precettore che fosse, che armeggiava silenzioso ai suoi occhiali e giocava a calcio tutto il giorno con loro. Avevano i capelli rosso-gialli con la scriminatura a metà della testa e avevano facce lunghe e immobili. "Please, give me the wurtst-Thing here!" diceva uno. "That's no wurst, that's schinken!" diceva l'altro, e questo era l'unico loro, loro e del precettore, contributo alla conversazione; perché altrimenti sedevano lí in silenzio e bevevano acqua calda.

Tonio Kröger non avrebbe desiderato un altro genere di commensali. Godeva la sua pace, ascoltava i suoni gutturali del danese, le vocali chiare e cupe con cui a volte il mercante di pesce conversava con l'ostessa, ogni tanto scambiava qualche semplice osservazione col primo a proposito della situazione barometrica e poi si alzava per attraversare la veranda e ridiscendere alla spiaggia, dove aveva già passato lunghe ore durante la mattinata.

Talvolta, laggiú, l'atmosfera era silenziosa e tranquilla. Il mare era calmo, pigro e liscio, attraversato da strisce azzurre, verde bottiglia e rossastre, arricciato da riflessi di luce argentei e guizzanti; le alghe essiccavano al sole e diventavano fieno e le meduse sparse sulla sabbia evaporavano. C'era un lieve odore di marcio e anche del catrame della barca da pesca a cui Tonio Kröger, seduto sulla spiaggia, appoggiava la schiena, — rivolto in modo da avere davanti agli occhi l'orizzonte aperto e non la costa svedese; ma l'alito leggero del mare passava puro e fresco sopra tutto.

Poi vennero giorni grigi, di tempesta. Le onde abbassavano le teste come tori e disponevano le corna alla carica, si lanciavano furibonde contro la riva, che era invasa per un largo tratto ed era coperta di algame fradicio e luccicante, di conchiglie e di legname pieno di acqua. Tra le ampie colline di acqua, sotto il cielo cupo, si stendevano avvallamenti spumosi e verde pallido; ma laggiú dove, dietro le nuvole, c'era il sole, sopra le acque brillava un riverbero vellutato e biancastro.

Tonio Kröger era circondato dal vento e dallo scroscio, sprofondato in quel rombo eterno, greve e rintronante, che amava tanto. Quando si voltava per andarsene, intorno a lui tutto sembrava improvvisamente tranquillo e caldo. Ma sapeva di avere il mare dietro le spalle; il mare chiamava, allettava, salutava. Lui sorrideva.

Penetrava nell'entroterra, per sentieri in mezzo ai prati, nella grande solitudine, presto si trovava dentro un bosco di faggi che si estendeva collinoso in quella zona. Si sedeva sul muschio, appoggiato a un albero, in modo che in mezzo ai tronchi poteva percepire una fascia di mare. A volte il vento portava fino a lui lo scroscio della marea, era come se tavole di legno fossero cadute l'una sopra l'altra in lontananza. Il grido delle cornacchie sopra le cime degli alberi, rauco, desolato e perduto... Teneva un libro sulle ginocchia, ma non leggeva una riga. Godeva di un profondo oblio, un libero librarsi sopra lo spazio e il tempo e soltanto di rado era come se il suo cuore fosse colto da un dolore, un breve, pungente sentimento di desiderio o di pentimento, di cui lui era troppo pigro o troppo assorto per chiedersi il nome e la provenienza.

Cosí passò alcuni giorni; non avrebbe saputo dire quanti e non provava l'esigenza di saperlo. Ma poi venne un giorno in cui accadde qualche cosa; accadde mentre il sole era alto nel cielo e c'erano persone presenti, e Tonio Kröger non se ne meravigliò neppure molto.

Già l'inizio della giornata era stato solenne ed entusiasmante. Tonio Kröger si svegliò molto presto e repentinamente, uscí dal sonno con uno spavento sottile e indeterminato e credette di guardare dentro un miracolo, un incanto fatato di luce. La sua camera, con la porta a vetri e il balcone rivolti verso il Sund e separata da una sottile e bianca cortina di tulle in soggiorno e camera da letto, era tappezzata con colori teneri e arredata con mobili chiari e leggeri, tanto che offriva costantemente una vista serena e cordiale. Ora però i suoi occhi ebbri di sonno la videro inondata da una luce, da un'illuminazione soprannaturale, intrisa di un riverbero indicibilmente gentile e vaporoso che indorava le pareti e i mobili e che trasformava la cortina di tulle in un tenue, rosso bagliore... Tonio Kröger fu incapace per parecchio tempo di capire che cosa stesse succedendo. Ma quando si avvicinò alla porta a vetri e guardò fuori vide che era il sole che stava sorgendo.

Per molti giorni il tempo era stato fosco e piovoso; ora invece il cielo si tendeva, come di seta azzurro pallida, risplendendo sopra il mare e la terra, e attraversato e circondato da nuvolette intrise di una luce rossa e d'oro; e sopra la superficie arricciata e luccicante del mare che sembrava rabbrividire e ardere sotto di lui, si alzava solennemente il disco del sole... Così nasceva il giorno, e confuso, e felice, Tonio Kröger s'infilò nei vestiti, scese nella veranda e prese la prima colazione prima di tutti gli altri, percorse a nuoto un tratto dentro il Sund, partendo dalle piccole cabine di legno e poi fece una passeggiata di un'ora lungo la spiaggia. Quando tornò, numerose carrozze omnibus erano ferme davanti all'albergo e dalla sala da pranzo egli vide che sia nell'attigua sala per le riunioni, dove si trovava il pianoforte, sia nella veranda e sulla terrazza che le stava davanti, c'era un gran numero di persone, signori dalla tenuta piccolo borghese, seduti ai tavoli rotondi e intenti a godersi, chiacchierando vivamente, birra e panini imburrati. Erano intere famiglie, gente anziana e giovane, c'era· perfino qualche bambino.

Al momento della seconda colazione (la tavola era coperta di cibi freddi, affumicati, salati e abbrustoliti), Tonio Kröger domandò che cosa stesse succedendo.

"Ospiti," disse il mercante di pesce. "Escursionisti e ballerini che vengono a Helsingör! Sí, che dio ci aiuti, stanotte sarà ben difficile dormire! Ci sarà ballo, ballo e musica, e c'è da temere che duri un pezzo. È un'associazione familiare, un'escursione e insieme una riunione, insomma, una sottoscrizione o roba del genere, e sono venuti qui a godersi la bella giornata. Sono venuti qui in barca e in carrozza e adesso mangiano. Piú tardi continueranno la loro gita ma questa sera tornano e poi ci sarà il ballo qui nel salone. Sí, maledizione, non riusciremo a chiudere un occhio..."

"È un diversivo gradevole," disse Tonio Kröger.

Dopo di che non dissero piú niente per parecchio tempo. L'ostessa si preoccupava delle sue dita rosse, il mercante di pesce soffiava e gli americani bevevano acqua calda e, bevendo, facevano la faccia lunga.

E improvvisamente accadde questo: *Hans Hansen e Ingeborg Holm stavano attraversando la sala.*

Tonio Kröger, piacevolmente stanco per il bagno e per la veloce passeggiata, stava appoggiato alla spalliera della sua sedia e mangiava salmone affumicato sul pane tostato; — sedeva rivolto verso la veranda e verso il mare. E improvvisamente la porta si aprí e i due entrarono tenendosi per mano, — pigramente, senza fretta. Ingeborg, la bionda Inge, indossava un vestito chiaro, come un tempo, durante le lezioni di danza del signor Knaak. L'abito leggero, a fiorami, le arrivava soltanto fino alle caviglie, e sopra le spalle portava un ampio scialle di mussola bianca, con la scollatura a punta che lasciava libero il suo collo morbido, flessibile. Portava il cappello su un braccio, tenendolo per i nastri. Forse era cresciuta un tantino, da allora, e adesso la sua meravigliosa treccia stava arrotolata intorno alla nuca; ma Hans Hansen era in tutto come una volta. Indossava la sua giacca da marinaio coi bottoni d'oro, con l'ampio colletto sulle spalle e sulla schiena; il berretto da marinaio coi nastri corti, lo teneva nella mano abbandonata e la dondolava incurante avanti e indietro. Ingeborg volgeva dall'altra parte i suoi occhi tagliati sottili, forse un po' in imbarazzo per tutta quella gente che mangiava guardandola. Soltanto Hans Hansen rivolgeva, direttamente e a dispetto di tutto, la testa verso le tavole della colazione e fissava coi suoi occhi azzurro acciaio gli altri, a uno a uno, come sfidandoli e in certo modo disprezzandoli; lasciò perfino andare la mano di Ingeborg e si mise ad agitare ancora piú vivamente il suo cappello in avanti e indietro, per mostrare che uomo era. Cosí passarono i due, con il mare tranquillo e azzurro come sfondo, sotto gli occhi di Tonio Kröger, attraversarono la sala per tutta la sua lunghezza e scomparvero attraverso la porta opposta nella sala del pianoforte.

Ciò avvenne alle undici e mezzo del mattino, e mentre gli ospiti stabili sedevano ancora a colazione, lí accanto, nella veranda, la compagnia si alzò, senza che nessuno entrasse in sala da pranzo, e lasciò l'albergo attraverso una

porta laterale. Si sentirono salire, fuori, in mezzo a risate e
lazzi, sulle carrozze, si sentirono i veicoli mettersi in movimento e allontanarsi stridendo per la strada...

"Allora tornano?" domandò Tonio Kröger...

"Eh sí!" disse il mercante di pesce. "E dio ci protegga.
Hanno ordinato un'orchestra, tanto che lei lo sappia, e io
dormo proprio sopra la sala."

"Un diversivo gradevole," ripeté Tonio Kröger. Poi si
alzò e uscí.

Passò la giornata come aveva passato le altre, nel bosco;
teneva un libro sulle ginocchia e guardava il sole. Soltanto
un pensiero riusciva a formulare: questo, che sarebbero
tornati e che avrebbero ballato nella sala come aveva promesso il mercante di pesce; e non faceva nient'altro che
rallegrarsi di questo, con una gioia ansiosa e dolce quale
non aveva piú provato in tutti quei lunghi anni morti. A un
certo punto, attraverso chissà quale associazione di immagini, si ricordò vagamente di un lontano conoscente, Adalbert, il novelliere, che sapeva quel che voleva ed era andato
a rifugiarsi nel caffè per sfuggire all'aria della primavera.
E pensando a lui scrollò le spalle...

Il pranzo fu servito prima del solito, e cosí la cena, nella
sala del pianoforte perché nella sala da pranzo si stavano
già facendo i preparativi per il ballo: cosí, festosamente,
tutto era scompigliato. Poi, quando era già buio e Tonio
Kröger sedeva nella sua camera, di nuovo, sulla strada, e
poi nell'albergo, rinacque una grande animazione. I gitanti
tornavano; anzi, provenienti da Helsingör, arrivavano in
bicicletta e in carrozza altri ospiti, e sotto si sentiva già
un violino che veniva accordato e la voce nasale di un cla-
rinetto che ripeteva certi passaggi. Tutto prometteva uno
splendido ballo.

Ora la piccola orchestra cominciò, con una marcia: la
musica saliva attenuata e precisa nel ritmo: il ballo si
aprí con una polonaise. Tonio Kröger rimase ancora un
momento a sedere, tendendo l'orecchio. Ma quando sentí
che il tempo della marcia trapassava nel ritmo del valzer,
si alzò e scivolò in silenzio fuori della sua camera.

Dal corridoio su cui si apriva era possibile scendere,
per una scala di servizio, fino all'entrata laterale dell'albergo e da qui, senza sfiorare le camere, penetrare nella
veranda di vetro. Prese questa strada, in silenzio e in punta
di piedi, come stesse compiendo un percorso proibito, andò
avanti a tentoni nel buio, irresistibilmente attratto da

118

quella musica stupida e beatamente cullante, i cui suoni gli arrivavano già chiari e non piú attenuati.

La veranda era vuota e non illuminata, ma la porta a vetri che dava sulla sala, dove splendevano le due grandi lampade a petrolio provviste di riflettori smaltati, era aperta. Lí scivolò in punta di piedi e il piacere ladresco di starsene lí nel buio e di poter spiare, non visto, quelli che ballavano nella luce, suscitava un prurito su tutta la superficie della sua pelle. Ansiosi e avidi i suoi occhi si diressero subito sui due che cercava.

La festa pareva già in pieno allegro corso, benché fosse cominciata solo un'ora prima; ma tutti erano già arrivati lí accaldati ed eccitati, dopo una giornata passata insieme, senza preoccupazioni, felici. Nella sala del pianoforte, che Tonio Kröger era in grado di controllare sporgendosi un po' in avanti, parecchi signori anziani si erano riuniti a bere e a fumare giocando a carte; altri sedevano con le loro consorti sopra le poltroncine imbottite, davanti, oppure lungo le pareti, e guardavano il ballo. Tenevano le mani appoggiate sulle ginocchia divaricate e gonfiavano le guance con un'espressione di benessere, mentre le madri, col tòcco sulla testa, le mani incrociate sotto il seno e con il capo inclinato da una parte guardavano il groviglio dei giovani. Lungo una parete longitudinale della sala era stato costruito un podio e là sopra i suonatori facevano del loro meglio. C'era perfino una tromba, che suonava con una sorta di esitante cautela, come se avesse avuto timore della propria voce, che tuttavia di continuo si spezzava e scivolava... Dondolandosi in cerchio, le coppie si muovevano mescolandosi; altre coppie, braccio sotto braccio, facevano di continuo il giro della sàla. Nessuno era in tenuta da ballo, tutti indossavano semplicemente abiti domenicali fatti per essere portati all'aperto; i cavalieri con completi di taglio provinciale, di cui si vedeva che per tutta la settimana venivano risparmiati, e le ragazze giovani in vestitini trasparenti e leggeri, con mazzolini di fiori di campo infilati nella cintura. Nella sala c'erano anche alcuni bambini e ballavano tra loro, alla loro maniera, perfino quando la musica taceva. Un uomo dalle lunghe gambe, in giacchetta a coda di rondine, un leone di provincia col monocolo e i capelli arricciati col ferro, un impiegato aggiunto delle poste o qualcosa del genere, come l'incarnazione di un personaggio comico di un romanzo danese, aveva l'aria di fungere da sovrintendente alla festa e direttore del ballo. Zelante, sudato, intento alle sue mansioni con tutta l'anima, era dappertutto nello stesso tempo, scodinzolava molto indaffarato attraverso la sala, incedendo con molta maestria sulle punte dei piedi prima, poi incrociando complicatamente i piedi, che erano infilati in stivaletti militari lustri e puntuti, vibrava le braccia per l'aria, promulgava disposizioni, reclamava musica, batteva le mani, e in tutto questo, dietro di lui i nastri della grande coccarda colorata che era fissata alla sua spalla a contrassegnare la sua dignità e sulla quale ogni tanto chinava gli occhi con amore, gli svolazzavano dietro.

Sí, c'erano, i due che al mattino erano passati nella luce del sole davanti a Tonio Kröger, li rivide e trasalí di gioia quando, quasi contemporaneamente, li scorse. Lí c'era Hans Hansen, vicinissimo a lui, proprio contro la porta; a gambe larghe e un tantino curvo in avanti, mangiava con cura un gran pezzo di torta, tenendosi la mano a vaschetta sotto il mento, per prendere le briciole. E lí, contro la parete, sedeva Ingeborg Holm, la bionda Inge, e proprio in quel momento il sovrintendente stava scodinzolando verso di lei, per invitarla al ballo mediante un ricercato inchino, che eseguí portandosi una mano dietro la schiena e accostando l'altra, graziosamente, al petto; ma lei scosse il capo e gli fece capire che non aveva piú fiato e che doveva riposarsi un poco, talché il sovrintendente si sedette accanto a lei.

Tonio Kröger li guardava, i due per amore dei quali, tempo addietro, aveva sofferto: Hans e Ingeborg. Erano loro, non tanto in virtú di singole caratteristiche e della somiglianza dell'abbigliamento, quanto in virtú della identità della razza e del tipo, di quella specie chiara, dagli occhi azzurro acciaio, bionda, che suscitava un'immagine di purezza, di imperturbabilità, di allegria e insieme di una scontrosità fiera e diretta, intoccabile. Li guardava, guardava Hans Hansen, come se ne stava lí, deciso e ben fatto come mai, con le spalle larghe e con la vita sottile, dentro il suo costume alla marinara, guardava Inge che aveva quel suo modo allegro di gettare la testa da un lato ridendo, di portarsi la mano, una mano nient'affatto particolarmente sottile, affatto la mano fine di una ragazza, alla nuca, e la manica leggera le scivolava indietro sul gomito, e improvvisamente la nostalgia gli scosse il petto, con un dolore tale che involontariamente si tirò indietro, nel buio, perché nessuno potesse vedere il trasalimento del suo volto.

Vi avevo dimenticato? domandò. No, mai! Non te, Hans,

né te, bionda Inge! Per voi io lavoravo, e quando venivo applaudito, io mi guardavo intorno, segretamente, per vedere se voi partecipavate all'applauso... L'hai letto, adesso, il *Don Carlos*, Hans Hansen, come mi avevi promesso sul cancello del giardino? Non farlo! Non lo pretendo piú, da te. Che cosa t'importa del re che piange perché è solo? Non devi far sí che i tuoi occhi chiari si offuschino e si facciano trasognati a furia di fissare dentro i versi, dentro la melanconia... Essere come te! Cominciare ancora una volta, crescere simile a te, giusto, felice e diretto, a posto, conforme all'ordine e in pace con dio e con il mondo, essere amato dai semplici e dai felici, e prendere in moglie te, Ingeborg Holm, e avere un figlio da te, Hans Hansen, vivere libero dalla maledizione della conoscenza e dalla sofferenza della creazione, amare e onorare nella beatitudine del consueto!... Ricominciare? Non servirebbe a nulla. Tutto diventerebbe di nuovo cosí, tutto accadrebbe com'è accaduto. Perché certi si smarriscono necessariamente, per loro non c'è una retta via.

Ora la musica taceva; c'era una pausa, veniva servito un rinfresco. Il sovrintendente andava in giro personalmente con un vassoio carico di insalata di aringhe e serviva le signore: ma davanti a Ingeborg Holm si mise perfino in ginocchio porgendole la piccola coppa, e lei arrossí di gioia.

Ora tuttavia, nella sala si cominciava a notare lo spettatore dietro la porta a vetri e facce graziose e accaldate gli inviavano sguardi estranei e interrogativi, ma lui conservò ugualmente il suo posto. Anche Ingeborg e Hans lo sfiorarono quasi contemporaneamente con gli occhi, con quella perfetta indifferenza che quasi somiglia al disprezzo. Ma improvvisamente si rese conto che da qualche parte uno sguardo lo raggiungeva ed era posato su di lui... Voltò la testa e subito i suoi occhi s'incontrarono con quelli da cui si era sentito sfiorato. Una ragazza stava a pochi passi da lui, con un volto pallido, sottile, fine, che già prima aveva notato. Non aveva ballato molto, i cavalieri non si erano molto interessati di lei e lui l'aveva vista sedere sola, con le labbra amaramente strette, contro la parete. Anche adesso era sola. Era vestita di chiaro, vaporosamente, come le altre, ma sotto la stoffa trasparente le sue spalle erano ossute e scarne e il collo, magro, era cosí affondato tra le sue misere spalle che la ragazza silenziosa sembrava perfino un tantino deforme. Le mani, dentro i leggeri mezzi guanti, erano alzate davanti al seno piatto, le punte delle dita si toccavano leggermente. Con la testa china guardò Tonio Kröger dal basso verso l'alto, con occhi neri, umidi. Lui voltò via la faccia...

Lí, vicinissimi, sedevano Hans e Ingeborg. Hans era andato a sedersi accanto a lei, che pareva sua sorella, e circondati da altri figli degli uomini, dalle guance colorite, mangiavano e bevevano, chiacchieravano e si divertivano, si gridavano lazzi con voci sonore e ridevano allegramente. Non poteva avvicinarsi un poco a loro? Non poteva rivolgere a lei, o a lui, qualche parola scherzosa che gli fosse venuta a mente, a cui loro potessero rispondere almeno con un sorriso? Ciò l'avrebbe reso felice, ne aveva un vivissimo desiderio; poi sarebbe tornato piú contento nella sua camera, consapevole di aver stabilito una certa comunanza coi due. Pensò a che cosa avrebbe potuto dire; ma non trovava il coraggio di dirlo. Sarebbe stato come sempre: non l'avrebbero capito, avrebbero ascoltato con stupore quel che sapeva dire. Perché il loro linguaggio non era il suo linguaggio.

Ora pareva che il ballo stesse per ricominciare. Il sovrintendente svolgeva una complessa attività. Girava con rapidità, invitava tutti a iscriversi alle danze, sgomberava con l'aiuto del cameriere le sedie e i bicchieri, dava ordini ai musicisti e spingeva per le spalle i soliti tonti che non sapevano dove andare a mettersi. Che cosa stavano facendo? Le coppie stavano disponendosi a quattro a quattro in quadrato... Un ricordo spaventoso fece arrossire Tonio Kröger. Si ballava la quadriglia.

La musica attaccò, le coppie s'incrociarono con un inchino. Il sovrintendente impartiva i comandi, e, per dio, impartiva i comandi in francese pronunciando i suoni nasali in un modo incomparabilmente raffinato. Ingeborg Holm ballava proprio davanti a Tonio Kröger, nel quadrato che si trovava proprio davanti alla porta a vetri. Si muoveva davanti a lui in avanti e indietro, camminando e girando; un profumo che emanava dai suoi capelli o forse dalla stoffa leggera del suo vestito, lo raggiungeva a tratti, e lui chiudeva gli occhi preso da una sensazione che gli era cosí nota da altri tempi, il cui aroma, la cui acerba attrattiva egli aveva avvertito in tutti quegli ultimi giorni e che ora, di nuovo, lo colmava di tutta la sua dolce angoscia. Che cos'era? Desiderio? Tenerezza? Invidia? Disprezzo di se stesso?... Moulinet des dames! Hai riso, tu, bionda Inge, hai riso di me quando io ho ballato il moulinet e mi sono reso tanto ridicolo? E rideresti anche oggi, adesso che sono diventato qualche cosa come un uomo famoso? Sí, lo faresti, e avresti mille volte ragione! E anche se io avessi composto le nove sinfonie e avessi scritto *Il mondo come volontà e rappresentazione* e dipinto il *Giudizio universale*, avresti eternamente ragione di ridere... La guardò e gli tornò in mente un verso di cui non si ricordava da tempo e che tuttavia gli era cosí noto e familiare: "Vorrei dormire, ma tu devi danzare." La conosceva cosí bene, quella grevità nordico-melanconica, intimo-impacciata, della sensazione che parlava in quel verso... Dormire... Struggersi di poter vivere semplicemente e pienamente secondo il sentimento, che, libero dall'obbligo di diventare azione e danza, riposa dolce e pigro in se stesso, e tuttavia danzare, dover realizzare con tenacia e lucidità la pesante, difficile, pericolosa danza dei pugnali dell'arte, senza dimenticare del tutto lo scoraggiante controsenso implicito nel dover danzare mentre si amava...

All'improvviso tutta la compagnia si abbandonò a un animamento folle e scatenato. I quadrati si erano sciolti e tutti si buttavano intorno, saltando e scivolando; la quadriglia si chiudeva col galop. Le coppie passavano seguendo il ritmo scatenato della musica davanti a Tonio Kröger, inseguendosi, galoppando, sorpassandosi a vicenda, con brevi risate, senza fiato. Una coppia si avvicinò, trascinata dalla caccia generale, girando e buttandosi in avanti. La ragazza aveva un volto pallido, sottile e magro, le spalle troppo alte. E improvvisamente proprio davanti a lui ci fu uno scalpiccío, uno scivolare, un precipitare... La ragazza pallida cadde. Cadde cosí duramente e di colpo che sulle prime parve che fosse pericoloso, e con lei cadde il suo cavaliere. Questi doveva essersi fatto cosí male che dimenticò completamente la sua compagna, perché, tirandosi su a metà, cominciò a fregarsi a furia di smorfie il ginocchio, e la ragazza, a quanto sembrava stordita dalla caduta, era ancora per terra. Allora Tonio Kröger si fece avanti, l'afferrò con dolcezza per le braccia e la sollevò. Scarmigliata, confusa, infelice, lei guardò su verso di lui, e improvvisamente il suo volto tenero si colorò di un rosa pallido.

"Tak, O, mange Tak!" disse e guardò su verso di lui, con gli occhi oscuri, umidi.

"Non deve piú ballare signorina," disse lui dolcemente. Poi si voltò ancora una volta in giro, a cercare *loro*, Hans e Ingeborg, e se ne andò, abbandonò la veranda e il ballo, e salí in camera sua.

Era inebriato della festa a cui non aveva partecipato, e stanco di gelosia. Come una volta, esattamente come una volta, era stato! Col volto acceso era rimasto in un luogo buio, dolorando per loro, loro che erano biondi, vivi, felici, e poi se n'era andato, solo. Ora qualcuno doveva venire! Ingeborg doveva venire, doveva notare che lui non c'era piú, doveva seguirlo di nascosto, posargli una mano sulla spalla e dire: Torna dentro con noi! Sii felice! Io ti amo!... Ma lei non venne. Cose simili non accadevano mai. Sí, come allora era stato, e come allora era felice. Perché il suo cuore viveva. Ma che cosa c'era stato in tutto quel tempo, durante il quale era diventato quello che era? — Devastazione; deserto; gelo; e spirito! E arte!...

Si spogliò, andò a letto, spense la luce. Sussurrò due nomi dentro il cuscino, quelle poche, caste, nordiche sillabe che per lui significavano il suo peculiare e originario modo di amare, di soffrire, di essere felice, la vita, il sentimento semplice e intenso, la patria. Guardò indietro lungo tutti quegli anni, da allora fino a quel giorno. Pensò alle devastanti avventure dei sensi, dei nervi e del pensiero, che aveva vissuto, si vide divorato dall'ironia e dallo spirito, isterilito e paralizzato dalla conoscenza, mezzo divorato dalle febbri e dai geli della creazione, scatenato e travolto dalle pene della coscienza in mezzo a violenti estremi, trascinato in tutte le direzioni, nella santità e nell'ardore, raffinato, impoverito, esaurito dalle esaltazioni fredde e procurate ad arte, smarrito, devastato, martoriato, malato — e singhiozzava di pentimento e di nostalgia.

In lui c'era silenzio e oscurità. Ma da sotto saliva fino a lui, attenuato e cullante, il ritmo in tre tempi, dolce, triviale, della vita.

IX

Tonio Kröger se ne stava nel Nord e scriveva a Lisaweta Iwanowna, la sua amica, come le aveva promesso.

Cara Lisaweta laggiú in Arcadia, dove presto tornerò anch'io, scrisse. Ecco, dunque, qualcosa come una lettera, ma probabilmente la deluderà, perché penso di tenermi un po' sulle generali. Non che non abbia nulla da raccontare e non che, a modo mio, non abbia vissuto questo o quest'altro. A casa, nella mia città natale, volevano persino arrestarmi... ma, di ciò, le racconterò a voce. Adesso ci sono talvolta giorni in cui preferisco, invece che raccontare storie, dire, come si deve, cose generali.

Si ricorda, Lisaweta, che una volta mi ha chiamato un borghese, un borghese smarrito; mi ha chiamato cosí in un'ora in cui io, trascinato da altre confessioni che prima mi ero lasciato sfuggire, le confessavo il mio amore per quello che io chiamo la "vita"; e mi domando se lei sapeva quanto era vero, e quanto il mio borghesismo e il mio amore per la "vita" siano un'unica e medesima cosa. Questo viaggio mi ha dato l'occasione per riflettere su queste cose...

Mio padre, sa, era un temperamento nordico: riflessivo, radicale, corretto per puritanesimo e incline alla malinconia; mia madre era di un sangue esotico imprecisato, bella, sensuale, ingenua, insieme indulgente e appassionata e di una sensibilità impulsiva. Senza alcun dubbio si è trattato di un miscuglio che comportava straordinarie possibilità e straordinari pericoli. Quello che ne è venuto fuori è stato questo: un borghese che si è smarrito nell'arte, un bohémien con la nostalgia per la buona atmosfera della camera dei bambini, un artista con la cattiva coscienza. Perché è la mia coscienza borghese che mi fa vedere nell'artisticità, in ogni eccezionalità e in tutto ciò che è genio, qualcosa di profondamente ambiguo, di profondamente equivoco, di profondamente sospetto, il che mi conferisce questa amorosa debolezza per ciò che è semplice, leale, gradevolmente normale, per tutto ciò che è non geniale e decente.

Sto tra due mondi, in nessuno di essi sono a casa mia e per questa ragione tutto mi è un po' difficile. Voi artisti mi chiamate un borghese, e i borghesi sono tentati di arrestarmi... Non so bene quale delle due cose mi offenda piú amaramente. I borghesi sono stupidi; ma voi fedeli della bellezza che mi dite flemmatico e senza desideri, dovreste considerare che esiste un atteggiamento artistico, cosí profondo, cosí determinato fin dall'inizio e voluto dal destino che nessun desiderio gli appare piú dolce e piú degno di essere provato di quello della voluttà dell'usuale.

Io ammiro i fieri e freddi, che conducono le loro avventure per i sentieri della grande bellezza demoniaca e disprezzano l'"uomo," ma non li invidio. Perché se c'è qualche cosa che è in grado di fare di un letterato un poeta, questa cosa è il mio amore borghese per l'umano, per il vivente e per l'usuale. Ogni calore, ogni bontà, ogni humour viene da esso, e quasi mi sembra che sia proprio quell'amore di cui sta scritto che chi fosse capace di parlare con voce di uomo e di angelo, ma senza di esso, sarebbe soltanto un bronzo rimbombante e un campanello che squilla.

Quello che ho fatto non è niente, non è molto, è pressappoco nulla. Farò di meglio, Lisaweta, questa è una promessa. Mentre scrivo, la voce del mare sale verso di me e io chiudo gli occhi. Guardo dentro un mondo non ancora nato e spettrale che vuole essere ordinato e formato, guardo dentro un brulichío di ombre di personaggi umani, che mi fanno cenno, perché io li fermi nell'incantesimo e li redima: tragici e risibili, e anche personaggi che sono entrambe queste cose insieme, e a queste figure sono molto affezionato. Ma il mio amore piú profondo e piú segreto va a coloro che sono biondi e hanno occhi azzurri, che sono chiari e viventi, ai felici, a coloro che sono amabili e usuali.

Non stracci questa lettera, Lisaweta: è una buona lettera, e feconda. C'è dentro desiderio e malinconica invidia e un tantino di disprezzo e una grande, casta beatitudine.

Tristano

Ecco il sanatorio "La Quiete." Bianco e lineare, il suo lungo blocco principale, e le ali contigue, se ne stanno in mezzo all'ampio giardino, piacevolmente ornato di grotte, di pergolati e di piccoli padiglioni rivestiti di corteccia d'albero, mentre dietro i suoi tetti d'ardesia si ergono, verdi d'abeti, monti imponenti morbidamente modulati, verso il cielo.

Da tempo lo stabilimento è diretto dal dottor Leander. Con la sua barba nera a due punte, dura e arricciata come il crine di cavallo che serve per le imbottiture dei mobili, con le lenti spesse, luccicanti dei suoi occhiali, e l'aspetto di un uomo che la scienza ha reso freddo, duro, intriso di un silenzioso, prudente pessimismo, con modi bruschi e insieme distanti, domina i pazienti — individui che, troppo deboli per darsi da soli certe leggi e per osservarle, gli cedono il loro patrimonio per farsi proteggere dalla sua severità.

Quanto alla signorina von Osterloh, essa sovrintende con instancabile dedizione al funzionamento dell'istituto. Mio dio, con quanta energia va continuamente su e giú per le scale e corre da un capo all'altro dell'edificio! Governa in cucina e in dispensa, si aggira tra gli armadi della biancheria, comanda la servitú e dal punto di vista dell'economia, dell'igiene, del buon gusto e del decoro esteriore controlla la tavola, amministra con una frenetica cautela, e nella sua estrema efficienza è implicito un costante rimprovero verso l'intero mondo degli uomini, di cui nessun rappresentante ha mai lontanamente pensato di sposarla. Ma sulle sue guance arde, in due macchie rotonde color cremisi, l'inestinguibile speranza di diventare, un bel giorno, la signora del dottor Leander...

Ozono, l'aria quieta, quieta... Per i malati di polmoni, qualunque cosa dicano gli invidiosi e i rivali del dottor Leander, "La Quiete" è un luogo altamente consigliabile. Ma vi soggiornano non soltanto tisici, bensí anche pazienti di tutte le specie, signori, signore e perfino bambini; il dottor Leander può esibire ottimi successi nei settori piú svariati. Ci sono persone che soffrono di disturbi gastrici, come la signora Spatz, consorte di un alto magistrato, che oltretutto soffre anche di orecchi, ci sono signori con difetti cardiaci, paralitici, reumatici e nevrotici di tutte le varietà. Un generale diabetico spende qui, bofonchiando senza tregua, tutta la sua pensione. Parecchi signori dai volti scarniti muovono le gambe in quel tal modo incontrollato che non costituisce certo un buon segno. Una signora cinquantenne, moglie del pastore Hölenrauch, che ha messo al mondo diciannove bambini e non è piú assolutamente in grado di formulare un pensiero qualunque, ancora non riesce a trovare la pace e, trascinata da un'ebete forsennatezza, erra per tutto l'edificio, senza meta, da un anno, rigida e muta, sinistra, al braccio di un'infermiera privata.

Di tanto in tanto muore uno dei "casi gravi," che giacciono nelle loro camere e non compaiono mai ai pasti o nel salotto riservato alla conversazione, e nessuno, nemmeno il vicino di camera, viene a saperne qualche cosa. Nel silenzio della notte l'ospite di cera viene allontanato, e l'attività della "Quiete" riprende indisturbata, i massaggi, le applicazioni elettriche, le iniezioni, le docce, i bagni, gli esercizi fisici, le sudate, le inalazioni nei diversi laboratori, muniti di tutte le scoperte dell'epoca moderna...

Anzi, il ritmo è molto vivace. L'istituto è fiorente. Il portiere, all'entrata di una delle ali laterali, scuote la pesante campana quando arrivano ospiti nuovi, e con molto decoro il dottor Leander, insieme con la signorina von Osterloh, accompagnano i partenti alla carrozza. Quali vite ha già ospitato "La Quiete"! Ci vive perfino uno scrittore, un uomo eccentrico, che porta il nome di chissà che minerale, forse di una pietra preziosa e qui spreca i suoi giorni in barba a dio...

Tra l'altro, a parte il dottor Leander, la clinica dispone anche di un altro medico, per i casi piú facili e per quelli senza speranza. Ma si chiama Müller e non mette conto parlarne.

All'inizio di gennaio il commerciante all'ingrosso Klöterjahn — della Ditta A.C. Klöterjahn & Co — portò alla "Quiete" sua moglie; il portiere scosse la campana e la signorina von Osterloh salutò i signori, che venivano molto da lontano, nel salotto della réception al piano terra, il quale, come quasi tutto il vecchio e signorile edificio, era arredato in un magnifico e purissimo stile impero. Subito dopo comparve anche il dottor Leander; si inchinò e subito venne avviata una prima conversazione, orientativa per entrambe le parti.

Fuori si stendeva il giardino invernale, con le stuoie che ricoprivano le aiuole, le grotte coperte di neve e i tempietti deserti; due servitori stavano trasportando le valigie dei nuovi ospiti dalla carrozza ferma sulla strada davanti al cancello — perché non c'era possibilità di accesso diretto alla clinica.

"Piano, Gabriella, take care, angelo mio, e tieni chiusa la bocca," aveva detto il signor Klöterjahn accompagnando la moglie attraverso il giardino; e con quel "take care" si sarebbe trovato d'accordo il cuore trepido e tremante di chiunque l'avesse vista, — per quanto non si possa negare che il signor Klöterjahn, con meno decoro, avrebbe potuto dirlo benissimo anche in tedesco.

Il cocchiere che aveva accompagnato i signori dalla stazione fino al sanatorio, un uomo grezzo, incolto, privo di tatto sottile, si era addirittura stretto la lingua tra i denti, preso da una sconcertante premura, quando il commerciante all'ingrosso aveva aiutato la moglie a scendere dal treno; anzi era stato come se i due cavalli bai, fumando nell'aria gelida e immobile, avessero seguíto, volgendo gli occhi all'indietro e con una certa preoccupazione, quella delicata impresa, pieni di ansia per tanta debole grazia e per quelle tenere e delicate attrattive.

La giovane signora soffriva alla trachea, come si poteva leggere espressamente nella lettera con cui, dalle rive del Baltico, il signor Klöterjahn aveva annunciato al primario de "La Quiete" l'arrivo, grazie a dio non si trattava dei polmoni! E tuttavia, anche se si fosse trattato dei polmoni — la nuova paziente non avrebbe potuto avere un aspetto piú nobile e raffinato, piú riservato ed etereo di quello che mostrava adesso che, al fianco del robusto consorte, morbida e affaticata, appoggiata allo schienale laccato, bianco e lineare, seguiva la conversazione.

Le sue belle mani pallide, prive di orpelli, salvo la semplice fede nuziale, posavano nelle pieghe che una pesante gonna di panno scuro le faceva in grembo, portava un corpetto aderente color argento col collo rigido rialzato, tutto ornato da arabeschi di velluto in rilievo. Ma queste stoffe pesanti e calde facevano apparire ancora piú commovente, eterea e graziosa l'indicibile delicatezza, e la dolcezza e la soavità della testolina. I capelli castano chiari, raccolti in basso alla nuca in un nodo, erano pettinati indietro, lisci, e soltanto nelle vicinanze della tempia destra un ricciolo ricadeva piegandosi sulla fronte, non lontano dal punto in cui, sopra l'arco ben segnato del sopracciglio, una piccola curiosa venina si diramava azzurrina e malata sotto la chiarezza immacolata di quella fronte come trasparente. Questa venina azzurra sopra l'occhio dominava in modo inquietante il delizioso ovale del volto. Si gonfiava leggermente e si faceva piú visibile appena la signora cominciava a parlare, anzi, appena sorrideva, e allora, repentinamente, conferiva all'espressione del volto un che di sforzato, un senso di oppressione, il che suscitava indefinite apprensioni. Tuttavia lei parlava e sorrideva. Parlava quasi allegramente e cordiale con la sua voce leggermente velata, e sorrideva con gli occhi, che guardavano un po' a fatica e anzi ogni tanto mostravano una sorta di inclinazione a chiudersi, e l'angolo dei quali, sui due lati della sottile radice del naso, affondava in un'ombra profonda, e sorrideva, anche, con la sua bella bocca larga, che era pallida e tuttavia sembrava risplendere, forse perché le sue labbra erano pronunciate e nettamente profilate. Ogni tanto tossicchiava. Allora si portava il fazzoletto alla bocca e lo osservava.

"Non tossire, Gabriella," diceva il signor Klöterjahn, "sai bene che a casa il dottor Hinzpeter te l'ha espressamente proibito, darling, basta soltanto cercare di dominarsi un po', angelo mio. Si tratta, come dicevo, della trachea," ripeté. "Quando è cominciato credevo veramente che si trattasse dei polmoni, e mi sono preso uno spavento che dio solo lo sa. Ma non sono i polmoni, macché, corpo del diavolo, e di roba del genere noi non ne vogliamo sapere, Gabriella, eh? Eh?"

"Indubbiamente," disse il dottor Leander, e fulminava la signora con le lenti dei suoi occhiali.

A questo punto il signor Klöterjahn chiese un caffè, caffè e panini col burro, e aveva un modo tale di pronunciare la c dura, tutto giú nella gola, e di dire "panini col burro" che veniva a tutti appetito.

Ottenne quello che desiderava, ebbe anche una camera, per sé e per la consorte, e furono sistemati.

Il dottor Leander decise di occuparsi personalmente del caso, senza ricorrere al dottor Müller.

La personalità della nuova paziente suscitò un interesse straordinario a "La Quiete," e il signor Klöterjahn, abituato a simili successi, considerò con soddisfazione tutti gli omaggi che le venivano recati. Il generale diabetico smise per un momento di bofonchiare, quando si trovò a vederla per la prima volta, i signori con le facce scarnite sorrisero e cercarono per un momento faticosamente di dominare le loro gambe quando si trovarono vicino a lei, e la moglie del magistrato Spatz le si offrì subito nel ruolo della vecchia amica. Sí, faceva sensazione quella donna che portava il nome di signora Klöterjahn! Uno scrittore che da un paio di settimane era venuto a passare il suo tempo a "La Quiete," uno strano tipo di originale, che aveva un nome simile a quello di una pietra preziosa, quando lei gli passò vicina in corridoio, cambiò addirittura colore, si fermò e rimase lí a lungo, come radicato al suolo, quando lei era già scomparsa da un pezzo.

Non erano ancora passati due giorni e già tutta la società ospite del sanatorio era a conoscenza della sua storia. Era nativa di Brema, cosa che peraltro, quando parlava, si riconosceva per certe deliziose inflessioni della voce, e in quella stessa città, due anni prima, aveva pronunciato, accanto al commerciante all'ingrosso Klöterjahn, il sí che lega per tutta la vita. L'aveva seguito nella sua città natale, appunto sulla costa del Baltico, e dieci mesi prima, in circostanze straordinariamente difficili e pericolose, gli aveva regalato un figlio miracolosamente vivace e sano, un erede. Ma da quel giorno orribile, lei stessa non era piú riuscita a recuperare le forze, posto che ne avesse mai avute. Appena alzata dopo il periodo di letto successivo al parto, sfinita al massimo, estremamente impoverita di vigore vitale, tossendo aveva sputato un po' di sangue, — oh, non molto, un pochettino di sangue, una cosa senza importanza; ma in ogni modo sarebbe stato meglio che questo sangue non fosse mai comparso, e del resto la cosa preoccupante era che quel piccolo sinistro fatto si era ripetuto poco tempo dopo. Ora, c'erano dei rimedi contro simili faccende, e il dottor Hinzpeter, il medico di casa, se n'era servito. Le venne prescritto il riposo assoluto, lei inghiottì molti pezzi di ghiaccio, contro gli stimoli a tossire venne utilizzata la morfina, e il cuore venne calmato nei limiti del possibile. Ma la guarigione non voleva saperne di venire, e mentre il bambino, Anton Klöterjahn junior, un magnifico esemplare di bambino, con un'energia enorme e con un'assoluta mancanza di riguardi conquistava ed affermava il suo posto nella vita, la giovane madre sembrava dileguare lentamente in un ardore mite e silenzioso... Si trattava, come s'è detto, della trachea, una parola che in bocca al dottor Hinzpeter esercitava su tutti gli animi un effetto sorprendentemente consolante, tranquillizzante, quasi lieto. Ma benché non si trattasse dei polmoni, il medico aveva finito col considerare urgentemente raccomandabile l'influenza di un clima più temperato e del soggiorno in una clinica, al fine di accelerare la guarigione, e la rinomanza del sanatorio "La Quiete" e del suo direttore aveva fatto il resto.

Così stavano le cose; il signor Klöterjahn le raccontava personalmente a chiunque rivelasse qualche interesse nei loro confronti. Parlava forte, schietto e faceto, come un uomo che gode di una digestione e di quotazioni in borsa perfettamente regolari, con grandi moti in avanti delle labbra, al modo ampio e tuttavia rapido degli abitanti delle coste nordiche. Certe parole le scaraventava fuori in modo che ogni suono somigliava a una piccola scarica, e poi rideva, come per uno scherzo ben riuscito.

Era di statura media, largo, forte e con le gambe corte e aveva una faccia piena, rossa, con gli occhi di un azzurro acqua, ombreggiati da ciglia bionde chiarissime, narici grandi e labbra umide. Portava basette all'inglese, era vestito all'inglese dalla testa ai piedi, e si mostrò molto compiaciuto di trovare a "La Quiete" una famiglia inglese, padre, madre e tre bei bambini con la loro nurse, che stava lí semplicemente perché non sapeva dove stare altrimenti, e con la quale al mattino prendeva la prima colazione, all'inglese. In generale gli piaceva mangiare e bere molto e bene, si rivelò un vero conoscitore della cucina e dei vini e intratteneva la compagnia del sanatorio a proposito dei diner che si davano nella sua città, nella cerchia dei suoi conoscenti, oltre che con la descrizione di certi piatti eccezionali, in quel luogo sconosciuti. In questi casi i suoi occhi si socchiudevano con un'espressione di affetto, il suo eloquio assumeva un che di palatale, o di nasale, mentre certi lievi voraci rumori gli salivano dalla gola. Che non fosse per principio alieno da altri piaceri terreni lo dimostrò una sera in cui un ospite della clinica "La Quiete," di professione scrittore, lo vide in corridoio mentre scherzava in modi piuttosto scorretti con una ragazza di cucina, — un piccolo evento umoristico di fronte al quale lo scrittore in questione fece una faccia ridicolmente inorridita.

Quanto alla moglie del signor Klöterjahn, era chiaro ed evidente che lo amava di tutto cuore. Seguiva sorridendo

le sue parole e i suoi movimenti; non con quella sprezzante condiscendenza che certi sofferenti mostrano nei confronti di coloro che sono sani, bensí con una gioia amorevole e con la partecipazione dei malati ben disposti nei
confronti delle fiduciose manifestazioni vitali di quelle persone che si sentono bene nella loro pelle.

Il signor Klöterjahn non si fermò molto a "La Quiete."
Aveva accompagnato lí la sua signora; ma passata una
settimana, quando la vide ben sistemata e in buone mani,
decise di non prolungare oltre la sua permanenza. Obblighi
di uguale importanza, il suo fiorente bambino, il suo commercio del pari fiorente, lo richiamavano in patrìa; lo costringevano a partire e a lasciare la consorte a godere di
ottime cure.

Spinell si chiamava lo scrittore che da parecchie settimane viveva a "La Quiete," Detlev Spinell era il suo nome,
e il suo aspetto esteriore era singolare.

Ci si immagini un tipo bruno poco piú che trentenne
e alto di statura, coi capelli che sulle tempie andavano già
visibilmente ingrigendo, ma il cui viso rotondo, bianco, un
tantino enfiato non mostri il minimo segno di barba. Non
che fosse rasato, — si sarebbe visto; molle, slavato e infantile, soltánto qua e là qualche peluzzo. E ciò faceva un'impressione alquanto strana. Lo sguardo dei suoi occhi, bruni
come quelli di un capriolo, lustri, aveva un'espressione
mite, il naso cospicuo e un po' troppo carnoso. Inoltre il
signor Spinell possedeva un labbro superiore arcuato e
spugnoso, di tipo romano, grandi denti cariati e piedi di
dimensioni inconsuete. Uno di quei signori con le gambe
incontrollate, che era anche un cinico e amante delle freddure, lo aveva ribattezzato "il lattante putrefatto"; ma si
trattava di una malignità e poco indovinata. Vestiva bene
e seguendo la moda, con una lunga giacca nera e un panciotto a puntini colorati.

Era poco socievole e non aveva rapporti con nessuno.
Soltanto di rado gli capitava di trovarsi in uno stato d'animo allegro, affettuoso ed espansivo, e ciò accadeva ogni
volta che il signor Spinell veniva a trovarsi in una atmosfera estatica, quando la vista di qualcosa di bello, la concordanza di due colori, un vaso di nobile fattura, le montagne illuminate dalla luce del tramonto, lo trascinavano in
un vero e proprio rapimento. "Com'è bello!" diceva allora
inclinando il capo su un lato, tirando su le spalle, spalancando le mani e arricciando il naso e le labbra. "Dio mio,

guardi com'è bello!" Ed era perfino capace, nella commozione di simili istanti, di abbracciare persone distintissime, alla cieca, sia uomini che donne...

Costantemente, sul suo tavolo, visibile per chiunque entrasse nella sua camera, stava il libro che aveva scritto, Era un romanzo di medie dimensioni, munito di un confusissimo disegno in copertina e stampato su una sorta di carta assorbente con caratteri tali che presi uno per uno sembravano una cattedrale gotica. La signorina von Osterloh l'aveva letto in un quarto d'ora di ozio e lo trovava "raffinato," che era la forma che lei adoperava per esprimere il giudizio "spaventosamente noioso." Si svolgeva in salotti mondani, in lussuosi boudoir femminili pieni di oggettini squisiti, pieni di arazzi, di mobili antichissimi, di preziose porcellane, di stoffe senza prezzo e di artistici gioielli di ogni genere. Alla descrizione di queste cose era assegnato molto valore, e di continuo pareva di vedere il signor Spinell che arricciava il naso e diceva: "Com'è bello! Dio mio, guardi com'è bello!"... Peraltro c'era di che stupirsi che non avesse scritto altri libri all'infuori di quello, perché a quanto sembrava scriveva appassionatamente. Passava la maggior parte della sua giornata a scrivere, chiuso nella sua camera, e faceva portare alla posta un numero straordinariamente cospicuo di lettere, ogni giorno una o due, — il che sottolineava, suscitando una certa meraviglia e ilarità, il fatto che, per parte sua, di rado ne riceveva...

A tavola il posto del signor Spinell era di fronte alla moglie del signor Klöterjahn. La prima volta che i due coniugi presero parte al pasto, egli comparve con un po' di ritardo nella grande sala da pranzo al piano terra dell'ala laterale, pronunciò con voce morbida un saluto rivolto a tutti e andò a sedersi al suo posto, dopo di che, senza troppe cerimonie, il dottor Leander lo presentò ai nuovi arrivati. Lui s'inchinò e poi, evidentemente un poco in imbarazzo, si mise a mangiare, muovendo in modo parecchio affettato il coltello e la forchetta con le sue mani grandi, bianche e ben modellate che spuntavano da maniche molto strette. Piú tardi si fece piú spontaneo e si mise ad osservare con disinvoltura, alternativamente, il signor Klöterjahn e la moglie. Inoltre, nel corso del pasto, il signor Klöterjahn gli rivolse qualche domanda e formulò qualche osservazione concernenti la disposizione e il clima de "La Quiete," sua moglie vi aggiunse, con la grazia consueta, qualche parola, e il signor Spinell rispose cortesemente.

La sua voce era dolce e francamente gradevole; ma nel suo modo di parlare c'era come un impedimento, qualche cosa di risucchiante, come se i suoi denti fossero d'impaccio alla lingua.

Dopo pranzo, quando tutti erano passati nella sala riservata alla conversazione e quando il dottor Leander ebbe rivolto un augurio particolare ai nuovi ospiti, la moglie del signor Klöterjahn s'informò intorno al signore che si era trovato di fronte.

"Come si chiama quel signore?" domandò. "Spinelli? Non ho capito bene il nome."

"Spinell... non Spinelli, cara signora. No, non è un italiano, è semplicemente di Lemberg, per quanto ne so..."

"E che cosa mi diceva? È uno scrittore? O che cosa?" domandò il signor Klöterjahn; teneva le mani nelle tasche dei suoi comodi pantaloni inglesi, con la testa inclinata verso il dottore e, come usano certe persone, ascoltando aveva la bocca aperta.

"Sí, non so bene, — scrive..." rispose il dottor Leander. "Credo che abbia pubblicato un libro, una specie di romanzo, non so veramente..."

"Questo ripetuto "non so" stava ad indicare che il dottor Leander non aveva una grande opinione dello scrittore e declinava qualsiasi responsabilità nei suoi confronti.

"Ma è interessantissimo!" disse la signora Klöterjahn. Non aveva mai visto uno scrittore in carne e ossa.

"Sí, sí," rispose il dottor Leander con condiscendenza. "Credo che goda di una certa fama..." Poi non si parlò piú dello scrittore.

Ma un po' piú tardi, quando i nuovi ospiti si furono ritirati e il dottor Leander stava a sua volta per lasciare la sala di conversazione, il signor Spinell lo trattenne e si informò a sua volta.

"Qual è il cognome della coppia?" domandò. "Naturalmente non l'ho capito."

"Klöterjahn," rispose il dottor Leander, e fece per andarsene.

"Come si chiama il marito?" domandò il signor Spinell.

"Klöterjahn si chiamano!" disse il dottor Leander e se ne andò per i fatti suoi. — Non aveva un'alta opinione dello scrittore.

Eravamo già giunti al ritorno a casa del signor Klöterjahn? Sí, di nuovo si trovava sulla costa del Baltico, tra i suoi affari e presso il suo bambino, quella piccola creatura senza riguardi e piena di vita che era costata alla madre tanti patimenti e un piccolo difetto alla trachea. Lei invece, la giovane donna, rimase a "La Quiete," e la moglie del magistrato Spatz si mise al suo fianco in qualità di vecchia amica. Ciò non impediva tuttavia che la moglie del signor Klöterjahn intrattenesse ottimi rapporti anche con gli altri ospiti della clinica, per esempio col signor Spinell, il quale, tra lo stupore di tutti (perché fino a quel momento non aveva mai stretto relazioni con nessuno), le dimostrava una straordinaria deferenza e devozione, e col quale lei, nelle ore libere che le rigide regole le concedevano, conversava non malvolentieri.

Le si avvicinava con un'enorme cautela e con reverenza, le parlava con una voce accuratamente attenuata, tanto che la consigliera Spatz, che soffriva d'orecchi, in genere non capiva una parola di quello che diceva. Si avvicinava sulla punta dei suoi grandi piedi alla poltrona in cui la moglie del signor Klöterjahn era adagiata dolce e sorridente, si fermava a due passi di distanza, teneva una gamba spostata all'indietro e il busto sporto in avanti e parlava con quel suo modo come ostacolato da un impedimento e un po' succhiante, piano, suadente, e pronto a ritirarsi precipitosamente ad ogni momento e a scomparire, appena un segno di stanchezza e di tedio fosse comparso sul volto di lei. Ma non la tediava; lo invitava a sedersi accanto a lei e alla consigliera, gli rivolgeva una domanda qualunque e poi lo ascoltava sorridendo e incuriosita, perché a volte lui si esprimeva in un modo divertente e singolare, come non le era mai accaduto di sentire.

"Perché di preciso sta qui a 'La Quiete'?" domandava. "Di quali cure ha bisogno, signor Spinell?"

"Cure?... Faccio qualche applicazione elettrica. No, non vale proprio la pena di parlarne. Ora le dirò, signora, perché sono qui. — Per lo stile."

"Ah!" diceva la moglie del signor Klöterjahn, e poggiava il mento sulla mano e si voltava verso di lui con una premura esagerata, come quella che si ostenta nei confronti dei bambini che ci vogliono raccontare qualche cosa.

"Sí, signora. 'La Quiete' è tutta in stile impero; un tempo, a quanto mi è stato raccontato, era un castello, una residenza estiva. Quest'ala è un'aggiunta che risale a un'epoca successiva, ma l'edificio principale è antico e àutentico. Ora, ci sono periodi in cui io non posso fare a meno dello stile impero, periodi in cui per raggiungere un modesto grado di benessere, mi è assolutamente indispensabile. È chiaro che ci si sente in un certo modo in mezzo a mobili morbidi e comodi fino alla lascivia e in un modo completamente diverso in mezzo a questi tavoli, a queste sedie, a questi tendaggi sobri e lineari... Questa limpidità e questa durezza, questa semplicità fredda, sobria, questo rigore riservato mi conferiscono fermezza, dignità, gentile signora, e alla lunga da ciò risulta un'interiore purificazione, un restauro, mi innalzano moralmente, senza dubbio..."

"Già, è singolare," diceva lei. "Del resto capisco, se mi sforzo un poco."

Allora lui rispondeva che quelle cose non valevano la pena di uno sforzo, e poi ridevano insieme. Anche la consigliera Spatz rideva e trovava che era singolare; ma non diceva che aveva capito.

La sala riservata alla conversazione era spaziosa e bella. La porta alta, bianca, a doppio battente era spalancata sulla attigua sala del biliardo, dove si divertivano i signori che non riuscivano a dominare le gambe e anche altri. Dall'altra parte una vetrata permetteva di guardare sull'ampia terrazza e sul giardino. Presso la parete stava un pianoforte. Era a disposizione dei pazienti anche un tavolo da gioco coperto di panno verde, e attorno ad esso il generale diabetico giocava a whist con un paio di altri signori. Le signore leggevano oppure si dedicavano al lavoro a maglia. Una stufa di ferro provvedeva al riscaldamento, ma davanti al camino, di stile purissimo, in cui erano disposti carboni finti rivestiti di carta scarlatta, c'erano ottimi posti per chi voleva dedicarsi alla conversazione.

"Lei è molto mattiniero, signor Spinell, diceva la moglie del signor Klöterjahn. "Per caso l'ho vista già due o tre volte lasciare l'edificio verso le sette e mezzo del mattino."

"Mattiniero? Bisogna intendersi sul termine, signora. Il fatto è che mi alzo presto perché in fondo mi piace dormire."

"Ah, questa volta bisogna proprio che si spieghi, signor Spinell!" Anche la consorte del consigliere Spatz voleva delle spiegazioni.

"Beh... un uomo mattiniero, mi pare, non ha alcun bisogno di alzarsi cosí presto. La coscienza, signora... è una brutta faccenda la coscienza! Io e i miei pari ce la trasciniamo in giro per tutta la vita e siamo costretti a darci un gran da fare per ingannarla, ogni tanto, e darle qualche piccola, astuta soddisfazione. Siamo esseri inutili, io e i

137

miei pari e, salvo poche ore fortunate, ci arrovelliamo, malati, nella consapevolezza della nostra inutilità. Odiamo l'utile, sappiamo che è volgare e brutto e difendiamo questa verità, come si difendono soltanto quelle verità di cui si ha un assoluto bisogno. E tuttavia siamo torturati dalla cattiva coscienza a un punto tale che in noi non c'è piú la minima zona sana. A ciò si aggiunge che tutto il modo della nostra esistenza interiore, la nostra visione del mondo, la nostra maniera di lavorare... hanno effetti spaventosamente malsani, imprevedibili, logoranti, e anche questo peggiora la situazione. Non si può fare a meno di ricorrere a piccoli palliativi, senza i quali non si riuscirebbe a resistere. Cosí, una certa sobrietà e una certa igienica severità nei modi di vivere sono per alcuni di noi, per esempio, un'esigenza. Alzarsi presto, spaventosamente presto, un bagno freddo e poi una passeggiata fuori, sulla neve... Questo fa sí che forse, almeno per un'oretta, siamo contenti di noi stessi. Se io mi lasciassi andare ad essere quello che sono, rimarrei a letto fino a pomeriggio inoltrato, mi creda. Se mi alzo presto, in fondo è soltanto ipocrisia."

"Ma no, perché, signor Spinell! Io la chiamo padronanza di sé... Non è vero, signora Spatz?" — Anche la moglie del consigliere Spatz la chiamava padronanza di sé.

"Ipocrisia o padronanza di sé, signora! Si tratta di vedere quale parola si preferisce. Sono cosí disgraziatamente incline alla sincerità che io..."

"È proprio questo. Lei si tormenta troppo."

"Sí, signora, mi tormento molto."

— Il bel tempo persisteva. Bianco, rigido, terso, il paesaggio, le montagne, l'edificio, il giardino, si profilavano nell'aria immobile, nel gelo limpido, nel chiarore abbagliante e nell'ombra azzurrina, e un cielo di un azzurro tenero in cui sembravano danzare miriadi di corpi luminosi balenanti, di cristalli lucenti, s'incurvava sopra il tutto. In quel periodo la salute della moglie del signor Klöterjahn era discreta; non aveva febbre, quasi non tossiva e mangiava senza eccessiva ripugnanza. Spesso sedeva, come le era stato prescritto, per lunghe ore nel gelo pieno di sole della terrazza. Sedeva in mezzo alla neve, tutta impacchettata in coperte e pellicce e respirava piena di speranze l'aria pura, gelata, per guarire i suoi bronchi. Le accadeva talvolta di osservare il signor Spinell che, anche lui vestito ben caldo e calzando scarpe imbottite di pelo, che attribuivano ai suoi piedi dimensioni fantastiche, scendeva in giardino. Procedeva con passi cauti con una sorta di prudente e rigidamente graziosa disposizione delle braccia sulla neve, la salutava rispettosamente quando passava sotto la terrazza e poi saliva i primi gradini per avviare con lei una breve conversazione.

"Questa mattina, durante la mia passeggiata, ho visto una bella donna... Dio com'era bella!" diceva, e inclinava la testa da una parte e spalancava le braccia.

"Davvero, signor Spinell? Perché non me la descrive?"

"No, non posso. Oppure le fornirei un'immagine inadeguata. Passando ho sfiorato la signora soltanto con una mezza occhiata, in realtà non l'ho vista. Ma l'ombra fugace di lei mi ha raggiunto ed è bastata a stimolare la mia fantasia e ha lasciato in me un'immagine bellissima... Mio dio, com'è bella!"

Lei rise. "È questa la sua maniera di guardare le belle donne, signor Spinell?"

"Sí, cara signora; non sarebbe certo meglio se le fissassi rozzamente in volto, avido di realtà, e poi ne riportassi l'impressione di una manchevole effettività..."

"Avido di realtà... Che singolare espressione! Proprio un'espressione da scrittore, signor Spinell! E tuttavia è un'espressione che suscita in me una certa impressione, le dirò. C'è in essa qualche cosa che capisco, almeno un poco, qualcosa di indipendente e di libero, che nega il rispetto perfino verso la realtà, benché essa sia quanto di piú rispettabile esiste, anzi la rispettabilità stessa... E allora capisco che esiste qualcosa al di fuori di ciò che si può toccare con mano, qualche cosa di piú delicato..."

"Conosco un unico volto," disse lui improvvisamente, con un'inflessione singolarmente gioiosa nella voce, e alzò le mani serrate contro le spalle mettendo in mostra con un sorriso esaltato i suoi denti cariati. "Conosco un unico volto di cui sarebbe peccaminoso voler correggere, attraverso la mia immaginazione, la sublimata realtà, un volto che io vorrei osservare, su cui vorrei indugiare non per minuti, non per ore, bensí per tutta la mia vita, perdermi in esso e dimenticare cosí tutto ciò che è terrestre..."

"Sí, sí, signor Spinell. Soltanto che la signorina von Osterloh ha le orecchie ben aperte."

Lui tacque e s'inchinò profondamente. Quando si ritrovò eretto, i suoi occhi posavano con un'espressione di imbarazzo e di dolore su quella piccola vena singolare che si diramava, azzurrina e malsana nella sua chiarezza, sotto la sua fronte, come trasparente.

Uno strano tipo, veramente un tipo singolare! Talvolta la moglie del signor Klöterjahn pensava a lui, perché aveva molto tempo per pensare. Fosse il fatto che gli effetti del cambiamento d'aria cominciavano a venir meno, fosse che un influsso positivamente dannoso l'avesse sfiorata: il suo stato di salute era peggiorato, lo stato della sua trachea lasciava molto a desiderare, si sentiva debole, stanca, senza appetito, non di rado aveva la febbre; e il dottor Leander le aveva ordinato categoricamente riposo, immobilità e prudenza. Così, quando non era costretta a stare sdraiata, sedeva in compagnia della consigliera Spatz, in grembo la maglia a cui non lavorava, intenta a seguire questo o quel pensiero.

Sí, quel singolare signor Spinell la faceva riflettere e, stranamente, non tanto su di lui quanto sulla propria stessa persona; chissà in che modo suscitava in lei una strana curiosità, un interesse, fino a quel momento ignoto, per il proprio essere. Un giorno, durante un colloquio, aveva detto:

"Mah, le donne sono fatti veramente enigmatici... per quanto una simile affermazione sia tutt'altro che nuova, non si può fare a meno di riconsiderarla e di provare stupore. Capita d'incontrare una creatura meravigliosa, una silfide, un'entità eterea, un essere che sembra uscito dal sogno di una favola. E che cosa fa? Va lí e si dà a un Ercole da baraccone, a un garzone macellaio. Va in giro al suo braccio, le capita addirittura di appoggiare la testa alla sua spalla e intanto si guarda intorno sorridente e sorniona, come per dire: Eh, e adesso state lí a rompervi la testa su questo bel fenomeno! — E noi ce la rompiamo!"

La moglie del signor Klöterjahn aveva ripetutamente meditato su questa affermazione.

Un altro giorno, con sommo stupore della consigliera Spatz ebbe luogo tra i due il seguente colloquio.

"Posso domandarle, signora (anche se probabilmente è una forma d'indiscrezione), come si chiama, qual è di preciso il suo nome?"

"Ma mi chiamo Klöterjahn, signor Spinell!"

"Mhm. — Questo lo so. O meglio: lo contesto. Intendevo naturalmente proprio il suo nome, il suo nome di ragazza. Lei dev'essere giusta, signora, e ammettere che se qualcuno la chiamasse 'signora Klöterjahn' meriterebbe di essere frustato."

Lei scoppiò a ridere cosí di cuore che la venina sopra il sopracciglio si gonfiò in modo preoccupante e attribuí al suo volto tenero, dolce, un'espressione di sforzo e di oppressione, profondamente inquietante.

"Ma no! Per carità, signor Spinell! Frustarlo! Trova che Klöterjahn è cosí spaventoso?"

"Sí, signora, odio questo nome dal piú profondo del cuore, fin da quando l'ho sentito pronunciare per la prima volta. È ridicolo e disperatamente brutto; è una barbarie, una forma di abiezione seguire i costumi fino al punto da attribuirle il nome del suo signor marito!"

"Beh, e 'Eckhof'? Trova che Eckhof è piú bello? Mio padre si chiama Eckhof."

"Oh, vede? 'Eckhof' è una cosa completamente diversa! C'è stato perfino un grande attore che si chiamava Eckhof. Eckhof può andare. — Ma lei ha citato soltanto suo padre La sua signora madre..."

"Mia madre è morta quando io ero ancora molto piccola."

"Oh. — Mi parli ancora un po' di lei, se mi permette... Se invece ciò la stanca, allora no. Allora si riposi e io mi metterò a raccontarle di Parigi, come qualche giorno fa. Ma può parlare anche sottovoce, anzi se sussurra sarà tutto ancora piú bello... È nata a Brema?" E questa domanda la pronunciò quasi senza voce, con un'espressione di estrema venerazione e greve di contenuti, come se Brema fosse una città impareggiabile, una città colma di innominabili avventure e di segrete bellezze, una città che conferisse a chi vi fosse nato un'altezza colma di mistero.

"Eh sí, pensi!" disse lei, quasi involontariamente. "Sono di Brema."

"Ci sono stato una volta," osservò lui pensoso. —

"Dio mio, è stato anche a Brema? Ma senta, signor Spinell, io credo che lei abbia proprio visto tutto quello che c'è tra Tunisi e lo Spitzberg."

"Sí, ci sono stato una volta," ripeté lui. "Un paio d'ore, una sera. Mi ricordo di una vecchia via, stretta, sopra i cui tetti c'era una luna come fuori luogo, strana. Poi sono stato in un'osteria dove c'era puzza di vino e di muffa. È un ricordo molto vivo, questo..."

"Davvero? Dove può essere? — Sí, in una di quelle case grigie, a cuspide, in una vecchia casa di commercianti, con gli androni che fanno eco e la loggia verniciata di bianco, sono nata io."

"Il suo signor padre è dunque commerciante?" domandò lui un po' esitante.

"Sí, e oltre a questo, e anzi in primo luogo, è un artista."

"Ah! In che senso?"

"Suona il violino... Ma questo non significa ancora molto. Come lo suona, signor Spinell, è questo che conta. Certe sue note, non sono mai riuscita ad ascoltarle senza che mi venissero agli occhi lagrime stranamente brucianti, lagrime che nessun'altra esperienza della mia vita ha suscitato. Lei non lo crede..."

"Lo credo! Oh, e come lo credo... Mi dica, signora: la sua è una famiglia antica? In quella grande casa col tetto a cuspide sono già vissute, e hanno lavorato e hanno lasciato questa terra già molte generazioni?"

"Sí. — Perché me lo domanda?"

"Perché accade non di rado che un ceppo familiare di tradizioni pratiche, borghesi, aride, verso la fine della sua vicenda si redima ancora una volta attraverso l'arte."

"Ah, succede? — Sí, per quanto riguarda mio padre, è certamente un artista, piú di tanti altri che si definiscono tali e che vivono nella fama. Io suono soltanto un po' il pianoforte. Adesso me l'hanno proibito; ma prima, a casa, suonavo ancora. Mio padre e io, suonavamo insieme... Sí, ho un bellissimo ricordo di tutti quegli anni; specialmente il giardino, il nostro giardino, dietro la casa. Era spaventosamente inselvatichito, soffocato dall'eccesso di vegetazione, chiuso da muri scalcinati e pieni di muschio; ma proprio questo lo rendeva attraente. Al centro c'era una fontana a zampillo, circondata da una folta corona di giaggioli. Durante l'estate passavo lunghe ore nel giardino con le mie amiche. Ci sedevamo lí intorno alla fontana su certi seggiolini..."

"Com'è bello!" disse il signor Spinell e sollevò le spalle. "Sedevano lí e cantavano?"

"No, di solito lavoravamo all'uncinetto."

"Ugualmente... Ugualmente..."

"Sí, lavoravamo all'uncinetto chiacchierando, le mie sei amiche e io..."

"Com'è bello! Dio mio, senta, com'è bello!" gridò il signor Spinell, e aveva la faccia stravolta.

"Cosa trova di tanto bello in una cosa simile, signor Spinell?"

"Oh, questo, che erano sei bambine oltre lei, che lei non è inclusa nel numero, che lei vi ha un risalto immediato, come una regina... Lei era l'eletta tra le sue amiche. Una piccola corona d'oro, quasi invisibile ma molto importante, era posata sui suoi capelli e luccicava..."

"Ma no. Che sciocchezze! Non c'era nessuna corona..."

"C'era, e luccicava segretamente. E io l'avrei vista, l'avrei vista distintamente tra i suoi capelli, se in quelle ore fossi stato nascosto tra i cespugli..."

"Dio sa cos'avrebbe visto. Ma il fatto è che lei non c'era, e un giorno è stato il mio attuale marito a comparire insieme con mio padre in mezzo ai fogliami. Temo che avessero sentito tutte le nostre chiacchiere..."

"Allora è stato lí, signora, che ha conosciuto il suo signor marito?"

"Sí, proprio lí l'ho conosciuto!" disse lei forte, allegramente, e mentre sorrideva la venina azzurro tenero venne fuori, come un singolare segno di fatica, sopra il sopracciglio. "Era venuto da mio padre per affari, sa. Il giorno dopo era invitato a pranzo, e di lí a tre giorni chiese la mia mano."

"Davvero? Tutto è andato cosí straordinariamente in fretta?"

"Sí... Cioè, a partire da quel momento tutto andò un po' piú lento. Perché in fondo mio padre non era affatto favorevole alla cosa, sa, e pose come condizione un lungo periodo per riflettere. In primo luogo preferiva tenermi a casa con sé, e poi aveva anche altri scrupoli. Ma..."

"Ma?"

"Ma io volevo," disse lei sorridendo, e di nuovo la piccola vena azzurro pallido dominò con un'espressione oppressa e malata tutto il suo volto delizioso.

"Ah, lei voleva!"

"Sí, e ho mostrato una volontà molto ferma e capace di farsi rispettare, come vede..."

"Come vedo. Sí."

"... tanto che alla fine mio padre ha dovuto arrendersi."

"E cosí lei poi lo lasciò, lui e il suo violino, e la vecchia casa, il giardino inselvatichito, la fontana a zampillo e le sue sei amiche, per andarsene col signor Klöterjahn."

"Per andarmene con... Ha un modo di esprimersi, signor Spinell! — Quasi biblico! — Sí, lasciai tutte queste cose perché cosí vuole la natura."

"Eh sí, probabilmente vuole proprio cosí."

"E poi era in giuoco la mia felicità."

"Certo. E la felicità venne..."

"Venne il giorno in cui mi portarono lí per la prima volta il piccolo Anton, e quando lui gridava cosí vigorosamente coi suoi piccoli polmoni sani, forte e sano com'è..."

"Non è la prima volta che la sento parlare della salute

del suo piccolo Anton, signora. Dev'essere proprio eccezionalmente sano!"

. "Proprio cosí. E somiglia in una maniera a mio marito, che è quasi ridicolo!"

"Ah! — Ecco, cosí sono andate dunque le cose. E adesso lei non si chiama piú Eckhof bensí in un altro modo, e ha il piccolo Anton cosí sano e soffre un po' alla trachea."

"Sí. E lei è un uomo proprio enigmatico, signor Spinell, glielo garantisco..."

"Sí, e dio mi punisca se non è cosí!" disse la consigliera Spatz, che tra l'altro era ancora lí.

Ma la moglie del signor Klöterjahn rifletté ripetutamente anche su quel colloquio. Per quanto irrilevante, aveva sul fondo qualche cosa che forniva alimento ai suoi pensieri sopra se stessa. Era questo l'influsso malefico che si esercitava su di lei? La sua debolezza aumentava, spesso aveva la febbre, un ardore silenzioso a cui lei si abbandonava in una sorta di stato d'animo pensoso, prezioso, compiaciuta, un tantino suscettibile. Quando non rimaneva a letto e il signor Spinell andava da lei sulla punta dei suoi piedi enormi, con una grandissima cautela, e si fermava a distanza di due passi e, con una gamba indietro e il busto sporto in avanti, si metteva a parlarle con la ·voce rispettosamente sommessa, quasi a sollevarla in timida devozione, dolcemente, e a coricarla su cuscini di nuvole, ove non l'avrebbero raggiunta nessun suono stridulo, nessun contatto terreno... lei ricordava il modo in cui il signor Klöterjahn usava dirle: "Stai attenta, Gabriella, take care, angelo mio, e tieni la bocca chiusa!" un modo che era lo stesso che se avesse dato una manata ruvida e bonaria sulla spalla di qualcuno. Ma poi, subito, abbandonava quel ricordo per posare, debole e distante, sui cuscini di nuvole che il signor Spinell premurosamente le preparava.

Un giorno, inaspettatamente, ritornò sul breve discorso che aveva fatto con lui a proposito della sua origine e della sua gioventú.

"Ma è proprio vero, signor Spinell," domandò, "che lei avrebbe visto la corona?"

E benché quelle chiacchiere fossero ormai vecchie di quindici giorni, lui subito capí a che cosa alludeva e le garantí con calde parole che quella volta, presso la fontana a zampillo, quando lei sedeva in mezzo alle sue sei amiche, avrebbe visto scintillare la piccola corona, — l'avrebbe vista brillare segretamente sui suoi capelli.

Di lí a qualche giorno, per cortesia, un ospite del sanatorio le domandò notizie sulla salute del piccolo Anton. Lei lanciò un'occhiata furtiva al signor Spinell, che era lí vicino, e rispose un poco annoiata:

"Grazie; come vuole che stia? — Lui e mio marito stanno bene."

Verso la fine di febbraio, un giorno di gelo piú puro e piú luminoso degli altri passati, l'euforia dominava "La Quiete." I signori coi disturbi di cuore discorrevano con le guance accese, il generale diabetico cantarellava come un giovanotto e i signori che non riuscivano a controllare le loro gambe erano tutti sottosopra. Cosa stava succedendo? Niente meno che questo: si stava per partire per una gita in comune, un'escursione in slitta, con numerosi veicoli e il tintinnío dei sonagli, e gli schiocchi di frusta, sulle montagne; il dottor Leander aveva preso questa decisione per distrarre i suoi pazienti.

Naturalmente i "gravi" sarebbero rimasti a casa. Poveri "gravi!" A furia di cenni e ammiccamenti ci si mise d'accordo per non far sapere loro della cosa; faceva bene, in generale, esercitare un po' di pietà e usare qualche riguardo. Ma anche alcuni di quelli che avrebbero potuto benissimo partecipare alla scampagnata rinunciarono. Per quanto riguardava la signorina von Osterloh, era senz'altro scusata. Chi, come lei, era oberata di compiti non poteva pensare seriamente a escursioni in slitta. La situazione dell'istituto richiedeva imperiosamente la sua presenza; in breve: rimase a "La Quiete." Ma il fatto che anche la moglie del signor Klöterjahn dichiarò che voleva rimanere a casa suscitò molti malumori. Inutilmente il dottor Leander cercò di persuaderla a lasciare che quel viaggio frizzante esercitasse il suo benefico influsso su di lei; lei affermava che non se la sentiva, che soffriva di emicranie, che si sentiva spenta, e ci si dovette rassegnare. Ma il cinico, il freddurista prese al volo l'occasione per formulare questa osservazione:

"Adesso vedranno, non verrà nemmeno il lattante putrefatto."

E aveva ragione, perché il signor Spinell fece sapere che quel pomeriggio aveva intenzione di lavorare; — usava molto volentieri la parola "lavorare" per designare la sua dubbia attività. Del resto nessuno si lamentò della sua assenza, cosí come lieve fu il dolore per la decisione della consigliera Spatz di rimanere a far compagnia alla sua giovane amica, perché il viaggiare le dava il mal di mare.

145

Subito dopo il pranzo, che quel giorno aveva avuto luogo già verso le dodici, le slitte aspettavano davanti a "La Quiete," e gli ospiti della clinica, a gruppi molto vivaci, imbacuccati in indumenti caldi, curiosi ed eccitati, si muovevano attraverso il giardino. La moglie del signor Klöterjahn stava, insieme con la consigliera Spatz, dietro la porta a vetri che dava sulla terrazza, e il signor Spinell alla finestra della sua camera, per guardare la partenza. Osservavano come, tra scherzi e risate, nascevano piccole lotte per i posti migliori, la signorina von Osterloh che, con un bavero di pelliccia attorno al collo, correva da una slitta all'altra per sistemare sotto i sedili cesti pieni di vivande, il dottor Leander che, col berretto di pelo in testa, controllava ancora una volta il tutto con le sue lenti scintillanti, e poi prendeva posto a sua volta e dava il segnale della partenza... I cavalli si mossero, un paio di signore strillarono e caddero all'indietro, i sonagli tintinnarono, le fruste col manico corto schioccarono, i lunghi spaghi venivano trascinati sulla neve, dietro le slitte, e la signorina von Osterloh era in piedi sul cancello del giardino e sventolava il fazzoletto fin quando, a una curva della strada, i veicoli scomparvero e l'allegro chiasso si perse. Allora lei tornò dentro attraverso il giardino, affrettandosi verso i suoi doveri, le due signore lasciarono la porta a vetri e, quasi contemporaneamente, anche il signor Spinell abbandonò il suo punto di osservazione.

Alla "Quiete" regnava il silenzio. La spedizione non sarebbe tornata prima della sera. I "gravi" erano nelle loro camere e soffrivano. La moglie del signor Klöterjahn e la sua vecchia amica si avviarono per una breve passeggiata, mentre il signor Spinell ricevette il suo tè leggero. Poco dopo la moglie del signor Klöterjahn batté contro la parete che separava la sua camera da quella della consigliera Spatz e disse:

"Signora Spatz, se scendessimo nella sala di conversazione? Qui non so più bene cosa fare."

"Subito, mia cara!" rispose la consigliera. "Se permette, m'infilo soltanto gli stivali. Mi ero messa, sa?, un momento sul letto."

Come c'era d'aspettarsi, la sala adibita alla conversazione era vuota. Le due signore presero posto davanti al camino. La consigliera Spatz ricamava fiori su un pezzo di canovaccio, e anche la signora del signor Klöterjahn diede qualche punto, poi si lasciò cadere in grembo il lavoro e appoggiata ai braccioli della sua poltrona si mise a sognare, nel vuoto. Finalmente fece un'osservazione che non meritava di scomodare la bocca per rispondere; ma poiché la consigliera Spatz domandò ugualmente: "Come?" lei fu costretta, umiliata, a ripetere l'intera frase. La consigliera Spatz domandò ancora una volta: "Come?" In quel preciso istante si sentirono passi in anticamera, la porta si aprí, il signor Spinell entrò.

"Disturbo?" domandò, ancora sulla soglia, con voce dolce, mentre guardava esclusivamente la moglie del signor Klöterjahn e sporgeva in avanti il busto in un certo suo modo, tenero e vibrante... La giovane donna rispose:

"Perché dovrebbe disturbare? Prima di tutto questa stanza è a disposizione di tutti, signor Spinell, e poi: in che cosa dovrebbe disturbarci? Ho la precisa sensazione che la signora Spatz si annoia, con me..."

Al che lui non seppe piú bene cosa rispondere, si limitò a mettere in mostra i suoi denti cariati e sotto gli occhi della signora, con passo piuttosto impacciato, si avvicinò alla porta a vetri, davanti alla quale si fermò, a guardare fuori, voltando un po' maleducatamente le spalle alle signore. Poi fece un mezzo giro su se stesso, ma continuò a guardare sul giardino e disse:

"Il sole è tramontato. Inavvertitamente il cielo si è tutto coperto. Comincia già a farsi buio."

"È vero, sí, tutto è già buio," rispose la moglie del signor Klöterjahn. "A quanto pare, i nostri gitanti incontreranno ancora la neve. Ieri, a quest'ora era ancora pieno giorno; adesso scende già la sera."

"Mah," disse lui, "dopo tutte queste settimane troppo limpide, l'oscurità fa bene agli occhi. Sono addirittura grato a questo sole, che illumina con un eccesso di chiarezza le cose belle e le cose volgari, che finalmente si attenua un po'."

"Non le piace il sole, signor Spinell?"

"Siccome non sono pittore... Ci si raccoglie di piú, senza il sole. — È uno strato di nubi spesso, bianco scuro, grigiastro. Forse significa che domani comincia il disgelo. Tra l'altro, signora, le consiglierei di non riprendere, lí dove è, il suo ricamo."

"Oh, non si preoccupi, non lo faccio di certo. Ma cosa si potrebbe fare?"

Lui si era seduto sullo sgabello girevole davanti al pianoforte, e teneva un braccio poggiato sul coperchio dello strumento.

"Musica..." disse. "Poter ascoltare, adesso, un po' di musica! Qualche volta i bambini inglesi cantano brevi nigger-song, e basta."

"Ma ieri pomeriggio la signorina von Osterloh ha suo-nato in fretta e furia *Le campane del convento*," osservò la moglie del signor Klöterjahn.

"Ma lei suona, signora," disse lui in tono di preghiera, e si alzò... "Una volta suonava ogni giorno col suo signor padre."

"Sí, signor Spinell, ma è passato tanto tempo! Era all'epoca della fontana a zampillo, sa..."

"Lo faccia anche oggi!" pregò lui. "Mi faccia sentire qualche nota, adesso! Se sapesse come ne ho bisogno..."

"Il nostro medico di famiglia, come del resto il dottor Leander, me l'hanno espressamente vietato, signor Spinell."

"Ma adesso non ci sono, né l'uno né l'altro! Siamo liberi, signora! Un paio di semplici accordi..."

"No, signor Spinell, è meglio di no. Chissà che miracoli si aspetta da me! E io ho dimenticato tutto, mi creda. Non so quasi niente a memoria."

"Oh, allora suoni questo quasi niente! E oltretutto qui ci sono anche degli spartiti, sono qui, sul pianoforte. No, questo è niente. Ma qui c'è Chopin..."

"Chopin?"

"Sí, i Notturni. Manca soltanto che accenda le can-dele..."

"Non si metta in mente che suoni, signor Spinell! Non posso. Se mi facesse male?"

Lui ammutolí. Era lí coi suoi grandi piedi, con la sua lunga giacca nera e con la sua testa dai capelli grigi, sla-vata, senza barba, nella luce delle due candele del piano-forte, con le mani penzoloni.

"Ora non la pregherò piú," disse finalmente, sottovoce. "Se teme che le faccia male, signora, lasciamo che la bel-lezza rimanga morta, muta, quella bellezza che avrebbe potuto manifestarsi sotto le sue dita. Lei non è sempre cosí ragionevole; non, perlomeno, quando, al contrario, si è trattato di rinunciare alla bellezza. Lei non era preoccu-pata per il suo corpo e ha mostrato una volontà piú sciolta e ben salda, quando ha abbandonato la fontana a zampillo e ha deposto la piccola corona... Senta," aggiunse dopo una pausa, e abbassando ancora di piú la voce, "se adesso viene a sedersi qui e suona come una volta, quando ancora suo padre, accanto a lei, estraeva dal violino note che la inducevano al pianto..., può darsi che qualcuno riesca ancora a vederla, la piccola corona d'oro, risplendere segretamente tra i suoi capelli..."

"Davvero?" domandò lei, e sorrise... E avvenne che, per caso, pronunciando questa parola, la voce le venne meno, cosí che la parola venne fuori per metà rauca e per metà afona. Tossicchiò e disse:

"Sono veramente i Notturni di Chopin?"

"Certo, sono qui, aperti, tutto è pronto."

"Bene, in nome di dio, ne suonerò uno," disse lei. "Ma uno solo, capito? E del resto ne avrà abbastanza per sempre."

E con queste parole si alzò, depose il suo ricamo e si avvicinò al pianoforte. Si sedette sullo sgabello girevole sul quale erano posati un paio di spartiti rilegati, sistemò i candelieri e sfogliò le note. Il signor Spinell aveva disposto una sedia al suo fianco e lí sedeva, come un maestro di musica.

Lei eseguí il Notturno in mi bemolle maggiore, opera 9, numero 2. Se veramente aveva dimenticato qualche cosa, un tempo la sua esecuzione doveva essere stata artisticamente perfetta. Il pianoforte era mediocre, ma subito dopo le prime battute, lei seppe dominarlo con gusto sicuro. Rivelò una nervosa sensibilità alle differenze nella coloritura dei toni e un grande piacere per la vivacità ritmica, fino al fantastico. Il suo tocco era insieme preciso e morbido. Sotto le sue mani la melodia cantava fino in fondo la propria dolcezza, e intanto, con una grazia esitante i suoi ornamenti si adattavano alle sue membra.

Indossava l'abito del giorno del suo arrivo: il pesante corpetto scuro con gli arabeschi di velluto in rilievo, che rendeva il suo volto e le sue mani cosí celestialmente tenere. L'espressione del suo volto, durante l'esecuzione, non mutò, ma era come se il contorno delle sue labbra si facesse ancora piú chiaro, come se le ombre all'estremità dei suoi occhi si facessero piú profonde. Quando ebbe finito, posò le mani in grembo e continuò a guardare la partitura. Il signor Spinell rimase a sedere, senza il minimo suono, il minimo movimento.

Lei eseguí un altro Notturno, poi un altro, poi un altro. Finalmente si alzò; ma si alzò soltanto per cercare altri spartiti sopra il coperchio del pianoforte.

Il signor Spinell ebbe l'idea di sfogliare i volumi rilegati in cartone nero che stavano sullo sgabello girevole. E improvvisamente emise un suono incomprensibile e le sue grandi mani bianche si misero a sfogliare febbrili uno di quei volumi trascurati.

"Non è possibile!... Non è vero!..." disse... "Eppure non mi sbaglio!.. Ma sa che cos'è? Sa che cosa c'era, qui?... Sa che cosa ho in mano?..."

"Che cosa?" domandò lei.

Lui le mostrò in silenzio il frontespizio. Il signor Spinell era pallidissimo, lasciò cadere il libro e la guardò con le labbra tremanti.

"Davvero? Com'è che è capitato qui? Su, me lo dia," disse, semplicemente, e posò le note sul leggío, si sedette, e dopo un momento di silenzio, cominciò, dalla prima pagina.

Lui sedeva al suo fianco, chino in avanti, con le mani strette tra le ginocchia, la testa china. Lei eseguí l'inizio con una lentezza indugiante e tormentosa, con pause inquietanti e prolungate tra i vari movimenti. Il motivo del desiderio, una voce solitaria e errante nella notte, pose la sua sommessa e ansiosa domanda. Un silenzio, un'attesa. Ed ecco, la risposta: lo stesso suono sgomento e solitario, ma piú chiaro, piú delicato. Un nuovo silenzio. E poi, con quell'attenuata e mirabile contenutezza, che è come un intensificarsi e un felice divampare della passione, si espande il leit-motiv, e s'innalzò, si sollevò estasiato fino al dolce amplesso, precipitò, sciogliendosi, indietro, e col loro canto profondo di piacere greve, doloroso, intervenivano i violoncelli, e riprendevano la melodia...

Non senza successo, l'esecutrice cercava di suggerire, mediante il misero strumento, gli effetti dell'orchestra. I passaggi per violino del grande crescendo risuonarono con luminosa precisione. Suonava con una graziosa devozione, indugiava veramente davanti a ogni figura, metteva in rilievo, umile, dimostrativamente, i singoli elementi, come il prete solleva sopra la propria testa il santissimo. Che cosa succedeva? Due energie, due esseri che si erano allontanati, si protendevano nel dolore e nella beatitudine uno verso l'altro e si abbracciavano nell'estasiata e demente aspirazione verso l'eterno e l'assoluto... Il preludio divampò e poi si spense. Lei si fermò al punto in cui il sipario comincia ad alzarsi, e poi riprese, guardando le note in silenzio.

Frattanto, presso la consigliera Spatz, la noia aveva raggiunto il punto in cui comincia a deformare il volto dell'uomo, e priva la sua testa degli occhi e gli conferisce un'espressione spettrale e paurosa. Inoltre quel genere di musica agiva sui nervi del suo stomaco, gettava il suo organismo dispeptico in uno stato di ansia e faceva sí che la consigliera fosse costretta a temere un attacco di crampi.

"Devo salire un momento in camera mia," disse debolmente. "Arrivederci, tornerò tra un po'..."

E detto questo uscí. Il crepuscolo era già inoltrato. Fuori si vedeva cadere fitta e silenziosa la neve sulla terrazza. Le due candele mandavano una luce oscillante e limitata.

"Il secondo atto," mormorò lui; e lei voltò le pagine e cominciò il secondo atto.

Un suono di corni si perse in lontananza. Oppure? O forse era il mormorio delle fronde? O il dolce sussurro della fonte? Già la notte aveva versato il suo silenzio sopra le case e le selve, e nessun monito implorante poteva piú contenere il dominio del desiderio. Il sacro mistero si compiva. La luce si spense, con una singolare e repentinamente attenuata sfumatura sonora, il motivo della morte si piegò e con una frenetica impazienza il desiderio fece sventolare incontro all'amato il suo bianco velo, che gli si avvicinava a braccia spalancate attraverso il buio.

O traboccante e insaziabile giubilo dell'unificazione, nell'eterno al di là delle cose! Sciolti dall'errore torturante, sfuggiti alle catene dello spazio e del tempo, il tu e l'io fusi l'uno all'altro, il tuo e il mio, in una voluttà sublime. Poteva dividerli l'abbaglio insidioso del giorno, ma la sua fatua menzogna non poteva piú ingannarli, loro che vedevano dentro la notte, da quando l'incantesimo del filtro aveva consacrato il loro sguardo. Chi, amando, ha visto la notte della morte e il suo dolce mistero, nel delirio della luce conserverà un'unica brama, il desiderio della sacra notte, della notte eterna, vera unificante...

Oh, scendi, notte dell'amore, concedi loro quell'oblío a cui anelano, avvolgili della tua voluttà e sciogliili dal mondo dell'inganno e della separazione. Ecco, l'ultimo bagliore si spegneva ormai! Il pensiero e le parvenze sprofondavano in un sacro crepuscolo, che si diffondeva, redimendo dal mondo, sopra le pene del delirio. E poi, quando il delirio impallidisce, quando il mio occhio si specchia nell'estasi: ciò da cui mi escludeva la menzogna del giorno, ciò che mi proponeva ingannevole per l'inestinguibile dolore del mio desiderio, — *anche* allora, oh, miracolo del compimento! anche allora io sono il mondo. — E all'oscuro canto premonitore di Bragania, seguiva quell'ascesa dei violini che sale, piú alta di qualsiasi forma di ragione.

"Non capisco tutto, signor Spinell! molte cose le intuisco soltanto. Cosa significa per esempio questo — Anche — allora sono il mondo — ?"

Lui glielo spiegò, sommesso, in breve.

"Sí, dev'essere proprio cosí. — Ma come mai, lei che capisce cosí bene, non sa suonarlo?"

Stranamente lui non riuscí a sopportare questa semplice domanda. Arrossí, si stropicciò le mani, parve sprofondare nella terra insieme con la sua sedia.

"Le due cose difficilmente vanno insieme," disse infine, torturato. "No, non so suonare. — Ma continui."

E continuarono attraverso i canti inebriati di quel sacro mistero. Poteva, mai, morire, l'amore? L'amore di Tristano? L'amore della mia, della tua Isotta? Oh, i colpi della morte non raggiungono gli eterni! Che cosa può morire se non ciò che ci irretisce, ciò che, ingannevole, divide coloro che sono uniti? Con una dolce E l'amore li univa... se la morte la lacerava, come poteva scendere, se non con la vita dell'uno, sull'altro la morte? E un duetto colmo di mistero li uní nella speranza senza nome della morte di amore, di un essere avvolti, all'infinito e inseparati, nel regno miracoloso della notte. Dolce notte! Eterna notte d'amore! Terra, che tutto avvolge, della beatitudine! Chi ti vede nel presagio, come può ridestarsi senza dolore al giorno deserto? Bandisci il dolore, morte gentile! Disciogli ormai costoro, che sono colmi di desiderio, dalla pena del risveglio! Oh, scatenata bufera dei ritmi! Oh, estasi cromatica ascendente della conoscenza metafisica! Come afferrarla, come lasciarla, questa voluttà remota dal dolore della separazione della luce? Soave desiderio, libero dall'inganno e dal dolore, nobile, indolore spegnimento, beatissimo affondare nell'immisurabile! Tu Isotta, io Tristano, non piú Tristano, non piú Isotta — — —

All'improvviso accadde qualche cosa di spaventoso. L'esecutrice s'interruppe e si fece schermo agli occhi con le mani per scrutare il buio, e il signor Spinell si voltò rapidamente sulla sua sedia. La porta di dietro, che dava nel corridoio, si era aperta, e dalla porta entrò una sagoma nera, sostenuta dal braccio di un'altra. Era un ospite de "La Quiete," che, anche lui, non era stato in grado di partecipare alla scampagnata in slitta ma che utilizzava quell'ora serale per un'istintiva e triste ronda attraverso la clinica, era quella malata che aveva messo al mondo diciannove bambini e che non era piú capace di formulare il minimo pensiero, la moglie del pastore Höhlenrauch al braccio della sua infermiera. Senza alzare gli occhi, misurò con passi malcerti e strascicati il fondo della stanza e poi scomparve attraverso la porta opposta, — muta e rigida, errabonda e ignara. — Il silenzio regnava.

"Era la moglie del pastore Höhlenrauch," disse lui.

"Sí, era quella povera Höhlenrauch," disse lei. Poi voltò le pagine ed eseguí il finale dell'opera, la morte di Isotta per amore.

Come erano incolori e chiare le sue labbra, come si facevano profonde le ombre negli angoli dei suoi occhi! Sopra il sopracciglio, nella sua fronte trasparente, la venina azzurro pallida sporgeva, tesa e inquietante, sempre piú distintamente. Sotto le sue mani indaffarate si compiva il crescendo inaudito, interrotto da quel pianissimo repentino, quasi atroce, che è come un mancare del suolo sotto i piedi, come uno sprofondare in un desiderio sublime. E l'effusione di un esito terrificante e del compimento, dilagò, si ripeté, rombo rintronante di un appagamento smisurato, all'infinito, si riplasmò rifluendo, sembrò in procinto di spirare, reintrecciò ancora una volta nella sua armonia il motivo del desiderio, esalò l'ultimo respiro, morí, si spense, dileguò. Profondo silenzio.

Entrambi tesero l'orecchio, voltarono la testa e tesero l'orecchio

"Sono le sonagliere," disse lei.

"Sono le slitte," disse lui. "Vado."

Si alzò e attraversò la stanza. Sulla porta retrostante si fermò, si voltò e per un momento si spostò irrequieto or su un piede ora sull'altro. E poi avvenne che, a quindici o venti metri di distanza, cadde in ginocchio, silenziosamente, sulle due ginocchia. La sua giacca lunga, scura, d passeggio, si allargò sul pavimento. Teneva le mani giunte sulla bocca e le sue spalle tremavano.

Lei sedeva con le mani in grembo, china in avanti, staccata dal pianoforte e guardava verso di lui. Un sorriso incerto e represso alitava sul suo volto e i suoi occhi scrutavano pensosi e con tanta fatica nella semioscurità che quasi parevano scolorire.

Da lontano si avvicinavano lo strepitío dei sonagli, lo schiocco delle fruste, il suono confuso di voci umane.

L'escursione in slitta, di cui tutti parlarono ancora per parecchio tempo, aveva avuto luogo il 26 febbraio. Il giorno 27, un giorno di disgelo, in cui tutto si faceva molle, e sgocciolava e sguazzava e si fondeva, la moglie del signor

Klöterjahn stava benissimo. Il 28 sputò un po' di sangue...,
oh, nulla di impressionante; però, sangue. Contemporaneamente fu invasa da una debolezza che non aveva mai conosciuto prima, e fu costretta a letto.

Il dottor Leander la visitò, e mentre la visitava il suo
volto era freddo come la pietra. Poi le prescrissero ciò che
la scienza prescrive: cubetti di ghiaccio, morfina, riposo
assoluto. Del resto, il giorno seguente rinunciò, in seguito
all'eccesso di lavoro, a occuparsi personalmente della cura
e trasmise il caso al dottor Müller, il quale, conformemente
al suo dovere e al suo contratto, se ne incaricò con discre-
zione; era un uomo silenzioso, pallido, irrilevante e malinconico, la cui attività, modesta e senza gloria era dedicata
a coloro che erano quasi sani e a quelli per cui non c'era
piú speranza.

L'opinione, che egli espresse innanzitutto, era che la separazione tra i coniugi Klöterjahn durava da troppo tempo. Era urgentemente auspicabile che il Klöterjahn, se il
suo fiorente commercio glielo consentiva, tornasse in visita
a "La Quiete." Gli si poteva scrivere, eventualmente fargli
pervenire un breve telegramma... E certamente la giovane
madre sarebbe stata felice e avrebbe trovato nuove forze
se egli avesse portato con sé anche il piccolo Anton, a pre-
scindere dal fatto che per i medici sarebbe stato estremamente interessante poter fare la conoscenza con quel piccolo Anton, cosí sano.

Ed ecco che il signor Klöterjahn ricomparve. Aveva ricevuto il breve telegramma del dottor Müller e veniva dalle
rive del Baltico. Scese dalla carrozza, si fece dare del caffè
e panini imburrati e aveva l'aria addirittura sconcertata.

"Dottore," disse, "cosa succede, perché sono stato chiamato presso di lei?"

"Perché è opportuno," rispose il dottor Müller, "che in
questo momento lei possa essere vicino alla sua signora."

"Opportuno... Opportuno... Ma anche necessario? Io ba-
do ai miei quattrini, dottore, i tempi sono duri e le ferro-
vie sono care. Questo viaggio di ventiquattro ore non era
evitabile? Non direi niente se per esempio si trattasse dei
polmoni; ma siccome, e sia lodato il cielo, si tratta della
trachea..."

"Signor Klöterjahn," disse dolcemente il dottor Müller,
"innanzitutto la trachea è un organo importante..." Aveva
detto, scorrettamente, "innanzitutto," benché poi non facesse seguire nessun "in secondo luogo."

Ma insieme col signor Klöterjahn era arrivata a "La

Quiete" una persona prosperosa, tutta in rosso, scozzese e oro, ed era lei che portava in braccio Anton Klöterjahn junior, il piccolo sanissimo Anton. Sí, c'era anche lui, e nessuno poteva negare che godeva effettivamente di una salute eccessiva. Bianco e rosa, pulito e vestito di fresco, grasso e profumato pesava sul braccio nudo della sua nurse carica di fronzoli, ingollava poderose quantità di latte e di carne macinata, urlava e si abbandonava, da ogni punto di vista, ai suoi istinti.

Dalla finestra della sua camera lo scrittore Spinell aveva osservato l'arrivo del piccolo Klöterjahn. Con uno sguardo singolare, velato e tuttavia penetrante, l'aveva colto mentre lo stavano trasportando dalla carrozza dentro l'edificio; poi era rimasto a lungo al suo posto e con la stessa espressione del volto.

A partire da quel momento evitò, nei limiti del possibile, qualsiasi incontro con Anton Klöterjahn junior.

Il signor Spinell sedeva nella sua camera e "lavorava."

Era una camera uguale a tutte le altre a "La Qiete": antiquata, semplice e distinta. Il massiccio cassettone era guarnito da teste di leone metalliche, l'alta specchiera a muro non presentava una superficie omogenea, era bensí costituita da tanti piccoli frammenti quadrati incorniciati in piombo, nessun tappeto copriva il pavimento laccato in blu, su cui le gambe dei mobili si prolungavano in ombre chiare. Un'ampia scrivania era disposta accanto alla finestra, davanti alla quale il romanziere aveva tirato una tenda gialla, probabilmente per essere piú raccolto.

Sedeva nella penombra giallastra, curvo sopra il piano della scrivania e scriveva — scriveva una di quelle numerose lettere che ogni settimana faceva portare alla posta e per le quali, comicamente, non riceveva mai risposta. Davanti a lui c'era un grande foglio di carta spessa, nel cui angolo superiore sinistro, sotto un paesaggio dal disegno complicato si leggeva il nome Detlev Spinell scritto in caratteri completamente moderni, un foglio che egli stava coprendo di una scrittura minuta, accurata ed estremamente nitida.

"Egregio signore," stava scritto. "Le rivolgo queste mie righe perché non posso fare altrimenti, perché ciò che ho da dirle mi riempie, mi tortura e mi fa tremare, perché le parole affluiscono alla mia mente con un impeto tale, che io soffocherei se non me ne liberassi in questa lettera..."

A onore del vero, la faccenda dell'"affluire" non era affatto esatta, e dio sa per quale vanità il signor Spinelli si era abbandonato a questa affermazione. Le parole avevano l'aria di non voler affatto affluire verso di lui, e per un uomo come lui, la cui professione liberale era lo scrivere, procedeva penosamente lento, e chi l'avesse visto sarebbe giunto alla conclusione che uno scrittore è un uomo a cui lo scrivere riesce più difficile che non a qualsiasi altro uomo.

Teneva tra le punte di due dita uno di quei singolari peluzzi che gli spuntavano sulla guancia e se lo rigirava per interi quarti d'ora, mentre guardava nel vuoto e non andava avanti di una sola riga, poi scriveva un paio di preziose parole e s'inceppava di nuovo. D'altra parte bisogna ammettere che il risultato finale, suscitava un'impressione di scioltezza e di vivacità, benché, dal punto di vista del contenuto rivestisse un carattere bizzarro, equivoco e spesso addirittura incomprensibile.

"Si tratta, così continuava la lettera, "dell'ineludibile esigenza di far sí che anche Lei veda ciò che vedo io, ciò che da settimane sta davanti ai miei occhi come una inestinguibile visione, di farla vedere a Lei con i miei occhi, in quella luce eloquente in cui si presenta al mio sguardo interiore. Sono abituato a cedere a questo impulso che mi costringe a trasformare, mediante parole indimenticabili e di fulminea precisione ed appropriate, le mie esperienze in esperienze del mondo intero. Per questa ragione, mi ascolti.

"Non voglio dire altro se non ciò che è stato ed è, mi limito esclusivamente a raccontare una storia, brevissima, una storia indicibilmente irritante, la racconto senza alcun commento, senza accusare né giudicare, semplicemente con le mie parole. È la storia di Gabriella Eckhof, egregio signore, della donna che Lei definisce Sua... E badi bene! È stato Lei a viverla; e tuttavia sono io a innalzarla per Lei, mediante la parola, al suo veridico significato di esperienza interiore.

"Lei si ricorda, egregio signore, del giardino, del vecchio giardino inselvatichito dietro la grigia casa patrizia? Il muschio verde cresceva nelle crepe del muro scalcinato che ne chiudeva l'incantata vegetazione. Si ricorda anche della fontana a zampillo posta al centro? Gigli viola si piegavano sul suo orlo fradicio e il suo zampillo bianco chiacchierava misterioso ricadendo sulla pietra rosa. La giornata estiva inclinava verso la sua fine.

"Sette vergini sedevano in cerchio intorno alla fontana;

ma nei capelli della settima, della prima, dell'unica, il sole calante sembrava tessere segretamente un segno luminoso di elezione. I suoi occhi erano come sogni spauriti, e tuttavia le sue chiare labbra sorridevano...

"E cantavano. Tenevano i loro piccoli volti alzati verso il culmine dello zampillo, verso lassú, dove, stancamente e nobilmente incurvandosi, si piegava verso la caduta, e le loro voci leggere, chiare, avvolgevano la sua danza sottile. Forse tenevano le loro mani incrociate sulle ginocchia, mentre cantavano...

"Rammenta questa immagine, egregio signore? L'ha vista? Lei non l'ha vista, i Suoi occhi non erano fatti per questo, e le Sue orecchie non erano fatte per percepire la casta dolcezza della sua melodia. Lei, la vide? — Lei non avrebbe dovuto piú osare di respirare, avrebbe dovuto impedire al Suo cuore di battere. Avrebbe dovuto andarsene, tornare nella vita, e conservare per il resto della Sua esistenza terrena quella visione come un oggetto sacro e intangibile e non passibile di ferite, nella Sua anima. Lei, invece, che cosa ha fatto?

"Questa immagine era una conclusione, egregio signore; Lei doveva arrivare a distruggerla, per darle un seguito fatto di volgarità e di odioso dolore? Era un'apoteosi commovente, e colma di pace, immersa nella trasfigurazione serale del tramonto, della dissoluzione, dello spegnimento. Una vecchia stirpe, troppo stanca, ormai, e troppo nobile per l'azione e per la vita, è alla fine dei suoi giorni, e le sue ultime manifestazioni sono voci dell'arte, un paio di note di violino, colme della consapevole melanconia di coloro che sono maturi per la morte... Ma Lei ha visto gli occhi da cui queste note traevano lagrime? Forse le anime delle sei compagne di gioco appartenevano alla vita; ma quella della loro sorella e signora apparteneva alla bellezza e alla morte.

"E Lei la vide, questa mortale bellezza: Lei la vide per concupirla. Nessuna venerazione, nessun ritegno, sfiorò il Suo cuore di fronte alla sua commovente sacralità. Lei non si accontentò di guardare; Lei aveva bisogno di possedere, di sfruttare, di sconsacrare... Com'è stata sottile la Sua scelta! Lei è un goloso, egregio signore, un goloso plebeo, un paesano di buon gusto.

"La prego di notare che non nutro il minimo desiderio di offenderLa. Quello che dico non è un insulto bensí una formula, la semplice formula psicologica per la Sua semplice, e letterariamente priva di ogni interesse, personalità,

157

e io la pronuncio soltanto perché sono portato a rischiararLe un poco il Suo stesso agire, perché sulla terra la mia ineludibile missione è di chiamare le cose col loro nome, di farle parlare, e di illuminare ciò che è inconsapevole. Il mondo è gremito di quello che io chiaıno il 'tipo inconsapevole'; e io non li sopporto, tutti questi tipi inconsapevoli! Non sopporto tutto questo vivere e agire opaco, inconsapevole e non illuminato dalla conoscenza, questo mondo fatto di una straziante ingenuità, intorno a me! Sono spinto, con una dolorosa ineluttabilità, a illustrare ogni essere che mi stia intorno, a pronunciarlo e a portarlo al livello della coscienza — nella misura in cui mi bastano le forze, — senza preoccuparmi se ciò possa esercitare un effetto propulsivo oppure inibitorio, se porti consolazione e sollievo o invece aggiunga dolore.

"Come dicevo, egregio signore, Lei è un goloso plebeo, un paesano di buon gusto. Di costituzione grossolana, fermo a uno stadio di sviluppo estremamente arretrato, attraverso la ricchezza e una condotta di vita sedentaria, Lei è pervenuto a una repentina, astorica e barbarica corruzione del sistema nervoso, che comporta un certo libidinoso affinamento dell'impulso al piacere. Possibilissimo che i muscoli delle Sue fauci si fossero mossi in uno schioccante movimento di degustazione, come al cospetto di una minestra prelibata o di un piatto raro, quando decise di far Sua Gabriella Eckhof.

"E infatti Lei riuscì a indurre in errore la sua sognante volontà, Lei la portò fuori dal giardino inselvatichito, dentro la vita e dentro la bruttezza. Lei le dà il Suo nome volgare e la rende una moglie, una massaia, una madre. Lei degrada la bellezza della morte, stanca, timida, fiorente in una sublime impraticabilità, mettendola al servizio della volgare vita quotidiana e di quel feticcio idiota, goffo, spregevole che si chiama natura, e nella Sua coscienza paesana non si accende il minimo sospetto della profonda vergogna di questa impresa.

"E ancora: che cosa succede? Lei, con quei suoi occhi che sembrano sogni spauriti, Le regala un bambino; dà a questa creatura, che costituisce una continuazione della bassa esistenza del suo genitore, tutto ciò che possiede, in sangue e in possibilità di vita, e muore. Muore, egregio signore! E se non si spegne immersa nella volgarità, se nonostante tutto, alla fine, è riuscita a innalzarsi dal fondo della sua umiliazione e se trapassa orgogliosa e beata sotto il bacio mortale della bellezza, tutto questo è frutto della *mia* cura. Sua cura è stata invece, probabilmente, di ammazzare il tempo in nascosti corridoi con. le ragazze di cucina.

"Ma suo figlio, il figlio di Gabriella Eckhof, fiorisce, vive e trionfa. Forse continuerà la vita di suo padre, diventerà un cittadino dedito al commercio, che paga le tasse e mangia bene; forse un soldato o un funzionario, un inconsapevole ed efficiente pilastro dello stato; in ogni modo una creatura negata alle muse, normalmente funzionante, senza scrupoli e fiduciosa, forte e stupida. .

"Accolga, egregio signore, la mia confessione, che io La odio, che odio Lei e il Suo bambino, cosí come odio la vita, la vita comune, ridicola e tuttavia trionfante che Lei rappresenta, l'eterno opposto, il nemico mortale della bellezza. Non posso dire che La disprezzo. Non posso. Sono sincero. Lei è il piú forte. Nella lotta non posso opporLe che una cosa, l'arma sublime, lo strumento di vendetta del debole: lo spirito e la parola. Oggi me ne sono servito. Poiché questa lettera — e in questo sono sincero, egregio signore — non è altro che un atto di vendetta, e se anche una sola parola, in essa, è sufficientemente affilata, lucente e bella per colpirla, per farLe percepire un potere estraneo, per turbare almeno per un istante la Sua robusta imperturbabilità, io sarò pieno di giubilo.

Detlev Spinell."

E questo pezzo di prosa, il signor Spinell lo mise in una busta, l'affrancò, tracciò sulla busta un grazioso indirizzo e lo consegnò alla posta.

Il signor Klöterjahn bussò alla porta della camera del signor Spinell; teneva in mano un grande foglio fitto di scrittura e aveva l'aria di un uomo deciso a intervenire energicamente. La posta aveva fatto il suo dovere, la lettera aveva fatto la sua strada; compiuto il singolare viaggio da "La Quiete" a "La Quiete" era giunta felicemente nelle mani del destinatario. Erano le quattro del pomeriggio.

Quando il signor Klöterjahn entrò, il signor Spinell era seduto sul sofà e leggeva il suo romanzo col confuso disegno in copertina. Si alzò e guardò il visitatore sorpreso e con aria interrogativa, pur arrossendo visibilmente.

"Buon giorno, disse il signor Klöterjahn. "Mi scusi se la disturbo nelle sue occupazioni. Ma posso chiederle se è lei che ha scritto questa roba?" E dicendo questo, con la mano sinistra sollevò il grande foglio fitto di scrittura, battendoci sopra forte con la destra, tanto che il foglio schioccava sonoramente. Poi infilò la mano nella tasca dei suoi pantaloni ampi e comodi, inclinò la testa da una parte e, come molte persone usano fare, aprì la bocca accingendosi ad ascoltare.

Stranamente, il signor Spinell sorrise; sorrise con una sorta di premura, un tantino confuso e a metà scusandosi, si portò la mano alla testa, come se solo allora ricordasse, e disse:

"Ah, sí, è vero... sí... mi sono permesso..."

Il fatto era che quel giorno si era lasciato andare ad essere quello che era, e aveva dormito fin verso mezzogiorno. Per conseguenza soffriva di cattiva coscienza e aveva la testa rintronata, si sentiva nervoso e poco capace di opporre resistenza. A ciò si aggiungeva che l'aria di primavera, frattanto intervenuta, lo rendeva spento e incline alla disperazione. Tutto ciò va citato a titolo di spiegazione del fatto che durante questa scena si comportò in un modo estremamente cretino.

"Ah, ecco! Aha! Benissimo!" disse il signor Klöterjahn schiacciando il mento sul petto, inarcando le sopracciglia, protendendo le braccia e assumendo tutta una serie di consimili atteggiamenti per arrivare, esauriti i preliminari, alla questione e senza tanti complimenti. Compiaciuto di se stesso esagerò un pochino con questi atteggiamenti; quello che alla fine ne conseguí non corrispondeva interamente alla minacciosa circostanzialità di quella pantomima introduttiva. Ma il signor Spinell era piuttosto pallido.

"Benissimo!" ripeté il signor Klöterjahn. "E allora mi permetta di risponderle oralmente, caro mio, e ciò in considerazione della circostanza che io ritengo perfettamente idiota scrivere lettere di pagine e pagine a qualcuno con cui si può parlare di persona..."

"Beh,... idiota..." disse il signor Spinell sorridendo, scusandosi, quasi umile...

"Idiota!" ripeté il signor Klöterjahn e scosse vivamente la testa per mostrare quanto si sentisse inattaccabilmente convinto delle sue ragioni "E non degnerei nemmeno di una parola questa sbrodolata, e anzi, per essere sincero, non la terrei buona nemmeno per avvolgere un panino imburrato se non mi illuminasse su certe faccende, che fino ad ora non capivo, certi cambiamenti. Ma questo non la riguarda e non c'entra con la cosa. Io sono un uomo d'azione, ho ben altro di cui occuparmi che delle sue inesprimibili visioni..."

"Ho scritto 'inestinguibile visione,'" disse il signor Spinell e si mise piú eretto. Fu l'unico momento in tutta la scena in cui rivelò un poco di dignità.

"Inestinguibile... inesprimibile!..." rispose il signor Klöterjahn, e guardò il manoscritto. "Lei scrive con una calligrafia spaventosa, mio caro; non le darei mai un posto nei miei uffici. Al primo colpo d'occhio pare bella pulita ma poi, a guardarla bene, è piena di lacune e di esitazioni. Ma questi sono affari suoi e a me non interessa. Sono venuto qui per dirle che lei prima di tutto è un buffone, — beh, questo, spero, le sarà noto. Ma a parte questo lei è anche un vigliacco, e anche questo non credo di aver bisogno di dimostrarglielo diffusamente. Mia moglie mi ha scritto una volta che lei non guarda mai in faccia le persone di sesso femminile che le capita di incontrare, ma che le sbircia soltanto, per ricavarne un'impressione vaga, per paura della realtà. Disgraziatamente, piú tardi, ha smesso di parlarmi di lei nelle sue lettere; altrimenti saprei altre storie sul suo conto. Ma lei è fatto proprio cosí. Dice 'bellezza' ogni tre parole, ma in fondo è soltanto fifa, sporca dissimulazione e invidia, e da qui anche la sua spudorata osservazione a proposito dei 'segreti corridoi,' che probabilmente doveva colpirmi in pieno e che invece mi ha soltanto fatto sghignazzare, sghignazzare mi ha fatto. L'ha capita adesso? Le ho 'chiarito un poco,' adesso, 'il suo agire,' povero diavolo? Anche se non è la mia 'inevitabile esigenza?' eh, eh!...".

"Io ho scritto 'ineludibile esigenza,'" disse il signor Spinell; ma subito rinunciò. Era lí, inerme e incastrato, come un grande, penoso scolaro coi capelli grigi.

"Inevitabile... ineludibile... Lei è uno spregevole vigliacco, glielo dico io. Mi vede ogni giorno a tavola. Mi saluta e mi sorride, mi passa i piatti di portata e sorride, mi augura buon appetito e mi sorride. E un bel giorno mi scaraventa addosso uno straccio pieno di ingiurie cretine. Eh già, per iscritto trova anche il coraggio! E si trattasse soltanto di questa lettera ridicola. Ma lei ha intrigato contro di me, ha intrigato contro di me e alle mie spalle, adesso capisco benissimo... anche se le consiglio di non mettersi in mente che le sia servito a qualche cosa! E anche se ha coltivato la speranza di cacciare grilli per la testa a mia moglie, si è messo per una strada sbagliata, illustre signore, è una persona troppo ragionevole, per queste cose! O se crede, per caso, che mi abbia ricevuto in modo diverso dal solito, me e il bambino, quando siamo arrivati, allora, guardi, ce la metta su, la corona, alla sua scemenza! Se non ha baciato il bambino, ciò dipende soltanto dalla precauzione, perché di recente si è affacciata l'ipotesi che non si tratti della trachea bensí dei polmoni, e in questi casi non si può mai sapere... benché, tra l'altro, la cosa sia ancora da dimostrare, e lei, col suo 'E muore, egregio signore!' è un cretino!"

A questo punto il signor Klöterjahn cercò di mettere un po' di ordine nella sua respirazione. Ora era precipitato in una forte ira, puntava costantemente l'indice destro nell'aria e con la sinistra malmenava atrocemente il manoscritto. La sua faccia, tra le basette bionde all'inglese, era spaventosamente rossa, e la sua fronte corrucciata era solcata da vene gonfie come da lampi di furore.

"Lei mi odia," continuò, "e mi disprezzerebbe se io non fossi il piú forte... Sí, lo sono, corpo del demonio, io ho il cuore dalla parte giusta, mentre lei ce l'ha nei pantaloni e io la ridurrei una polpetta, lei e il suo 'spirito' e la sua 'parola,' se non fosse proibito, ipocrita idiota che non è altro. Ma ciò non significa, mio caro, che io sia disposto ad accettare cosí le sue invettive, e se, a casa mia, faccio vedere al mio avvocato la faccenda del mio 'nome volgare,' dopo vediamo cosa le capita. Il mio nome è onorato, egregio signore, e questo per merito mio. Se c'è qualcuno invece disposto a puntare un centesimo sul suo, me lo dica lei, vagabondo venuto chissà da dove? Contro di lei bisogna procedere legalmente! Lei è un individuo pericoloso alla comunità! Lei fa impazzire la gente!... Anche se la prego di non illudersi che questa volta ci sia riuscito, subdolo sporcaccione che non è altro! Da individui come lei non mi lascio calpestare, io. Io ho il cuore al posto giusto..."

Adesso il signor Klöterjahn era davvero estremamente irritato. Urlava e diceva ripetutamente che aveva il cuore al posto giusto.

"'Cantavano.' Vediamo. Non cantavano affatto! Ricamavano. Inoltre, per quel che ho capito, parlavano di una ricetta per fare le frittate con le patate, e se vado a raccontare a mio suocero la faccenda della 'dissoluzione,' e dello 'spegnimento,' può star sicuro che anche lui ricorrerà alle vie legali!... 'Lei la vide?' Certo che l'ho vista, ma non capisco perché avrei dovuto trattenere il fiato e scappare via. Io, le donne non le sbircio di soppiatto, me le guardo bene, e se mi piacciono e se loro mi vogliono, io me le prendo. Io ho il cuore dalla parte giu..."

Qualcuno bussava. — Qualcuno bussò, dieci volte, in

fretta, una dietro l'altra, alla porta della camera, un bombardamento rapido, ansioso, spaurito, che fece ammutolire il signor Klöterjahn, e una voce che non riusciva a fermarsi, e per l'angoscia si storpiava continuamente, disse in gran fretta:

"Signor Klöterjahn, signor Klöterjahn, dio mio, è qui il signor Klöterjahn?"

"Non si entra," disse brusco il signor Klöterjahn... "Cosa c'è? Sono occupato, sto parlando."

"Signor Klöterjahn," disse la voce esitante, rotta. "Bisogna che venga... ci sono anche i medici... Oh, è cosí spaventosamente triste..."

Con un passo si avvicinò alla porta e la spalancò. Fuori c'era la consigliera Spatz. Si teneva il fazzoletto contro la bocca e dentro questo fazzoletto rotolavano a coppie grosse lagrime allungate.

"Signor Klöterjahn," riuscí a dire... "è cosí spaventosamente triste... Ha sputato cosí tanto sangue, cosí spaventosamente tanto... Era a letto tranquilla e canticchiava tra sé e sé un pezzo di musica, e propria allora è successo, dio mio, cosí tanto..."

"È morta?" gridò il signor Klöterjahn... E aveva afferrato la consigliera per un braccio e la scuoteva tutta, lí, sulla soglia. "No, eh, non proprio! Non del tutto, può ancora vedermi... Ha sputato ancora un po' di sangue? Dai polmoni, eh? Ammetto che probabilmente viene dai polmoni... Gabriella!" disse improvvisamente, e gli occhi gli si inondarono e si vide un sentimento caldo, buono, umano e onesto, che traboccava da lui. "Sí, vengo!" disse, e a lunghi passi trascinò via la consigliera dalla camera, lungo il corridoio. E da una zona lontana della corsia arrivava ancora la sua domanda, che rapidamente si allontanava: "Non proprio, eh?... Dai polmoni, eh?..."

Il signor Spinell era ancora immobile nel punto in cui era rimasto durante tutta la visita, cosí bruscamente interrotta, del signor Klöterjahn, e guardava la porta aperta. Finalmente fece un paio di passi in avanti e tese l'orecchio. Ma tutto era silenzio, e lui chiuse la porta e tornò dentro la stanza.

Per un istante si guardò nello specchio, poi si avvicinò alla scrivania, estrasse una bottiglietta e un bicchierino da un cassetto e bevve un cognac, cosa che nessuno potrebbe rimproverargli. Poi si allungò sul sofà e chiuse gli occhi.

L'anta superiore della finestra era aperta. Fuori, nel

giardino de "La Quiete," cantavano gli uccelli e in quei
suoni brevi, teneri e tenaci, era espressa sottilmente, penetrante, tutta la primavera. A un certo punto il signor Spinell disse piano tra sé e sé: "Ineludibile esigenza..." Poi
scosse il capo, in qua e in là, aspirò aria attraverso i denti,
come per una violenta nevralgia.

Non riusciva a ritrovare la pace e il raccoglimento.
Nessuno è fatto per esperienze cosí grossolane! — Attraverso un procedimento psichico, la cui analisi porterebbe
troppo lontano, il signor Spinell pervenne alla decisione
di alzarsi e di fare un po' di moto, di uscire un po' al-
l'aperto. Cosí prese il cappello e abbandonò la stanza.

Quando fu fuori dell'edificio e l'aria mite e balsamica
lo avvolse, voltò la testa e lasciò che i suoi occhi salissero
lentamente verso l'alto, fino a una finestra, a una finestra
velata, a cui il suo sguardo, serio, grave e rabbuiato, rimase
attaccato per un momento. Poi incrociò le mani dietro la
schiena e si avviò lungo i viali inghiaiati. Camminava sprofondato nei suoi pensieri.

Le aiuole erano ancora coperte di stuoie e gli alberi
e i cespugli erano ancora nudi; ma la neve se n'era andata,
e i viali, soltanto qua e là, mostravano ancora tracce di
umidità. L'ampio giardino, con le sue grotte, i pergolati,
i piccoli padiglioni era immerso nella magnifica e colorata luminosità del pomeriggio, con ombre stagliate e una
luce densa, dorata, e la ramaglia scura degli alberi si sta-
gliava precisa e tenera contro il cielo chiaro.

Era l'ora in cui il sole assume una forma, in cui l'informe massa luminosa diventa un disco che visibilmente
affonda e di cui l'occhio sopporta il fulgore piú pieno e
piú mite. Il signor Spinell non vedeva il sole; la sua strada
si svolgeva in modo da celarglielo, da nascondergielo.
Camminava a testa china e canticchiava un pezzo di musica tra sé e sé, una breve battuta, un movimento angoscio-
samente e dolorosamente ascendente, il motivo del desiderio... Ma improvvisamente, di colpo, con un sospiro
breve e spasmodico, si fermò, incatenato, e sotto le sopracciglia convulsamente corrugate, i suoi occhi spalancati
guardarono davanti a sé con l'espressione di una sconcertata difesa...

Il sentiero faceva una svolta; portava in direzione del
sole calante. Tagliato da due strisce sottili, luminose, di
nubi con orli dorati, stava enorme e obliquo nel cielo,
incendiava le cime degli alberi e versava il suo splendore
giallo e rossastro sopra il giardino. E al centro di quell'ir-

radiazione dorata, con l'aureola portentosa del disco solare intorno alla testa, in mezzo al sentiero, in piedi, c'era una donna prosperosa, tutta vestita di rosso, d'oro e di scozzese, con la destra appoggiata sul fianco e con la sinistra che muoveva leggermente in qua e in là una graziosa carrozzella. Ma nella carrozzella c'era il bambino, Anton Klöterjahn junior, il prospero figlio di Gabriella Eckhof!

Sedeva lí, vestito di un giubbotto di pelo bianco e con un grande berretto bianco, con le guance piene, splendido e ben riuscito sui cuscini, e il suo sguardo incontrò vivace e sicuro quello del signor Spinell. Il romanziere stava per riprendersi, era un uomo, avrebbe trovato la forza di passare davanti a quell'apparizione inattesa e avvolta di splendore, e di continuare la sua passeggiata. Ma accadde una cosa spaventosa, Anton Klöterjahn si mise a ridere e dare segni di gioia, urlava di una gioia incomprensibile, avrebbe suscitato uno spaventoso disagio in chiunque.

Dio sa che cosa l'aveva stuzzicato, se era stato gettato in quella selvaggia allegria dalla sagoma nera di fronte a lui, oppure se era stato preso da un accesso di animalesco benessere. In una mano teneva un succhiotto di osso, nell'altra una scatola rumorosa di latta. E sollevava questi due oggetti tripudiando nella luce del sole, li scuoteva e li batteva uno contro l'altro, come se avesse voluto irridere e scacciare qualcuno. I suoi occhi erano quasi chiusi per il piacere, e la sua bocca era talmente spalancata che si vedeva tutto il suo grande palato rosa. E mentre tripudiava sbatacchiava la testa in tutte le direzioni.

Allora il signor Spinell girò sui tacchi e se ne andò. Camminava, seguito dal giubilo del piccolo Klöterjahn, tenendo le braccia in un certo modo tra rigido e grazioso, sopra la ghiaia, con il passo sforzatamente esitante di un uomo che cerca di dissimulare una fuga interiore.

Postfazione
di Furio Jesi

La figura del "poeta" sta al centro dell'interesse di Thomas Mann in alcuni racconti successivi, e per almeno un decennio dopo la pubblicazione dei Buddenbrooks *prolunga la tematica delle prime novelle. Forzando un poco i termini, si potrebbe dire che allora per Thomas Mann il problema storico e sociale delle sorti della borghesia è interessante solo perché il prototipo dell'artista è per lui di estrazione borghese, e l'artista è ciò di cui veramente gli interessa parlare, o meglio ciò che veramente gli consente di "esprimere la propria anima" (lettera a Martens). Il problema della borghesia finisce quindi per ridursi al problema dell'essenza spirituale e delle leggi interne dell'esistenza borghese. Il modo di configurarlo è quello stesso con cui egli affronta il problema dell'artista: problema le cui parvenze sociali mostrano d'essere solo il bordo esterno di una situazione metafisica. L'artista di Thomas Mann è il prototipo modellato dall'ideologia della Germania guglielmina: un "principe", eterno adolescente ma precocemente invecchiato nella qualità rappresentativa del rituale che gli compete. La contrapposizione artista/borghese è contrapposizione di due rituali esclusivi. Venire meno alle regole entro ciascuno di essi significa interrompere la propria autorealizzazione, commettere un misfatto etico, perdere dignità, affrontare la vita anziché "la Vita".*

Tre lunghi racconti, Tristan *(1902),* Tonio Kröger *(1903),* Der Tod in Venedig *[La morte a Venezia] (1912), mostrano sotto diverse angolature le infrazioni alle leggi dell'operare artistico che conducono alla degradazione o quanto meno all'incertezza morale e all'assenza dell'intima serenità, indicata da Thomas Mann nei* Buddenbrooks. *Vi compaiono tre ritratti di scrittori, ciascuno dei quali commette essenzialmente la medesima colpa: si concede una vacanza, cessa di essere un "eroe in tensione". In* Tristan *il romanziere Detlev Spinell vive una perenne vacanza: ha scritto un solo libro che rilegge spesso anziché produrne di nuovi, e "sciupa il suo tempo" in un sanatorio montano, non perché sia malato, ma per godere l'atmosfera quieta e "lo stile" del luogo:*

... in certi periodi, non posso assolutamente fare a meno dello stile impero: è quello che ci vuole per farmi raggiungere uno stadio limitato di benessere.

Detlev Spinell si è probabilmente sottratto alle norme dell'"eroe in tensione" fin dall'esordio della sua attività di scrittore. È un esteta. Quel suo unico libro non è un'opera d'arte:

Si svolgeva in salotti mondani, in fastosi appartamenti femminili pieni di oggetti squisiti, di arazzi, di mobili vetusti, di preziose porcellane, di inestimabili stoffe e di artistici gioielli d'ogni genere...

Per quanto, anche nel sanatorio, egli trascorra "la maggior parte della giornata nella sua stanza a scrivere", non ha composto altri libri: la sua non è mai l'autodisciplina dell'artista "in tensione", ma solo la parodia di essa. Detlev Spinell

con due polpastrelli stringeva uno dei curiosi peluzzi che gl'infioravano le guance e, facendolo girare un quarto d'ora difilato, guardava fisso nel vuoto, senza procedere d'una riga; poi scriveva con eleganza un paio di parole, e di nuovo s'inceppava. D'altra parte bisogna ammettere che il risultato finale dava un'impressione di sciolto e di vivace, anche se, quanto al contenuto, rivestiva un carattere bizzarro, ambiguo, e perfino incomprensibile.

"Eroe in tensione" era invece Tonio Kröger:

Lavorava muto, chiuso, invisibile e pieno di sprezzo per quei piccoli per i quali il talento era un ornamento da società; e che, poveri o ricchi, giravano selvaggi e laceri, o facevano lusso con cravatte di gusto personale, badando soprattutto a condurre una vita facile, amabile e artistica, senza sapere che le buone opere sorgono sotto la pressione di una vita tribolata, che chi vive non lavora, e che uno dev'esser morto per essere davvero un creatore.

Ma anche Tonio Kröger viene meno alla regola. Quando giunge al colmo dei tormenti sulla contraddizione irrisolta fra vita e arte, non decide di imporsi una disciplina creativa ancora più severa, bensì si concede una vacanza, un viaggio: "...ho bisogno di prendere aria, me ne vado, cerco gli spazi lontani". Parte per la Danimarca, e durante il viaggio sosta nella sua città natale, "la città angusta" nella Germania del nord che è figura di Lubecca. "Là fece un breve, strano soggiorno...": le presenze del passato esasperano e dichiarano tragicamente inquietante, oltre che irresolubile, la contrapposizione tra l'esistenza del borghese e quella dell'artista. Tonio Kröger vede vacillare la dignità acquisita con durissima disciplina artistica, quando il suo nome, "quello stesso col quale un tempo i professori lo avevano chiamato sgridandolo", era divenuto "una formula che contrassegnava cose eccellenti". Nella città natale è ora perfino scambiato con un truffatore e rischia l'arresto. I simboli della società borghese gli si rivoltano contro, e non tanto perché egli è un artista, quanto perché (come denuncia la morale del racconto) è un artista che si è concesso una vacanza. Ancor più emblematico "eroe in tensione" è il grande scrittore tedesco Gustav von Aschenbach in Der Tod in Venedig:

... un fine osservatore disse di lui in un salotto: "Vedete, Aschenbach è sempre vissuto così, – e serrò forte a pugno le dita della mano sinistra –: mai così" – e lasciò comodamente penzolare la mano aperta dalla spalliera della sedia.

Ma egli pure, durante una passeggiata intrapresa per "rimettersi in sesto" dopo un "lavoro difficile e insidioso", cede all'impulso di una vacanza, di un viaggio, che avrà conseguenze mortali:

Impulso alla fuga era, ed egli se lo confessò, anelito verso cose nuove e lontane, desiderio smanioso di liberazione, di sgravio e di oblio – fuga dall'opera, dal luogo giornaliero di un servizio rigido, freddo benché appassionato.

Il ritratto dell'"eroe in tensione" è stato disegnato da Thomas Mann per la prima volta nei Buddenbrooks. "Eroi in tensione" sono – come abbiamo detto – il console Jean e soprattutto suo figlio Thomas. Ma proprio nei Buddenbrooks si ha la dimostrazione che quella dell'"eroe in tensione" non è una virtù prevista dalle leggi chiuse dell'esistenza borghese. Nel quadro dei Buddenbrooks la virtù dell'"eroe in tensione" è contrassegno del borghese in decadenza – il borghese perfetto, il vecchio Johann Buddenbrook, non è affatto un "eroe in tensione" e dimostra nella propria serenità quanto simile figura contrasti con le leggi dell'esistenza borghese –. La virtù dell'"eroe in tensione" è invece peculiare dell'artista, e l'artista che contravviene ad essa si espone a rischi mortali.

I Buddenbrooks mostrano l'inconciliabilità di quella virtù e di quella legge con il rituale dell'esistenza borghese. Tristan, Tonio Kröger, Der Tod in Venedig, mostrano i rischi e gli orrori in cui incorre l'artista che contravviene a quella legge di virtù. Un breve scritto di Thomas Mann,

Schwere Stunde *[Ora difficile]* (1905), tra la novella e il saggio, illustra in positivo l'adempimento dell'artista alla legge. È l'evocazione, appunto, di un'"ora difficile" nell'attività creativa di un artista, del quale rimane taciuto il nome: un artista tentato come Tonio Kröger, come Aschenbach, dall'impulso di distogliersi dalla lotta dell'opera:

> Si addossò alla stufa e guardò rapidamente, con un ammiccare doloroso e stanco degli occhi, verso l'opera da cui era fuggito: verso quel peso, quel fardello, quel tribolo di coscienza, quel mare da sorbire, quel compito tremendo ch'era orgoglio e miseria, cielo e dannazione per lui. Eccola, eccola di nuovo trascinarsi a fatica, incespicare, arrestarsi! [...] E lui era lì, solo e sveglio, accanto alla stufa gelata, e ammiccava tormentosamente verso quell'opera in cui la sua incontentabilità malata non gli permetteva di aver fede.

Ma quell'artista non nominato, pur subendo la tentazione della fuga, resta fedele alla legge e al proprio dover essere un "eroe in tensione". Non si concede una vacanza, non fugge, ed ha il premio della creazione:

> Trasse un sospiro, le labbra gli si serrarono; andò al tavolo, prese la penna... Non lambiccarsi il cervello: era troppo impegnato per permetterselo. Non sprofondare nel caos, o almeno non attardarvisi. Ma dal caos, che è pienezza, trarre alla luce tutto quello che è adatto e maturo per acquistare forma. Non torturarsi, lavorare! Delimitare, escludere, modellare, compire!...
> E l'opera dolorosa si compiva. Forse non era egregia; ma si compiva. E quando fu compiuta, si vide ch'era anche egregia. E dalla sua anima, musica e idea, nuove opere premevano per uscir fuori: sonore e fulgide immagini, nelle cui sacre fattezze erano presagi meravigliosi di una sconfinata patria; così come nella conchiglia canta il mare a cui fu sottratta.

È, questa, nell'opera di Thomas Mann la più esplicita evocazione apologetica dell'"eroe in tensione". Evocazione esplicita, e solenne, giacché il narratore ha voluto confortare la sua dottrina di etica dell'artista appoggiandosi ad un'accezione di somma dignità. Schwere Stunde è formalmente uno scritto d'occasione: l'artista non nominato, ma riconoscibile per una serie di riferimenti storici, è Schiller – Schwere Stunde è un contributo al fascicolo per il centenario della sua morte.

Il nome di Schiller compare nella seconda lettera di Thomas Mann che ci sia stata conservata (a Frieda Hartenstein, 2.1.1890): come ogni adolescente di buona famiglia, il quindicenne Thomas Mann ha ricevuto in dono per Natale le opere di Schiller, e scrive che le sta "leggendo con impe-

gno". *Schiller è in quei decenni il poeta che la borghesia tedesca reputa sommo, e che al tempo stesso può suscitare
l'entusiasmo dell'opposizione "progressista", anti-Bismarc-
kiana, cui aderiva l'unico professore di Thomas Mann che
egli ricorderà con simpatia, il vecchio Bäthke, insegnante di
tedesco nella sesta classe. Schiller appare come il poeta del
dovere, del lavoro da compiersi, e insieme come il poeta della "primavera" adolescenziale, alla quale vengono riconnes-
se le parole del marchese di Posa nel* Don Carlos: *"Ditegli
che quando sarà uomo, deve portar rispetto ai sogni della
sua giovinezza, e all'insetto letale della conclamata ragione
superiore non deve aprire il cuore del delicato fiore divino".
L'artista "eroe in tensione" di Thomas Mann trova in Schiller il suo modello e la difesa della sua latente e cristallizzata
adolescenza. Il Don Carlos è precisamente il testo che* Tonio Kröger *adolescente vorrebbe far leggere all'amico Hans
Hansen (l'appassionato dei libri sull'equitazione) per attrar-
lo nella sua sfera. Tutte le leggi di comportamento dell'artista "eroe in tensione", in questa fase dell'opera di Thomas
Mann, implicano più o meno scopertamente il riferimento a
Schiller, quasi egli fosse l'eroe di una norma d'arte modella-
ta sulle norme della condotta borghese e perciò tale da garantire all'artista dignità pari a quella del borghese perfetto.
La figura di Schiller compare fra gli stessi elementi genetici
di quella di Aschenbach in* Der Tod in Venedig. *Aschenbach, come lo Schiller di* Schwere Stunde,

era il poeta di tutti coloro che lavorano all'orlo dello sfinimento, gli
oppressi da carico soverchio, già estenuati eppure ancora in piedi,
questi moralisti della produzione che, esili di corporatura e scarsi
di mezzi, con l'estasi della volontà e la saggia amministrazione ottengono almeno per un periodo di tempo i risultati della grandezza.

Tra le opere di Aschenbach è perfino menzionato un saggio:

Spirito e arte, *che per la potenza chiarificatrice e l'eloquenza anti-
tetica molti giudici autorevoli ponevano accanto alla dissertazione
di Schiller sulla poesia ingenua e sentimentale...*

Tuttavia, proprio Der Tod in Venedig *segna nella produzione di Thomas Mann il punto di crisi della norma
schilleriana e dell'esemplare "eroe in tensione". La tensione,
l'"estasi della volontà", può garantire soltanto "per un periodo di tempo" "i risultati della grandezza". La qualità
borghese di Thomas Mann finisce per porre in crisi dinanzi
agli occhi di lui la figura di un artista che acquisti dignità
ricorrendo a una norma di comportamento che esiste anche*

nel mondo borghese e che, là, è segno di decadenza. Il dove-
re è pur sempre ciò che riguarda il borghese, e che dev'essere
compiuto senza tensione. La figura dell'artista esemplare in
quanto "eroe in tensione", dunque prototipo dell'adempi-
mento di un dovere borghese (la produzione) ad un livello
moralmente più alto di quello su cui si colloca l'operare del
borghese perfetto – l'artista "moralista della produzione",
insomma –, rappresenta un elemento contraddittorio e un
diretto pericolo per la società borghese e per il suo monopo-
lio della virtù del lavoro. Accettabile inizialmente, ai fini
dell'integrazione dell'artista nella società borghese, tale figu-
ra si rivela minacciosa per la borghesia non appena tende a
radicalizzarsi. Con Der Tod in Venedig Thomas Mann fa
valere rigorosamente i diritti esclusivi della borghesia sull'e-
tica del lavoro, uccide la figura dell'artista "eroe in tensio-
ne" illustrandone la inevitabile vacanza colpevole, e lascia
trasparire – ancora in negativo – l'immagine dell'unico tipo
di artista che la borghesia possa tollerare senza rischi: quel-
la dell'artista "beniamino degli dèi", dell'artista totalmente
estraneo alla borghesia e alle sue virtù, dell'artista "apoliti-
co" cioè. In negativo: Gustav von Aschenbach è uno Schil-
ler che per essere perfetto dovrebbe essere Goethe, che nei
suoi tratti tende a Goethe, ma non è Goethe.

La figura di Goethe partecipa alla genesi di quella di
Aschenbach come modello che garantirebbe serenità e perfe-
zione, ma che non è raggiunto né raggiungibile. Der Tod in
Venedig è la vicenda di un grande scrittore tedesco, Gustav
Aschenbach, "ovvero von Aschenbach, come suonava uffi-
cialmente il suo nome dal giorno del suo cinquantesimo
compleanno", il quale è colto d'improvviso dal desiderio di
interrompere il lavoro e di viaggiare, lascia la sua residenza
di Monaco, giunge a Venezia, al Lido, ed è preso d'amore
per un bellissimo fanciullo polacco che si trova con la fami-
glia nello stesso suo albergo. La passione erotica di Aschen-
bach scoppia contemporaneamente a un'epidemia di colera
in Venezia. Aschenbach, che per caso viene a sapere del
contagio, tenuto nascosto dalle autorità locali, rifiuta di la-
sciare la città e di informare del pericolo la famiglia dell'a-
mato: altrimenti lo perderebbe. Il grande scrittore, sotto l'in-
flusso di Eros, tenta di ringiovanirsi con tinture e cosmeti-
ci, ed è infine colpito dalla malattia; muore mentre sta os-
servando il fanciullo sulla spiaggia:

> *Lo trasportarono in camera sua. E il giorno stesso il mondo*
> *apprese con reverente commozione la notizia della sua morte.*

Nel solenne ritratto di Aschenbach posto all'inizio del
racconto sono evidenti i tratti schilleriani dell'"eroe in ten-

sione". Nei particolari contingenti della vicenda pare che si debbano ritrovare esperienze autentiche dello stesso Thomas Mann. Ma dietro alla storia dell'amore di un "vecchio" (non tanto per età, quanto per solennità rappresentativa dell'esistenza) per una creatura adolescente, sta senza dubbio ciò che accade al vecchio Goethe. Narrando la sorte di decadimento dell'artista "eroe in tensione", cioè il destino in cui è naturale che incorra l'artista dalle virtù borghesi, Thomas Mann indica in negativo quale potrebbe essere invece la sorte dell'artista "beniamino degli dèi", demoniaco, estraneo ad ogni misura e situazione borghese. Nell'istante in cui viene denunciata l'impossibilità di una tensione perenne da parte dell'artista virtuoso ancor più del borghese nel "moralismo della produzione", – nell'istante, dunque, in cui si compie la fatale "vacanza", dalle conseguenze mortali –, affiora in negativo l'immagine dell'artista che vive in una perenne "vacanza" poiché, come un essere di un altro mondo, è estraneo a ogni dovere borghese. Anche quest'ultimo artista (cui è attribuita la maschera di Goethe) è un vecchio, ma dall'enigmatica vecchiaia, che cela una demoniaca giovinezza: un vecchio, un poco irrigidito nei movimenti, come in Lotte in Weimar *Goethe alla sua prima comparsa, ma anche un personaggio dall'ermetica atemporalità come, nel medesimo romanzo, Goethe al suo ultimo colloquio con Lotte, riaffiorata, vecchia, dalla "primavera" del* Werther. *Il vecchio Goethe riappare dinanzi a Lotte con rapida solennità d'incedere, la stella del Falco Bianco sul petto; ma già il Goethe diciassettenne, secondo la testimonianza di J.A. Horn, "marche à pas comptés / comme un recteur suivi de quatre facultés". Pure,*

la sua ultima passione... lo coglie a settantaquattro anni, quando Sua Eccellenza, decano fra i ministri del Granducato di Sassonia-Weimar e celeberrimo poeta, torna a fare a Marienbad il ballerino e il rubacuori, scherzando ed amando, giocando e vezzeggiando, ben deciso a sposare una ragazzina diciassettenne... (Th. Mann, Goethe, eine Phantasie).

Indice

*Stampa Grafica Sipiel
Milano, aprile 1997*